Suivre son Cœur

Les Audacieuses – Livre 4

By Emma V. Leech

Traduit de l'anglais par Lucie Reymbaut

****

Publié par Emma V. Leech.

Copyright (c) Emma V. Leech 2019

Illustration : Victoria Cooper

ASIN No. :

ISBN No. : 978-2-492133-64-0

personnes existantes ou ayant existé, des lieux, des bâtiments et
produits est purement fortuite.

Table des Matières

Membres du Club de Lecture des Demoiselles Surprenantes

Prunella Adolphus, duchesse de Lorny — première Demoiselle Surprenante, elle est secrètement miss Terry, l'auteure de *La Sombre Histoire d'un Duc Maudit*.

Mrs Alice Hunt (née Dowding) — plus aussi timide qu'avant. Récemment mariée au frère de Matilda, le célèbre Nathaniel Hunt, propriétaire du *Hunter's*, l'établissement de jeux élitiste.

Lucia de Feria — une beauté venue d'ailleurs.

Kitty Connolly — silencieuse et attentive… jusqu'à ce qu'elle ouvre la bouche.

Harriet Stanhope — sérieuse, studieuse, intelligente. Protocolaire. Elle porte des lunettes Ruth Stone — héritière et fille d'un riche marchand.

Bonnie Campbell — trop franche, elle se retrouve toujours dans le pétrin.

Ruth Stone — héritière et fille d'un riche marchand.

Minerva Butler — la cousine de Prue. Pas aussi vaine ni aussi frivole qu'on pourrait le croire à première vue. Rêve d'amour.

Jemima Fernside — mignonne et sans le sou.

Matilda Hunt — charmante blonde dont la réputation a été souillée par un scandale dont elle a injustement fait les frais.

Prologue

London. 28 juillet 1814.

Je me rends enfin compte que je dois être un individu égoïste. Le destin a joué en ma faveur et m'a mis dans une situation à laquelle je ne m'attendais pas, et que je ne mérite pas. Bientôt — si j'agis comme Trevick le voudrait, comme il s'y attend — une somme d'argent considérable viendra s'ajouter à ma chance. N'importe quel homme dans ma position devrait voir un tel changement de situation comme un coup de la Providence.

Alors, pourquoi ai-je l'impression de me faire berner ?

— Extrait d'une lettre de Mr Luke Baxter à un correspondant inconnu. Jamais envoyée.

1 juillet 1800. Ballyhill House, Armoy, comté d'Antrim, Irlande du Nord.

Luke courut aussi vite que possible. Il s'échappa de la grande demeure, de ses pièces vides qui résonnaient, loin des sanglots de sa mère, de la rage de son père. Il n'avait pas la moindre idée de ce qui avait causé la fureur de son père. Tout était de sa faute. Ils avaient tout perdu. Non pas qu'il y eût grand-chose à perdre de toute façon, mais père avait gaspillé la dernière chose qui avait encore de la valeur : son honneur.

Ce fut un scandale épouvantable. Luke n'en connaissait pas exactement la cause, il savait juste que « *femme* » avait un rapport avec ce dernier. Il avait seulement neuf ans donc ce qu'il pensait, ce qu'il ressentait n'avait aucune importance. Tout ce qu'il avait réussi à saisir, en entendant ici et là des bribes de conversation, c'était que son père avait fait tomber la famille en disgrâce. Le comte de Trevick, à la tête de leur illustre famille, était mécontent, et avait donc envoyé son plus jeune frère, Mr Derby, s'occuper du père de Luke.

En seulement quelques jours, ils avaient été bannis, menacés d'être reniés et ignorés par la famille jusqu'à ce que cette horrible affaire se tasse. Mr Derby avait précisé que cela pourrait prendre des années.

Peut-être même plusieurs décennies.

Des années, coincés dans cet endroit lointain, loin de son école, de ses amis, de tout. Ces années s'étiraient devant Luke tel un néant interminable et incertain. La maison dans laquelle il avait été exilé était sale et sentait la pourriture, même si elle avait jadis été majestueuse. Des souris vivaient dans les murs et la maison était remplie de toiles d'araignée. Ils n'avaient pas les moyens d'engager suffisamment de personnel pour la restaurer et s'en occuper comme il aurait fallu ; mais les domestiques qu'ils avaient amenés s'étaient efforcés d'apporter un peu d'ordre dans tout ce chaos. Il sentait encore la poussière lui irriter la gorge et lui chatouiller le nez. Luke n'aimait ni les contrariétés, ni le chaos, ni le désordre, ni les changements.

Il avait aimé sa vie, son école, ses camarades. Il avait aimé la routine rassurante, connaître à l'avance le déroulement de chaque journée, semblable à la précédente.

Il se frotta le visage avec sa manche en se réprimandant pour pleurer de la sorte. Il n'était pas un bébé stupide. Il détestait son père, ne supportait pas de voir sa mère pleurer, et avait tout perdu, mais il ne pleurerait pas. Cela ne changerait rien ; c'était une leçon qu'il avait apprise il y a bien longtemps. Son père l'ignorait, qu'il pleure, crie, ou se conduise de façon exemplaire. Sa mère était trop occupée à verser des larmes, toujours à la merci de ses nerfs. Luke était terrifié, à juste titre, par les nerfs de sa mère. De toute façon, cela ne servait à rien de se rebiffer contre le destin ; ce dernier ne ferait que riposter avec plus d'ardeur.

— Qu'y a-t-il ?

Luke fit un bond. Il s'était cru seul, au beau milieu de nulle part, une condition qui devrait endurer pour les années à venir. La voix douce — gentille, avec un accent mélodieux — a failli le faire mourir de peur. Il fit volte-face et se retrouva nez à nez avec une fille.

Elle était menue, une masse de boucles épaisses entouraient le plus adorable des visages, aussi délicat que celui d'une fée. Ses yeux, entourés de cils épais, étaient gigantesques, presque aussi noirs que ses cheveux. La plus légère nuance de rose colorait ses joues, ses lèvres délicates étaient d'un ton plus foncé. Il se dit qu'elle devait avoir un an de moins que lui, deux au plus.

Il n'avait jamais rien vu d'aussi beau de toute sa vie et l'espace d'un instant, il se demanda si elle existait vraiment. Une femme de la région avait été embauchée pour travailler chez eux et elle lui avait raconté des histoires sur les Sidhes, ce peuple qui pouvait vous bénir ou vous maudire selon leur humeur. Elle avait dit qu'ils étaient incroyablement beaux, et qu'après les avoir vus, la vie d'un homme était changée à jamais.

En cet instant, Luke crut à cette légende.

Il l'aimerait et la suivrait n'importe où si elle le lui demandait.

Son cœur fit un petit bond curieux dans sa poitrine, et il s'en voulut d'avoir des pensées si mièvres. C'était juste une fille, pas une fée malicieuse, pas une belle princesse Sidhe. Ses amis l'auraient frappé s'ils avaient su.

— Pourquoi pleurez-vous ?

Son accent était si étrange et si impénétrable qu'il lui fallut un certain temps pour comprendre ce qu'elle avait dit.

— Je ne pleure pas, rétorqua-t-il, indigné par cette accusation malgré son exactitude.

— Oh, vous parlez drôlement, dit-elle, les yeux noirs brillants d'intérêt.

— Pas autant que vous, répliqua-t-il, vexé par le commentaire.

Elle le contempla pendant une longue minute, comme si elle examinait une créature étrange, quelque chose qu'elle n'avait jamais vu avant et qu'elle voulait comprendre. Sa jolie frimousse se pencha d'un côté.

— Vos cheveux sont si rouges ! Rouges comme des grenats éclairés par le soleil.

Son regard était admiratif. Elle ajouta :

— J'aime aussi vos taches de rousseur. Un jour, vous serez un homme très séduisant.

Luke cligna des yeux, les joues cramoisies. Il avait passé la majeure partie de sa scolarité à frapper ceux qui le tourmentaient au sujet de ses cheveux roux et de ses taches de rousseur. *Rouquin, tête de carotte, le grêlé, boule de son…*

Elle les *aimait.*

Il commençait à peine à comprendre cette étrange fille, et les émotions plus étranges encore qu'elle provoquait en lui, avant qu'elle ne repose sa question :

— Alors, pourquoi pleuriez-vous ?

Luke était encore sous le choc de découvrir qu'il *aimait une fille*, et qu'elle pensait qu'il serait un jour séduisant ; il était répugné à l'idée qu'elle le prenne pour un pleurnicheur.

— Je ne pleurais pas, lâcha-t-il en serrant les poings.

Elle lui jeta un regard compatissant et se rapprocha de lui. À sa grande surprise, elle lui prit la main, déplia ses doigts comme un soleil ouvrant une fleur, et la mit contre sa joue, qui était tout à fait aussi douce qu'il l'avait imaginée. Luke en eut le souffle coupé, déchiré entre la gratitude et l'indignation.

— Bien sûr que si, le réprimanda-t-elle avec douceur. Mais ça n'me regarde pas, je suppose. Mais si vous m'le dites, j'emporterai le secret dans ma tombe, juré.

Son visage délicat était si sérieux qu'il cligna les yeux de surprise. Peut-être était-elle réellement une fée, après tout. Il y avait quelque chose dans ses yeux, ces yeux noirs, si noirs, quelque chose qui lui soufflait qu'il pouvait avoir confiance en elle. Il poussa un soupir de désespoir et fut surpris de s'entendre lui révéler la vérité.

— Nous avons été bannis ici, et j'ai tout perdu. Nous n'avons pas d'argent, et je n'ai pas d'ami. Je déteste cet endroit et… je suis tout seul.

— Non vous n'êtes pas seul, dit-elle en lui lançant un sourire qui l'étourdit un peu. Parce que je vous ai trouvé, et vous m'avez trouvée, et donc… nous sommes ensemble, et nous ne serons plus jamais seuls.

Quatre ans plus tard

12 septembre 1804.

Kitty s'accrocha à la branche qui se balançait de manière plutôt inquiétante.

— Admettez-le, chaton. Vous êtes coincée.

Elle jeta un regard noir vers Luke, qui la regardait d'en bas. Il avait un air si arrogant qu'elle attrapa une pomme un peu plus haut — la raison pour laquelle elle avait grimpé — et lui lança à la tête. Elle le rata, et la pomme roula vers son chien, Khan, un énorme mastiff bringé. Il renifla la pomme, lui lança un regard patient, et reposa la tête sur ses pattes.

— Je ne suis pas coincée, répéta-t-elle, têtue jusqu'au bout. Je… je n'ai simplement pas trouvé le meilleur moyen de descendre… pour l'instant. Mais je vais y arriver.

Luke croisa les bras et resta silencieux. Khan soupira.

Kitty déglutit tandis que les bourrasques reprenaient. De larges nuages s'étalaient dans un ciel qui, une demi-heure plus tôt, était bleu. Le vent vif fit osciller les branches — déjà surchargées de fruits — d'une façon qui fit tressauter son cœur. Elle avait grimpé bien plus haut qu'elle n'en avait eu l'intention, mais c'était une habitude chez elle. Elle réfléchissait rarement avant d'agir : elle se contentait de foncer tête première dans ses projets. Ce qui provoquait l'admiration de Luke, qui admettait aussi se sentir mort de peur pour elle. Quant à Kitty, elle aurait aimé avoir une once de son calme olympien. Lorsque vous étiez fourré dans les ennuis, Luke vous en sortait, et Kitty était toujours fourrée dans les ennuis. Comme, par exemple, tout de suite.

L'arbre se balança à nouveau, plus fort. Elle poussa un petit cri, vit Luke grimper vers elle.

— Petit chaton têtu, soupira-t-il en arrivant à son niveau. Je vous ai bien dit qu'il serait impossible de grimper avec ces lourdes jupes, mais il fallait que vous me prouviez le contraire.

Kitty ressentit une sensation étrange, à couper le souffle, emplir sa poitrine à mesure qu'il approchait. À treize ans, Luke était devenu un jeune garçon très séduisant, comme elle l'avait prédit. Ses cheveux brillaient d'un éclat cuivré, et elle adorait les taches de rousseurs qui parsemaient son nez. Ses yeux étaient bleus, plus bleus que tous les ciels qu'elle avait vus. Parfois, le regarder était douloureux.

Elle adorait Luke *et* ses taches de rousseurs.

— Je sais, dit-elle en soufflant, frustrée. Et je ne vois pas pourquoi je dois porter ces maudites choses. Elles sont insupportables !

— *Vous* êtes insupportable, rétorqua-t-il en souriant. Et vous en connaissez la raison. C'est pour que vous deveniez une jeune femme convenable, et non un garçon manqué. Votre père veut mettre toutes les chances de votre côté, maintenant qu'il a les moyens de vous habiller convenablement.

— Je ne veux pas être une jeune femme convenable, répondit Kitty en ressentant un pic d'anxiété dans le cœur.

Son père comptait l'envoyer prochainement chez son oncle et sa tante à Londres, où elle apprendrait à être une jeune fille comme il faut, et serait élevée pour épouser un quelconque noble ruiné qui aurait besoin de sa dot. Elle devrait laisser Luke et Khan ici. Elle préférait mourir.

— Je ne veux pas grandir. Je veux que nous restions ici, ainsi, pour toujours.

Le visage de Luke s'adoucit, et Kitty eut encore plus de mal à respirer.

— Mais si vous ne grandissez pas, alors je ne pourrais pas vous épouser.

Cette fois, la respiration de Kitty s'arrêta net ; tout ce qu'elle pouvait faire, c'était le dévisager.

Il rougit, la couleur était vive sur sa peau pâle.

— À moins… à moins que vous ne vouliez —

— Bien sûr que je le veux ! s'exclama Kitty.

Elle se jeta à son cou, avant de sentir une rougeur, qui pouvait concurrencer celle de Luke, apparaitre sur ses joues.

— Vous savez que je le veux, ajouta-t-elle, un peu chagrinée par son geste impulsif, car le garçon arborait de nouveau un air suffisant.

Bien sûr qu'il le savait. Elle ne le lui avait jamais caché, depuis ce premier jour où elle l'avait trouvé, seul et misérable. Depuis, ils avaient été inséparables. C'était elle et Luke contre le reste du monde, cela l'avait toujours été, et c'était exactement comme cela qu'ils aimaient leur relation.

— Venez, lui dit-il en l'aidant à décoincer ses jupons et à trouver un appui convenable. Nous ne pouvons pas parler de l'avenir si vous êtes coincée dans un arbre.

— Je n'étais pas coincée, rétorqua Kitty, toujours aussi obstinée.

— Non, lui dit Luke d'un ton apaisant. Je sais. Vous étiez simplement en train de vous reposer.

Kitty tient sa langue, elle lui était trop redevable pour le contredire. Elle accepta son aide pour descendre. Mais en arrivant sur la dernière branche, elle trébucha : Luke la rattrapa et l'aida à retrouver l'équilibre. Il faisait toujours cela. Kitty était imprudente, têtue et obstinée, avec un caractère qui la faisait immanquablement courir droit vers les ennuis. Luke était calme, patient, et compréhensif. Il ne se plaignait jamais — ou rarement — quand lui aussi, se retrouvait dans le pétrin.

Il était inébranlable, loyal, c'était le meilleur ami qu'elle ait jamais eu, et elle l'aimait de tout son cœur.

Il la regardait d'un drôle d'air à présent, et Kitty se figea en se demandant si elle avait de la terre sur le nez. Elle était sur le point de lui poser la question, quand il se pencha et posa ses lèvres contre les siennes.

Cela ne dura qu'un bref instant, puis il la regarda de nouveau, le visage écarlate, l'air incertain.

— Cela vous déplaît-il ? demanda-t-il en respirant fort.

Kitty sentit un sourire ridicule se dessiner sur ses lèvres, et elle secoua la tête. Ses boucles noires dansèrent de façon désordonnée autour de son visage.

Luke souffla, soulagé, avant de l'embrasser à nouveau. Le baiser dura un peu plus longtemps cette fois. Kitty ferma les yeux en s'accrochant à lui et elle sut que c'était le moment le plus heureux de toute sa vie.

— Voulez-vous réellement m'épouser ? demanda-t-il.

Elle n'avait jamais vu autant de sérieux dans ses yeux bleus.

— Oui, souffla-t-elle avec le peu d'air qui restait dans ses poumons, car il lui en avait volé la quasi-totalité avec ses baisers. Oui, Luke, volontiers.

Ils s'assirent ensemble, main dans la main, adossées contre le tronc noueux du pommier, et élaborèrent des plans pour s'enfuir dès qu'ils seraient en âge de se marier. Khan s'approcha et s'affala près d'eux. Il immobilisa la jeune fille en posant sa lourde tête sur ses jupons.

— Vous savez que vos parents ne le permettront pas, déclara Luke, après quelques minutes de bonheur, la tête de Kitty posée sur son épaule. Pas maintenant que vous avez de l'argent. Donc, il faudra fuguer, dit-il, l'air contrarié par cette idée. J'en suis navré, car cela créera un scandale. Ma famille en a déjà tellement eu que cela n'a pas d'importance, mais la vôtre…

Elle le regarda hausser les épaules et sut que l'opprobre que son père avait jeté sur sa famille lui restait en travers de la gorge.

— Votre famille s'est enrichie depuis que votre père a construit cette usine, et puisque mon père est mort sans avoir fait le moindre effort pour…

Il haussa de nouveau les épaules, et le cœur de Kitty se serra.

À en juger par ce dont elle avait été témoin, la mère de Luke était une femme misérable qui passait le plus clair de son temps à se plaindre de leur situation de pauvreté et de son défunt mari, mais ne levait jamais le petit doigt pour faire quoi que ce soit d'utile. Son seul but dans la vie semblait être de rendre Luke aussi malheureux qu'elle en lui rappelant chaque jour tout ce qu'ils avaient perdu, tout ce qui aurait dû leur appartenir.

— Je n'ai rien, chaton, rien à vous offrir, mais je ne serai pas comme mon père. Je travaillerai dur pour gagner ma fortune, comme votre père. À l'école, mon tuteur semble croire qu'il y a un cerveau dans ce crâne, et je ne vous laisserai pas tomber, je vous le promets.

— Je le sais, dit-elle en le regardant, le cœur prêt à éclater de joie et de fierté. Et je me fiche de l'argent que vous possédez, tant que nous sommes ensemble.

— Pas moi, admit-il d'un air crispé.

Il joua avec l'une de ses boucles, l'enroulant autour de son doigt.

— Je veux que vous ne manquiez de rien. Des jolies robes, des carrosses, et —

Kitty ricana en secouant la tête.

— Je me fiche des possessions, dit-elle en lui lançant un regard indulgent.

— Vous devriez vous en soucier, dit-il en fronçant de nouveau les sourcils. Si père n'avait pas tout gâché, mon nom signifierait encore quelque chose, et je n'aurais pas cette satanée réputation tachée d'adultère et de meurtre accrochée autour du cou.

Kitty grimaça en l'entendant jurer. Il le faisait rarement, mais il n'avait jamais pardonné son père, et cette colère était encore palpable. Elle avait appris toute l'histoire, arrachée à lui morceau par morceau, une fois qu'il avait découvert la vérité. Les rumeurs l'avaient même suivi jusqu'ici. Son père était tombé follement amoureux d'une chanteuse d'opéra, aimée également par un autre homme — marié, lui aussi. Ils s'étaient battus en duel et son rival avait succombé. L'affaire avait été étouffée, naturellement. Le comte de Trevick y avait veillé, mais ils avaient exilé Mr Baxter, sa femme hystérique, et leur jeune fils sur une propriété familiale en Irlande avant que cette histoire ne puisse nuire au comte par association. Ils pourraient revenir lorsque le scandale aurait été oublié, avait dit le comte. Sauf que le père de Luke était mort trois années auparavant, et Trevick semblait avoir oublié leur existence.

— Je vous aime, Luke, dit-elle en levant les yeux vers lui.

Elle savait qu'il deviendrait un homme bien.

Même maintenant, à leur jeune âge, elle pouvait le voir en lui ; elle reconnaissait la force de son cœur, de sa volonté. Il semblait toujours beaucoup plus vieux qu'elle, plus sage aussi, et elle comptait sur cela — sur lui — pour l'empêcher de faire des choses folles avec son esprit sauvage et impétueux.

— Je vous aimerai toujours, chaton, dit-il d'un ton tout aussi solennel.

Elle savait qu'ils n'auraient pas dû se dire ce genre de choses, encore moins les penser, mais jusqu'à ces derniers mois, ses parents l'avaient laissée se comporter aussi librement qu'elle le souhaitait, et la mère de Luke ne se souciait de rien d'autre que son propre confort. On les avait trop délaissés, et ils s'étaient accrochés l'un à l'autre jusqu'à ce que l'idée de l'un sans l'autre soit trop rocambolesque pour être considérée. Depuis l'arrivée de Luke, c'était tout juste s'il s'était écoulé une journée qu'ils n'aient pas passée ensemble.

Les mots, une fois échangés, semblèrent modifier quelque chose, l'atmosphère parut différente.

— Je ne veux pas attendre, déclara Luke avec une telle véhémence que Kitty sursauta. Je voudrais que nous puissions nous marier maintenant, et partir, loin d'eux. Surtout de ma mère.

— Moi aussi, répondit Kitty un peu prudemment.

Elle n'avait pas l'habitude d'être la voix de la raison. Elle poursuivit :

— Mais nous ne sommes pas assez vieux, Luke, ils nous retrouveront, et nous ramèneront. De plus, ce n'est pas trop mal ici pour le moment, si ?

Elle leva les yeux vers lui et Luke sourit. Il glissa un bras autour de ses épaules et lui embrassa le bout du nez.

— Non, répondit-il, mais il avait l'air incertain.

Il resta silencieux pendant un long moment, avant de prendre à nouveau la parole :

— Mais… mais si nous nous mariions maintenant ? demanda-t-il, le souffle soudainement court, les yeux brillants d'excitation.

— Que voulez-vous dire ? demanda Kitty en riant devant son enthousiasme.

— Eh bien, si nous avions une bible, une bague, et que nous prononcions nos vœux ? Je sais que cela ne serait pas légal, pas vraiment, mais… mais *nous* saurions au fond de nous que c'est réel, que cela s'est produit.

Kitty cessa de respirer.

— Vraiment ? demanda-t-elle en entendant le tremblement dans sa voix.

Luke lui serra la main en hochant la tête.

— Vraiment, aujourd'hui, tout de suite.

Il se déplaça, posa un genou à terre, comme le plus chevaleresque des chevaliers d'antan. Ses yeux bleus rencontrèrent les siens.

— Kitty Connolly, mon chaton, voulez-vous m'épouser ?

— Oui, répondit-elle en sentant sa gorge se serrer. Je vous l'ai déjà dit.

Il bondit sur ses pieds avec un grand sourire sur le visage.

— Alors, ne bougez pas d'ici, dit-il en riant.

— Mais où allez-vous ? demanda-t-elle, hilare elle aussi, car la joie de Luke était contagieuse.

— Eh bien, chercher une bible et une bague, bien sûr, s'exclama-t-il.

Il partit en courant à travers le verger et disparut de sa vue.

Chapitre 1

Dix ans plus tard.

Mon très cher ami,

Ce soir aura lieu le feu d'artifice à Green Park.

J'ai hâte d'y être, surtout accompagnée de Matilda. Je pense qu'elle se sent seule depuis le mariage d'Aashini, et elle m'a invitée à rester chez elle jusqu'à la fête de Saint-Clair. J'ai également hâte d'y être. Il y a beaucoup de choses agréables dans la vie lorsque l'on est prêt à les apprécier, et ce n'est pas dans ma nature de me morfondre, comme vous le savez bien.

Je me suis fait de charmantes amies durant cette saison, et pourtant, derrière toute cette excitation et ce bonheur, je suis déchirée. Je ressens votre absence chaque seconde, et je ne sais pas comment réparer mon âme brisée.

Voyez-vous, mon cœur vous appartient encore, comme nous nous le sommes promis en cette charmante journée de septembre. La bague que vous m'aviez donnée est désormais trop petite, mais je l'ai conservée, tout comme les vœux que nous avions échangés. Je vous en prie, cher Luke, revenez à moi. Chaque jour qui nous sépare creuse le trou béant de mon cœur.

***—Extrait d'une lettre de miss Kitty Connolly
à Mr Luke Baxter… jamais envoyée.***

1ᵉʳ août 1814, South Audley Street, Londres.

Kitty passa la main sur les plis de sa robe. Elle se sentait inexplicablement nerveuse. Le marquis de Montagu les escortait, Matilda et elle, aux feux d'artifice de Green Park ce soir-là, et l'homme la terrifiait. Elle était certaine de dire ou faire quelque chose de scandaleux — elle faisait toujours cela lorsqu'elle était nerveuse — et il la mépriserait alors encore plus que ce n'était déjà le cas. Elle ne comprenait pas pourquoi il l'avait invitée tout court, mais elle soupçonnait tout cela d'avoir davantage un rapport avec Matilda. Cela aussi, c'était inquiétant.

Au moins, Mr Burton serait également présent. C'était un homme séduisant, sensible, qui avait réussi seul dans la vie à force de travail, ce qui voulait dire que toute l'aristocratie le méprisait en dépit de sa fortune. C'était n'importe quoi. Matilda aurait de la chance d'épouser un homme comme lui, un homme qui était devenu riche grâce à sa propre intelligence et à son travail, plutôt que d'être né dans la richesse. Kitty venait d'une famille illustre, bien qu'avec son héritage irlandais, elle aurait tout aussi bien pu être née dans un marais et avoir été élevée par des loups aux yeux de la haute société. Leur chance avait vacillé pendant un temps, jusqu'à ce que le commerce du lin prenne son essor, et les rende riches. Son père possédait des centaines d'hectares de lin ainsi que trois usines à présent, et il avait pour projet d'en avoir une quatrième.

Ses parents, désireux de lui trouver un époux noble, l'avaient envoyée vivre chez son oncle et sa tante. Tante Clara Henshaw avait épousé un gentilhomme anglais, et était elle-même devenue si anglaise que la plupart des gens avaient oublié ou même pardonné ses origines irlandaises. Sa tante avait travaillé dur pour effacer son accent, mais Kitty refusait de le perdre, bien qu'elle eût conscience qu'il se soit atténué au fil des années passées chez son oncle et sa tante, qui la reprenaient sans cesse. Mais elle s'y accrochait, plus têtue que jamais. Quelle importance cela avait-il ? Elle n'avait aucunement l'intention de se trouver un époux anglais. Elle en avait déjà un.

Elle l'avait juste… momentanément égaré.

Cela lui fit mal au cœur, et elle chassa cette pensée de son esprit. Elle ne se laisserait pas sombrer dans le désespoir. Pour la première fois depuis longtemps, elle avait l'espoir de le retrouver. Le frère de Matilda avait promis de l'aider, et Nate Hunter connaissait tout le monde.

— Êtes-vous prête, très chère ?

Kitty leva la tête en entendant Matilda l'appeler. Son amie passa la tête dans l'entrebâillement de la porte.

— Oh, vous êtes ravissante, Kitty, dit-elle en souriant et en examinant son amie. Cette nuance de bleu vous va à ravir.

Kitty la remercia en souriant, sans mentionner le fait qu'elle l'avait choisie car elle était exactement de la même couleur que les yeux de Luke. Elle remarqua que Matilda portait une robe d'une magnifique teinte gris-argenté, et lutta contre un sentiment d'inquiétude.

— Je crois savoir que le comte de Saint-Clair accompagnera le marquis ce soir ? demanda Kitty en essayant de calmer ses nerfs.

Au moins, Matilda avait l'air aussi détendue et calme que d'habitude, donc on pouvait espérer que la soirée se déroule sans accroc.

— Oui, Dieu merci, répondit Matilda avec un sourire complice. Ainsi, nous n'aurons pas besoin de baigner dans la terreur du dédain du marquis ; le charme de Saint-Clair et son caractère sauront dissiper la tension.

— C'est un réconfort, soupira Kitty. Même si je pense que cela risque d'enrager Harriet. Connaissez-vous les raisons de sa haine envers lui ?

— Non, répondit Matilda d'un air pensif. Mais je ne pense pas que ce sentiment soit réciproque.

— Ah ? répondit Kitty, enchantée de cette information. Que voulez-vous dire ?

Matilda haussa les épaules et lui lança un sourire énigmatique.

— Contentez-vous d'observer Saint-Clair ce soir, lorsqu'Harriet est à proximité. Vous verrez.

Il fallut que Kitty se satisfasse de cette réponse intrigante ; elle descendit avec Matilda pour attendre le carrosse.

Jasper Cadogan, le comte de Saint-Clair, assis dans le carrosse, jeta un regard curieux vers le marquis de Montagu. Ils n'étaient pas vraiment amis, ils étaient tout juste des connaissances, pourtant le marquis l'avait invité ce soir, et Jasper avait été trop intrigué pour refuser. Le marquis était un mystère, un homme solitaire qui défendait farouchement son intimité, comme un chien défend son os. Jasper soupçonnait que personne ne le connaissait vraiment, ce qui attisait naturellement la curiosité de tous.

— J'organise une fête à la demeure de Holbrooke, le vingt de ce mois. Voudriez-vous venir ?

Le marquis leva les yeux, son regard habituellement ennuyé se posa sur Saint-Clair.

— C'est aimable à vous, répondit-il avant de reporter son attention vers la fenêtre. Mais je suis forcé de retourner dans le Kent. J'ai trop longtemps négligé mes affaires, et cela ne peut plus attendre.

— Bien entendu, répondit Jasper avec aisance, avant qu'un désir soudain de se faire l'avocat du diable le force à parler, alors qu'il aurait mieux fait de tenir sa langue. Mr Burton sera là.

Un éclair amusé traversa le regard froid et gris du marquis qui étudia Jasper.

— Vous voulez dire que je risque de perdre ma proie, dit-il doucement.

Jasper le contempla en se demandant s'il était réellement aussi froid qu'il en avait l'air, avant de hausser les épaules d'un air nonchalant.

— Je crois qu'il a l'intention de faire la cour à miss Hunt.

Le plus léger des sourires s'empara de la bouche dure de Montagu. Il leva la main et claqua des doigts. Le bruit résonna dans l'obscurité de la voiture.

— Pour Mr Burton, dit-il avant de regarder à nouveau par la fenêtre.

Mon Dieu, quel salaud arrogant, se dit Jasper. Il se demandait à quoi devait ressembler la vie lorsqu'on avait une telle certitude des choses. Pour sa part, Jasper aimait Mr Burton, et se disait que Miss Hunt serait idiote de lui tourner le dos, même si la plupart des autres invités ne verraient en lui qu'un champignon, un de ces nouveaux riches envahissants qui tentaient de se faire une place dans l'aristocratie grâce à l'argent ou au mariage. D'après ce qu'il avait vu, Mr Burton était capable de se défendre, et méritait une vraie chance d'obtenir les faveurs de Matilda, sans que le marquis ne vienne embrouiller les choses. Jasper ne pouvait que lui souhaiter bonne chance.

La voiture s'arrêta devant une maison élégante sur South Audley Street, et les deux jeunes femmes furent bientôt installées à l'intérieur. Jasper leur sourit à toutes les deux, en les complimentant sur leur toilette et en s'enquérant de leur santé, tandis que le marquis continuait à regarder par la fenêtre. C'était un homme étrange, cela ne faisait aucun doute. Ils arrivèrent à destination en seulement quelques minutes.

La façade impressionnante d'une forteresse fut la première chose qu'ils aperçurent dans la lumière déclinante du parc. Bien qu'il s'agisse d'une structure temporaire, érigée uniquement pour cet événement, les remparts faisaient trente mètres carrés. Une tour circulaire se dressait au centre, à quinze mètres des remparts, et ce qui semblait être des milliers de personnes se rassemblait autour de la structure. Tout le monde était venu admirer le spectacle de ce soir, de la plèbe aux nobles possédant les rangs les plus élevés. Les gens du peuple étaient debout, des chaises avaient été disposées pour les personnes de qualité, mais tous regardaient avec émerveillement la gigantesque structure.

— Espérons qu'elle ne prenne pas feu cette fois, dit Montagu avec un petit sourire.

Jasper éclata de rire.

— Cette fois ? demanda miss Connolly, les yeux écarquillés.

— Je crois que Montagu fait référence au dernier spectacle de la sorte, qui a eu lieu environ soixante ans auparavant. D'après ce que j'ai compris, les premiers feux d'artifice ont fait s'embraser la structure, en allumant d'un seul coup toutes les fusées restantes. Les dizaines de milliers restantes, précisa-t-il.

Miss Connolly avait l'air quelque peu paniquée.

— Je suis sûr que tout est sous contrôle cette année, dit-il avec un sourire rassurant, qui s'éteignit lorsque le reste des invités les rejoignirent… incluant son ennemie jurée, miss Harriet Stanhope.

— Bonjour, Jasper.

Jasper salua son meilleur ami, Henry Stanhope — qui était aussi le frère de la jeune femme qui le détestait — d'un hochement de tête. Ce dernier lui adressa, comme à son habitude, un sourire jovial.

— C'est affreusement bondé, ici, déclara Henry en s'approchant.

Il se raidit et prit un air sérieux pour saluer Montagu.

Le marquis faisait cet effet aux gens.

Bientôt, tout le monde fut réuni. Jasper remarqua que Mr Burton s'était dirigé droit vers Matilda, ce que le marquis n'avait pas encore dénié remarquer, mais Jasper savait qu'il en était parfaitement conscient. La comtesse de Culpepper avait l'air de s'ennuyer, et semblait résignée à se tenir tranquille, puisque son mari l'accompagnait. Mrs Manning, une veuve plutôt jolie qui lui avait déjà fait des avances sans équivoque lors de leur dernière rencontre, n'avait pas de telles contraintes, et lui lança un sourire coquet, auquel Jasper répondit en inclinant poliment la tête.

— Vous êtes diablement chanceux.

Jasper se retourna et vit son plus jeune frère, Jérôme. Il soupira en demandant :

— Que faites-vous ici ?

— J'ai été invité, répondit Jérôme avec un grand sourire, car il savait que cela énerverait Jasper.

Jérôme n'avait qu'un but dans la vie, irriter son frère.

— À présent, faites-moi une faveur et présentez-moi Mrs Manning.

— Vous pouvez toujours rêver, déclara Jasper en éclatant de rire. Elle mange les jeunes garçons au petit déjeuner.

Jérôme lança un regard noir.

— Je n'ai que trois ans de moins que vous.

Jasper lui répondit par un regard glaçant qu'il avait mis des années à perfectionner.

Jérôme plissa les yeux.

— Très bien, répondit-il en s'éloignant à grands pas, sans doute pour trouver un autre moyen de ruiner la soirée de Jasper, puisqu'il ne pourrait pas se donner en spectacle en flirtant sauvagement avec Mrs Manning.

Jasper regarda son frère s'éloigner, et aperçut le sourire qui éclaira le visage d'Harriet lorsqu'elle l'accueillit. Il réprima une violente pointe de jalousie, qui n'était pas digne de lui. Harriet présenta ensuite son amie, miss Bonnie Campbell. La voluptueuse jeune femme écossaise était un paquet d'ennuis tout en courbes, et il ne reconnut que trop bien la lueur d'intérêt qui s'alluma dans les yeux de Jérôme.

Jasper réprima un soupir, et se demanda à quel moment il était devenu aussi vieux. Au même moment, Harriet leva les yeux et son cœur bondit dans sa poitrine lorsque son regard froid, derrière les verres de ses lunettes, croisa le sien pendant une seconde, durant laquelle toute chaleur et joie fut remplacée par des températures arctiques, jusqu'à ce qu'elle détourne le regard.

— Cela vous tuerait-il de me sourire, Harry ? murmura-t-il, avant de coller un sourire sur son visage et de s'occuper de ses amis.

Kitty regarda le ciel jusqu'à en avoir la nuque douloureuse, émerveillée et ravie du spectacle qui avait lieu au-dessus de leur tête. Les réjouissances, qui avaient été organisées pour célébrer le centenaire de la maison de Brunswick, et la paix avec la France, avaient été d'une magnificence à laquelle Kitty n'avait encore jamais assisté. Elle n'avait jamais vu quelque chose qui ressemblait à la fausse forteresse. Les fusées tonnaient depuis les créneaux. Elles étaient impressionnantes et magnifiques, mais donnaient également une idée à la foule de la puissance et de l'horreur auxquelles avaient dû faire face les hommes impliqués dans ce conflit. Il y avait de la fumée, du bruit, des éclairs et du feu tandis que les explosions résonnaient au milieu de la foule, provoquant des exclamations de surprise et d'émerveillement, même chez les spectateurs les plus moroses.

L'espace un instant, elle laissa son attention dériver du spectacle nocturne étincelant, où des rafales d'étoiles dorées tombaient sur terre, et se concentra sur ce qu'il se passait plus bas. Des centaines et des centaines de gens. Comme à son habitude, elle examina leur visage, bien qu'il fut impossible de discerner qui que ce soit dans la cohue avec la lumière changeante, passant sans cesse de l'obscurité à l'illumination. Luke était-il ici, quelque part ? Si c'était le cas, pourquoi n'était-il pas venu pour elle, pourquoi ne lui avait-il pas au moins donné de nouvelles ? Peut-être l'avait-il oubliée, avait-il trouvé quelqu'un d'autre ? Peut-être était-il marié à présent.

Les mots qu'il avait prononcés d'un ton si solennel n'avaient-ils donc rien signifié pour lui ?

Elle savait que c'était idiot, ou du moins, que tout le monde le penserait. Elle avait assisté à un vrai mariage plus tôt dans la journée, lorsque le vicomte Cavendish avait épousé Aashini. Cela avait été une cérémonie simple, et pourtant elle s'était déroulée avec toute la solennité et l'intention qu'elle devait avoir, lorsque deux personnes décidaient de lier leur destin — jusqu'à ce que la mort les sépare.

Luke et elle avaient été des enfants ; des enfants innocents, idiots, sans la moindre notion de la vie réelle et des responsabilités. Pourtant, cela *avait* signifié quelque chose pour elle, et pour lui. Au plus profond de son cœur, Kitty savait qu'il avait ressenti le poids de la promesse qu'il lui avait faite, et qu'il n'avait pas prononcé les mots à la légère. Donc pourquoi n'était-il pas venu pour elle ? Pourquoi avait-elle été incapable de le retrouver ? Comment un garçon qui lui déclarait son amour avec une telle dévotion pouvait-il ainsi disparaitre sans même lui envoyer une lettre d'explication ?

Un vacarme assourdissant lui fit regarder de nouveau la forteresse, au milieu d'un violent déploiement de flammes, de fumé et du tonnerre de l'artillerie. Le gigantesque édifice fut lentement transformé par le retrait d'énormes panneaux pour dévoiler le Temple de la Concorde sous la forteresse. Les fusées continuaient à être propulsées au-dessus de leur tête, et le temple apparaissait comme un papillon sortant de sa chrysalide. Chaque fusée contenait une multitude de fusées plus petites qui explosaient encore et encore, plus brillantes que n'importe quelle étoile, illuminant la scène en dessous. Une lumière bleue éthérée fut jetée sur le monde autour d'eux, et tout le monde, du plus pauvre au plus riche, fut baigné d'un éclat argenté, et pendant un instant fugace, tous reflétèrent la même splendeur magnifique.

Enfin, les cieux s'apaisèrent, et tout redevint silencieux, jusqu'à ce que la foule pousse des exclamations et des rires, applaudissant et parlant avec animation du spectacle auquel ils venaient d'assister.

Kitty regardait encore les cieux, où les volutes de fumée dérivaient dans le ciel nocturne dégagé. Les étoiles commencèrent à apparaître, une par une, brillant timidement à présent que le spectacle clinquant était fini. Bien que cela soit idiot, Kitty chercha et trouva l'étoile Polaire, comme ils avaient l'habitude de faire avec Luke quand ils étaient plus jeunes. Il était de coutume que l'un ou l'autre fasse un vœu ridicule — un poney, un chiot, ou que papa ne découvre pas qui avait cassé le vase dans la salle à manger.

— Faites que je le trouve, supplia-t-elle, le regard fixé sur la petite lumière, en ressentant le même chagrin dans le cœur que le jour où elle avait découvert qu'il était parti.

— S'il vous plaît. *S'il vous plaît*, faites que je le retrouve.

Chapitre 2

19 août 1814, South Audley Street, Londres.

— C'est si gentil de votre part de m'emmener avec vous, déclara Matilda en enlaçant Harriet dont les yeux s'écarquillèrent en apercevant le nombre de valises et de boites à chapeau rassemblées dans le hall. Oh, ma chère, ajouta Matilda en voyant l'inquiétude dans les yeux d'Harriet. J'ai empaqueté beaucoup trop d'affaires, n'est-ce pas ? Vous n'avez pas de place ?

Harriet rit et secoua la tête.

— Non, bien sûr. Nous avons beaucoup de place, c'est juste que… j'ai pris trois fois moins d'affaires, et à présent j'ai peur de n'en avoir pas emballé assez.

— Eh bien, je suis sûre que vous avez à peine une malle, une fois que l'on enlève les deux que vous avez remplies de livres, déclara Henry en voyant les domestiques faire des va-et-vient. Je n'ai jamais vu une fille qui soit aussi peu intéressée par les vêtements. Vous êtes une bizarrerie, Harriet, c'est indéniable.

La pauvre Harriet devint écarlate et Matilda saisit son bras.

— Ne l'écoutez pas, vous êtes certaine d'avoir tout ce qu'il faut. Vous êtes toujours si organisée. J'ai peur d'être horriblement vaine et de ne pas savoir prendre de décision même si ma vie en dépendait. Faire mes bagages est une torture, donc je me contente de fourrer tout ce que je peux dans mes valises en espérant que tout ira bien.

Harriet sourit sans paraître toutefois pleinement rassurée, mais au même moment Kitty descendit les escaliers en trombe.

— Harriet ! s'exclama-t-elle en se jetant au cou de la jeune femme.

Matilda dissimula son sourire ; Harriet était clairement intimidée par la nature exubérante de Kitty. C'était comme de vivre avec un chiot, se disait-elle après avoir passé les deux dernières semaines et plus en sa compagnie. Kitty s'ennuyait rapidement et cherchait constamment à se distraire. Lorsqu'elle avait une occupation, elle restait tranquille, heureuse, et facilement satisfaite, mais que Dieu vous vienne en aide lorsqu'elle se mettait en tête de chercher à se divertir.

— Venez, venez, dit Henry une fois que tous les bagages furent correctement mis. Tout le monde en voiture !

Elles obéirent et se précipitèrent dehors, où un élégant carrosse les attendait.

— J'ai peur que nous soyons quelque peu serrés, dit Harriet à voix basse. Tante Nell a insisté pour que nous soyons chaperonnés durant le voyage.

— Eh bien, c'est de votre faute, rétorqua Henry d'un ton acide. Vous lui avez dit que je n'étais même pas capable de chaperonner un gâteau, donc… vous vous êtes fait prendre à votre propre piège, miss.

L'indignation de son frère fit rire Harriet, et bientôt, ils furent tous installés dans la voiture.

Ils formaient un groupe enjoué. Henry était naturellement quelqu'un de joyeux, et Harriet — ou Harry, comme il l'appelait — et lui semblaient en très bons termes. Kitty aussi était de bonne humeur, et avait l'air ravissante avec son nouveau chapeau couronné de cerises. Ses boucles noires brillantes encadraient son visage et ses yeux pétillaient. Matilda priait pour qu'elle obtienne bientôt des nouvelles de son amour d'enfance, car elle savait que Kitty était optimiste, et elle savait avec quelle rapidité s'éteignait l'optimisme lorsque l'on n'obtenait aucune nouvelle.

Mais elle avait peur que cela soit sans espoir. Si Mr Baxter avait voulu écrire à Kitty, avait voulu lui donner des nouvelles, il aurait pu lui écrire cent fois et plus encore au cours de ces dernières années.

Vers le milieu de la matinée, ils firent un bref arrêt pour changer de chevaux, et ils arrivèrent à la demeure de Holbrooke en début d'après-midi. Elle était impressionnante à voir.

— Seigneur ! s'exclama Matilda.

Même après avoir été prévenu de la taille et de la majesté de la bâtisse, ce chef-d'œuvre élisabéthain était très intimidant.

— Intéressant, n'est-ce pas, déclara Harriet en regardant le bâtiment avec un sourire. La construction a été influencée par le style classique, populaire en France et en Flandres au seizième siècle. Surtout par Hans de Vries. Elle pointa le bâtiment du doigt à travers la fenêtre, enthousiasmée par le sujet. La demeure a été endommagée pendant la guerre civile, lorsque les troupes de Cromwell l'ont bombardée, donc le sixième comte a inclus ces fenêtres voutées pour renforcer l'aile. Le dixième comte a embauché Capability Brown pour moderniser les jardins et le parc. Il a aussi construit les étables, qui sont assez somptueuses, et une orangerie, ainsi qu'un pavillon d'été de style gothique.

— Notre maison se situe environ à huit kilomètres par là, déclara Henry en indiquant la direction d'un geste. Mais nous passions tout notre temps ici. Nous jouions dans cet imposant pavillon d'été lorsque nous étions enfants, ajouta-t-il avec un sourire nostalgique.

Harriet, qui s'était animée en parlant du bâtiment, devint silencieuse.

— Nous nous y sommes tellement amusés ! continua son frère en gloussant, sans remarquer le changement de comportement d'Harriet.

Ils furent accueillis par la comtesse douairière de Saint-Clair et le comte lui-même, ainsi que son jeune frère Jérôme Cadogan. Elle avait rencontré Jérôme lors des feux d'artifice, et l'avait tout de suite apprécié. Elle aimait la lueur espiègle dans ses yeux, même si elle savait qu'il empoisonnait la vie de son frère. Ils étaient séduisants tous les deux, mais son nez cassé donnait à Jérôme un petit air canaille, un peu voyou.

Le jeune homme avait la réputation de tomber violemment amoureux de femmes inappropriées, et de se donner en spectacle. Comme la fortune de la famille Saint-Clair était colossale, le comte vivait dans la terreur quotidienne que son jeune frère se marie à une croqueuse de diamants. L'on racontait qu'il avait déjà dû payer une courtisane, et calmer une femme mariée qui menaçait de tout révéler à la presse à scandale.

— Quel plaisir de vous voir ici, miss Hunt, déclara la comtesse de Saint-Clair en l'accueillant chaleureusement. J'ai été ravie d'apprendre votre venue, et miss Connolly, vous êtes la bienvenue ici.

La comtesse était une femme élégante, et il n'était pas difficile de deviner de qui ses fils tiraient leur beauté. Habillée d'une robe vert pâle, agrémentée d'une dentelle délicate, elle avait l'air bien trop jeune pour être la mère de Saint-Clair. Ses cheveux dorés avaient quelque peu pâli, mais cela n'avait en rien diminué sa beauté. Ses yeux bleu vif étaient alertes, et brillaient d'intelligence. Les yeux de Jérôme avaient la même couleur intense, remarqua Matilda, tandis que ceux de Saint-Clair avaient une teinte inhabituelle, presque turquoise.

— J'oublie chaque fois à quel point le comte est séduisant, murmura Kitty à Matilda tandis qu'ils suivaient leurs hôtes dans un hall d'entrée à couper le souffle.

La taille même du bâtiment était faite pour impressionner les invités quant à la richesse et au pouvoir de la famille qui le détenait. Matilda se dit que c'était incroyablement efficace.

— C'est un homme magnifique, dit Matilda en souriant tandis qu'Harriet levait les yeux au ciel. Vous n'êtes pas de cet avis, Harriet ? demanda-t-elle, trop curieuse pour se réfréner.

Le regard d'Harriet alla de Kitty à Matilda, et elle leva le menton avec une lueur têtue dans le regard.

— Il a des bras et des jambes aux bons endroits, toutes ses dents et des cheveux. Ajoutez-y son titre, et je pense que n'importe quelle jeune femme le considérerait comme l'incarnation de la beauté masculine.

Kitty fronça les sourcils.

— Mais je n'envisage pas de l'épouser et d'obtenir son titre, ni tout cela, dit-elle en désignant la demeure tandis qu'ils suivaient la famille sur un double escalier impressionnant. Donc cela n'influence pas *mon* jugement. Mais pour vous, Harriet — objectivement parlant, comme s'il s'agissait d'une œuvre d'art — ne trouvez-vous pas qu'il est d'une grande beauté ?

Harriet s'arrêta et Matilda se mordit la lèvre, consciente que Saint-Clair et les autres avaient beaucoup d'avance sur eux.

— Si je le jugeais en tant qu'œuvre d'art, comme par exemple, une urne grecque, déclara Harriet d'un ton irrité, alors oui, je dirais qu'il est le plus bel exemple de l'art qui ait jamais existé. Proche de la perfection, pour être honnête. Malheureusement, il n'est pas une urne grecque, même si son crâne sonne probablement aussi creux.

Après cette déclaration plutôt brutale, Harriet se retourna et monta les escaliers à toute vitesse.

— Seigneur, déclara Kitty, les yeux écarquillés.

— Oui, acquiesça Matilda en soupirant. Nous ne pouvons qu'espérer qu'elle ne le tue pas avant la fin de la fête.

Luke Baxter regarda Mr Derby assis face à lui dans le carrosse. Arborant, comme à son habitude, un air froid et sévère, il était bel homme, grand et large malgré le poids des années qui pesaient plus lourd sur lui à présent, et une condition cardiaque qui lui avait valu une recommandation du médecin de se ménager. Ses cheveux étaient gris fer, mais ils étaient fournis, et dans ses yeux brillaient la volonté et l'énergie d'un homme vingt ans plus jeune.

Luke avait détesté l'homme la majeure partie de sa vie, mais la haine était une émotion qui monopolisait une énorme quantité d'énergie, et Luke avait un caractère trop doux pour laisser ce sentiment l'aigrir. Donc, la haine s'était atténuée, même si une part d'elle subsistait. Elle avait été remplacée par la conscience qu'il avait un devoir à accomplir, et que Mr Derby était une mine de renseignement sur la façon d'y parvenir. Beaucoup de gens comptaient sur Luke, et sur ce que son avenir lui réservait.

Il lui avait fallu mettre de côté le fait que Mr Derby se contrefiche de savoir si Luke avait oui ou non souhaité être dans la situation qu'on lui avait imposée. Il avait enduré trop de disputes, trop de querelles amères, et toutes s'étaient terminées de la même façon — avec sa capitulation.

Quel choix avait-il ?

Le comte de Trevick était un homme malchanceux. En fait, l'on racontait qu'il planait une malédiction sur les hommes de cette famille : ils mouraient jeunes. Le comte et son frère cadet, Mr Derby, s'étaient moqués de ces contes de vieilles femmes : le comte avait atteint les soixante-dix ans, et Mr Derby avait soixante-sept ans. Le reste de la famille, en revanche, avait remarquablement respecté cette règle : chaque fils, petit-fils, neveu et cousin avait succombé aux guerres, aux maladies, aux accidents de la route et — en une occasion notoire — à un amant jaloux.

Mr Derby lui-même était père de six filles. Après avoir découvert que sa première femme était stérile, il n'avait pas perdu de temps et s'était remarié quelques semaines à peine après sa mort. Mais cette nouvelle union avait, à son grand dégoût, engendré six enfants de sexe féminin. En effet, la famille Trevick était envahie de progéniture féminine, mais pas un seul mâle n'avait survécu. Comme son plus jeune frère avait quasiment le même âge, le comte ne pouvait plus ignorer le problème s'il voulait que la lignée perdure.

Sentant leur malheur proche, Trevick avait agi lorsque son avant-dernier héritier restant avait succombé à une fièvre pulmonaire. Il avait saisi sa dernière chance — Luke — ; il l'avait tiré de l'obscurité et l'avait protégé farouchement.

Sa mère avait été aux anges ; elle recevait enfin la reconnaissance et la place dans la société qu'elle avait toujours clamé mériter. En avait-elle quelque chose à faire, que son fils soit malheureux comme les pierres ? Il serait le nouveau comte de Trevick un jour, une position que n'importe quel jeune homme sain d'esprit serait enchanté d'obtenir. Tout le monde semblait se satisfaire de la situation… sauf Luke.

Au début, il s'était rebellé, désespéré de retourner avec Kitty, vers la vie qu'il avait prévu pour eux deux. Il s'était enfui, avait soudoyé les domestiques pour envoyer des lettres, s'était rendu malade de frustration et de colère, mais, à la fin, cela n'avait servi à rien. Qu'est-ce qu'un jeune garçon pouvait faire de plus pour lutter contre les souhaits d'une famille aussi ancienne et puissante que les Trevick ? Les domestiques étaient loyaux à l'excès, le domaine était si vaste que le quitter aurait pris des jours, même s'il ne s'était pas fait prendre. De plus, la fureur et les reproches de sa mère — combinés au dédain froid du comte en personne — avaient été trop durs à supporter pour un jeune garçon.

Malgré tout, il avait su que Kitty l'attendrait. Un jour, il serait un homme, il aurait la chance de s'échapper, et il la saisirait.

Mais Mr Derby avait deviné les intentions du jeune homme, et lui avait lancé un ultimatum. Si Luke ne remplissait pas son devoir, le comte détruirait la famille de Kitty, réduirait à néant leur fortune et les perspectives d'avenir de leur fille unique. Trevick avait beaucoup d'affaires en Irlande, lui avait-il rappelé, surtout dans le commerce du lin, qui était en plein essor. Comme si cette menace ne suffisait pas, Mr Derby en avait fait une autre qu'il lui avait juré de tenir si jamais Luke ne serait-ce que considérait lutter contre son destin…

Il ferait tomber Kitty en disgrâce.

Luke savait que c'était très facile à faire. La réputation d'une femme était chose fragile. Il suffisait de souffler un mot dans l'oreille de la bonne — ou la mauvaise — personne, et ce serait le début de la rumeur. Peu importe si elle était fondée ou non, ou s'il y avait des preuves… une fille comme Kitty ne s'en relèverait pas.

Ce n'était pas du chantage, lui avait dit Mr Derby avec un sourire. Juste un avertissement. Il savait que Luke ne faillirait pas à sa mission, n'oublierait pas ce qu'il devait au titre, n'oublierait pas les conséquences qui s'abattraient sur les femmes de la famille. Il désignait souvent la gentille petite Sybil dans ces moments, comme si les actions de Luke allaient la mettre à la rue. C'était la cousine préférée de Luke, et elle avait eu la malchance de les accompagner dans ce voyage, comme si sa présence pouvait garantir la capitulation de Luke. Il semblait y en avoir des dizaines comme elle dans la famille, ses sœurs, nièces et cousines ; toutes dépendaient du chef de famille.

À partir de ce moment-là, Luke ne s'était plus soucié de rien. Il cessa de lutter contre l'avenir, de faire des projets, il cessa tout. Ses sentiments furent enfouis, étouffés, repoussés dans un petit coin de son être, là où ils ne pouvaient plus le déranger. Luke avait quelques connaissances, personne qu'il ne considérait comme son ami, mais tous ceux qui le connaissaient le voyait comme un homme placide, pondéré, qui accomplissait son devoir sans se plaindre. Il était charmant — bien qu'un peu terne — et séduisant, même s'il lui manquait un petit quelque chose… le genre de chose qui faisait sortir un homme du lot.

Il savait ce que c'était. À l'intérieur, il était mort. Son cœur continuait de battre dans sa poitrine, mais sa vie s'était arrêtée le jour où on lui avait retiré Kitty.

La volonté du comte avait été de le faire éduquer par des tuteurs, et de le protéger des vicissitudes de la vie jusqu'à ses dix-neuf ans. Ensuite, on l'avait envoyé en voyage, et il était parti sans un murmure. Il voulait être loin de la fille qu'il ne pouvait pas avoir sous peine de la détruire et de détruire tous ceux qu'elle aimait, assez loin pour prétendre qu'elle n'avait été rien de plus qu'un rêve d'enfant.

Maintenant, après quatre années passées à l'étranger, il était de retour, prêt à accomplir la dernière étape du plan du comte.

Il devait se marier.

Une épouse convenable avait été sélectionnée, naturellement. Le hasard n'avait pas sa place. Ce serait l'union du siècle. Lady Frances Grantham, fille de duc, rien que cela, une héritière d'une lignée impeccable et une sœur plus âgée qui avait déjà enfanté trois fils. Sa fertilité était pratiquement garantie, et son sang bleu purifierait tout ce qui manquait dans celui de Luke, car il ne faisait partie que d'une branche éloignée de la lignée originelle des Trevick. Il fallait remonter à trois générations pour trouver sa branche.

Le comte était ravi.

Luke avait envie de braquer un pistolet contre sa tempe, ou celle du comte.

Les deux possibilités lui conviendraient.

Lady Frances était belle, accomplie et populaire. Bien sûr, qu'elle était belle et accomplie, elle était la fille d'un duc, et possédait une dot suffisante pour couler toute la flotte anglaise. La popularité lui avait été servie sur un plateau.

Luke ne l'aimait pas.

Pour être honnête, il ne l'avait jusqu'alors vu que trois fois, donc il n'était pas aimable de sa part d'avoir déjà arrêté son jugement. Il savait qu'il devait faire plus d'effort, non pas qu'il eût le choix.

Mais rien n'allait chez elle. Ses yeux étaient bleus, ses cheveux, blonds, et elle était toujours très calme. Elle ne disait ou ne faisait jamais rien qui ne soit pas convenable, ne riait jamais si fort qu'elle lui faisait craindre d'avoir les tympans perforés, ne reniflait jamais, ne se coinçait jamais dans les arbres…

Arrêtez.

L'image fugace d'une paire d'yeux sombres qui pétillaient surgit quelque part dans les profondeurs de son âme et il claqua cette porte. *Malédiction.* Cela faisait des mois qu'il n'avait pas songé à elle, qu'il avait banni ces souvenirs et cette douleur dans le cœur. Il avait cru être guéri.

Sybil croisa son regard et lui envoya un sourire compatissant et compréhensif. Parfois, il souhaitait ne pas les aimer, ses sœurs et elle — il souhaitait les détester, ainsi que le reste de la famille — mais elle était, au même titre que lui, une victime de la tyrannie de son père et de son oncle. Ils l'étaient tous.

Luke prit une profonde inspiration et contempla le paysage qui défilait par la fenêtre. Il faisait enfin son entrée dans la société anglaise ; c'était quelque chose dont il pouvait se réjouir. Luke était devenu expert dans l'art de compter les choses positives. Bien qu'il n'eût pas encore rencontré le comte de Saint-Clair ni aucun des invités présents, ayant été tenu à l'écart de la société anglaise, il avait lu sa presse à scandale. Le comte semblait être un personnage intéressant, au moins. Un homme qui avait profité de la vie, au lieu d'avoir été couvé comme un œuf.

Partir à l'étranger avait offert à Luke plus de liberté qu'il n'en avait eu depuis que l'homme face à lui l'avait arraché à sa vie idyllique en Irlande, ce qui n'était pas rien. Que ce salopard les ait exilés là-bas en premier lieu, condamnant son père et le reste de sa famille à l'obscurité était ironique, mais cela avait *réellement* été idyllique.

N'y pensez pas.

Il chassa le souvenir. Il ne se permettrait pas de voir dans son esprit de ce joli verger printanier, l'odeur chargée de promesses de renouveau, le goût du vert, toutes choses éclatantes, bourgeonnantes, pleines de vie et d'espoir et…

Pour l'amour du ciel !

— Que se passe-t-il ?

Luke sursauta lorsque Mr Derby s'adressa à lui d'un ton suspicieux.

— R-Rien, monsieur, dit-il, consterné d'avoir parlé à voix haute.

Seigneur, il n'avait pas fait de bourde comme celle-ci depuis des années.

— Hmph.

Mr Derby croisa les bras et détourna le regard. Sybil le fixa d'un air inquiet, avant de reporter son attention sur le paysage.

Luke expira lentement en s'ordonnant de se ressaisir. Finis, les souvenirs, finis les regrets, les « et si ? », les rêveries. Kitty était partie, et son amour pour elle n'était rien de plus que de la sentimentalité larmoyante. Il avait banni ce genre de pensées des années auparavant, lorsqu'il avait compris qu'elles ne lui apporteraient que misère et folie.

Il était résigné. Il l'avait été depuis des années. Il était lié par son devoir, et il l'accomplirait. D'abord, se marier à Lady Frances, puis engendrer un premier héritier, un second, et ensuite…

Ensuite il fuirait.

Chapitre 3

Chère Kitty,

Ruth et moi avons tellement hâte de vous voir, ainsi que tous nos amis. Nous espérons vous rejoindre à Holbrooke le 22, donc je vous prie de pas trop vous amuser avant notre arrivée. Mais recueillez les meilleurs potins pour moi !

—Extrait d'une lettre de miss Bonnie Campbell à miss Kitty Connolly.

20 août 1814, demeure de Holbrooke, Londres, Sussex.

Kitty lança un sourire à la bonne de Matilda, Sarah. Elle fit pivoter sa tête d'un côté, puis de l'autre.

— Mon Dieu, je ne dirai jamais cela à mon Aileen, elle est tellement adorable, mais vous avez une façon merveilleuse de vous y prendre avec les cheveux, dit-elle en admirant son reflet.

Ses boucles noires étaient savamment rassemblées au sommet de sa tête, et quelques-unes d'entre elles, brillantes, avaient été autorisées à retomber sur ses tempes.

Sarah rayonna, heureuse.

— C'est que miss Hunt est si élégante qu'il faut que je reste à la page, miss Connolly. Nous sommes toujours à la recherche de nouveautés.

— Juste ciel, dit Kitty en riant. Ma pauvre vieille Aileen aurait des palpitations à cette idée.

— C'est bien dommage, miss, avec vos si beaux cheveux.

Kitty haussa les épaules, en jetant un dernier regard mélancolique à son reflet.

— Oui, mais elle m'adore, voyez-vous, et… elle est d'un tel réconfort que je me sentirais perdue sans elle. Elle est avec moi depuis que je suis bébé, et me considère un peu comme sa fille. L'année passée, mon oncle a fait mention de sa retraite, et elle a pleuré de façon si pitoyable qu'il a juré ne jamais en reparler. J'étais contente aussi, admit-elle avant de jeter à Sarah un regard espiègle. Mais pour une fois, c'est agréable d'avoir l'air belle.

— Et vous l'êtes, en effet, déclara Matilda en entrant dans la pièce.

Elle regarda Kitty d'un air approbateur.

— Quelle magnifique toilette.

Kitty passa ses mains gantées sur le tissu de satin blanc. Elle n'avait jamais rien porté d'aussi élégant. La robe avait de petites manches bouffantes bordées de bleu ; elles étaient drapées d'un délicat crêpe bleu pâle épinglé à l'épaule par une broche sertie d'un saphir.

— Mon père est d'humeur généreuse, car il semble que sa nouvelle usine soit un énorme succès, dit-elle en souriant un petit peu. Lorsqu'il a entendu parler de l'invitation qu'Harriet m'a faite, il a insisté pour que j'aie une douzaine de nouvelles robes. Il veut sans doute que je piège un comte grâce à elles, ajouta-t-elle avec un rire amer. Comme si Saint-Clair allait me regarder ! Il serait la risée de tous, jusqu'à Londres, pour avoir choisi une épouse irlandaise, dont la dot vient du *négoce*, de surcroît, ajouta-t-elle en prenant une voix horrifiée.

— Balivernes, répliqua Matilda avec un petit reniflement écœuré. Mais voudriez-vous qu'il vous remarque, de toute façon ?

Kitty regarda autour d'elle et Sarah fit une révérence avant de partir discrètement, les laissant seules.

— Bien sûr que non, déclara Kitty avec un sourire mélancolique. Je vous l'ai dit. Luke est le seul qui m'intéresse. Tout le monde me dit que je dois l'oublier, mais c'est impossible et je crois que ce serait mal d'essayer.

Elle s'interrompit, avant d'avouer :

— ma famille pense que je l'ai *bel et bien* oublié, mais je ne peux pas, Matilda. Je ne ferai pas ça. Je l'aime.

— Ma conclusion sur l'amour est qu'il s'agit de la chose la plus tordue, déclara Matilda en prenant les mains de Kitty entre les siennes. Soit il vient au mauvais moment, soit pas du tout, soit pour le mauvais homme, ou pour le bon, mais alors il ne sait pas que vous existez, ou disparaît, ajouta-t-elle avec un sourire en coin. Comment sommes-nous supposées survivre à de tels caprices ?

Kitty s'esclaffa et serra les mains de son amie.

— Avec du courage, et des amis pour nous remonter le moral, répondit-elle en s'obligeant à prendre un ton joyeusement déterminé. Je trouverai Luke, et tout ira bien, et vous tomberez désespérément amoureuse de Mr Burton.

Matilda lui lança un regard sceptique et soupira.

— Eh bien, je suis tout aussi déterminée à essayer de tomber amoureuse, que vous l'êtes à retrouver votre homme disparu. Donc… mettons-y tout notre cœur.

Ils s'étaient rassemblés pour la soirée dans l'une des salles de réception du côté sud de la maison. Comme la fête était, pour l'instant, intime, entre amis, ce salon *plus petit* — et néanmoins d'une opulence et d'un raffinement au-delà de tout ce qu'avait pu voir Kitty jusqu'à présent — était malgré tout légèrement moins intimidant que certaines des pièces plus grandes et plus majestueuses qui étaient utilisées lors des occasions plus formelles.

Kitty observa les invités autour d'elle. Saint-Clair, la comtesse douairière et le frère du comte, Mr Cadogan étaient d'excellents hôtes et avaient mis tout le monde à l'aise. On avait très bien accueilli Mr Burton, et il était déjà en grande conversation avec Matilda, qui semblait suspendue à ses lèvres. Harriet avait également l'air d'écouter avec intérêt ce que disait Mr Burton, pendant que son frère Henry bavardait avec Saint-Clair… qui jetait des regards furtifs à Harriet.

Les yeux de Kitty s'écarquillèrent. Elle se souvint des mots de Matilda la nuit du feu d'artifice, à savoir que l'animosité d'Harriet envers Saint-Clair n'était pas réciproque. Elle n'avait rien remarqué ce soir-là, trop captivée par les feux d'artifice pour leur accorder beaucoup d'attention, mais à présent…

Donc, voilà de quoi il s'agissait.

Elle rangea cette information intrigante dans un coin pour en discuter avec Matilda plus tard. Elle poursuivait son examen des invités, quand Prue et Robert, le duc et la duchesse de Lorny, pénétrèrent dans la salle.

Même si elle avait tout d'une duchesse à présent, Kitty était certaine que sous ses longs gants blancs immaculés, les doigts de son amie étaient tachés d'encre. Écrivaine possédant une certaine renommée, elle avait rencontré le duc lorsqu'elle lui avait donné le rôle — le décrivant assez cruellement — du méchant de son histoire d'amour.

Prue afficha un large sourire lorsque Matilda, Harriet et Kitty se précipitèrent vers elle.

— Bonjour mes chéries, dit-elle avec un sourire éclatant. C'est formidable de vous voir ici ! Je suis si impatiente. Ai-je manqué des potins ?

Matilda s'esclaffa et glissa son bras autour de celui de Prue.

— Pas du tout. Nous vous attendions afin que vous puissiez tous les noter et écrire un roman scandaleux sur nous.

— Oh, vous pouvez sourire, Tilda, dit Prue avec une lueur malicieuse dans le regard. Mais je vais prendre des notes.

Matilda rit et Prue dirigea son attention vers Kitty.

— Donc, Kitty, ce défi. Êtes-vous prête ?

Kitty sourit en hochant la tête. Le papier qu'elle avait pioché dans ce chapeau la mettait au défi d'habiller l'ours empaillé de Saint-Clair — qui vivait dans son bureau — en habits de soirée. Harriet avait chipé quelques-uns des vieux vêtements d'Henry spécialement pour l'occasion.

— Harriet a tout organisé, dit-elle, donc, je n'ai pas l'impression de pouvoir m'attribuer beaucoup de mérite, mais oui. Plus tard dans la soirée, lorsque les hommes boiront leurs portos…

Le dîner n'était pas formel, et pourtant Kitty ne s'était jamais assise à une table aussi somptueuse. Ils s'étaient installés un peu en retard après quelques ajustements de dernière minute, car certains invités n'avaient pas fait leur apparition.

Jérôme — Mr Cadogan — avait expliqué qu'un Mr Derby, sa fille, miss Sybil Derby et l'un de leurs cousins — l'héritier du comte de Trevick — avaient fait savoir qu'ils seraient en retard. Jérôme avait expliqué que le mystère flottait autour de ce cousin que l'on avait sorti de l'ombre parce qu'il était le seul héritier restant du comte. Personne ne semblait savoir quoi que ce soit à son sujet. Il était resté à l'étranger de nombreuses années et venait seulement de revenir en Angleterre. Jérôme avait envie de le rencontrer car ils étaient du même âge, mais un essieu de leur carrosse s'était brisé en chemin : les réparations à faire les empêcheraient d'arriver à temps pour le dîner.

Kitty était plus intéressée par le repas que par un autre membre de la noblesse. Il y avait suffisamment de titres pompeux autour de la table pour qu'elle ait déjà l'impression d'être une impostrice.

Le premier service à lui seul était impressionnant, des dizaines de plats étaient proposés : de la soupe de langouste, du filet de veau, de l'échine de bœuf, des petites boulettes, cinq poulets rôtis, des filets de pigeon dans une sauce riche, une dinde, et un jambon.

Kitty accepta un bol de soupe et fit de son mieux pour ne pas montrer son émoi. Elle avait participé à quelques dîners d'importance durant cette saison, mais aucun en compagnie d'une famille aussi illustre.

— Ressentez-vous parfois le besoin de vous pincer ? lui murmura Mr Burton.

Kitty leva la tête et lui sourit.

— En temps normal, non, mais ce soir…

Elle regarda autour d'elle, vit le duc de Lorny s'installer légèrement sur sa gauche — à droite de la comtesse douairière, et plus proche de l'extrémité de la table, où le comte de Saint-Clair discutait avec lady Frances Grantham, la fille du duc de Lymington.

— Oui, ce soir, c'est un peu intimidant.

— Je suis content de ne pas être seul, déclara-t-il en lui lançant un sourire complice. Lady Frances a déjà refusé de m'adresser la parole.

Les yeux de Kitty s'écarquillèrent d'horreur.

— Elle n'a pas fait cela !

Mr Burton hocha la tête avec un sourire en coin.

— Oh, mais elle a fait cela d'une façon experte, sans faire de vagues. Une fois les présentations faites, elle a fait mine de ne pas m'avoir entendu lorsque j'ai essayé d'engager la conversation, et s'est tournée vers Mr Cadogan pour lui parler.

— Quelle pie-grièche mal élevée ! s'exclama Kitty un peu trop fort.

Matilda, qui était assise face à eux, à côté de lady Frances, lui fit de gros yeux pour lui indiquer de faire attention, et Kitty rougit.

Mr Burton étouffa son rire en prétendant s'étrangler avec le bœuf et prit hâtivement une gorgée de vin.

— Je pense que vous trouverez que ses manières sont tout à fait appropriées lorsqu'elle se retrouve obligée de converser avec un champignon envahissant de mon espèce, murmura-t-il.

— Eh bien, je pense que cela n'est rien d'autre que de l'ignorance et de la grossièreté. Lorny n'agirait jamais d'une manière aussi minable, et c'est un duc.

Kitty bouillonnait en pensant à la manière dont avait été traité Mr Burton. Elle-même avait été ignorée de nombreuse fois à cause de son origine irlandaise, et parce que la fortune de son père était alimentée par le commerce. Cela importait peu que leur famille fût ancienne et distinguée ; les gentlemen ne salissaient *pas* leurs mains avec de telles activités.

Apparemment, il valait mieux laisser sa famille mourir de faim plutôt que de lever le petit doigt. Quelle idiotie.

— Nous avons tellement aimé les feux d'artifice de Green Park, dit Matilda à Mr Burton en lui adressant un sourire chaleureux.

Kitty dissimula un sourire en voyant le plaisir non dissimulé briller dans les yeux de Mr Burton lorsque Matilda lui avait adressé la parole.

— Ils étaient très impressionnants, continua la jeune femme. Magnifiques, aussi, comme si le ciel était rempli d'étoiles dorées.

— Ils l'étaient ? répondit Mr Burton en lui lançant un regard admiratif ostensible. Je n'ai pas remarqué.

Matilda rougit et reporta son attention sur son dîner.

— Avez-vous apprécié les feux d'artifice, miss Stanhope ? demanda Saint-Clair en reprenant la conversation là où elle s'était arrêtée et en y entraînant Harriet.

Kitty avait été amusée de découvrir Harriet assise à la gauche de Saint-Clair. Elle se demanda si la comtesse était inconsciente de l'animosité d'Harriet, ou si elle l'avait fait exprès en préparant le plan de table.

Harriet, qui n'avait presque pas parlé depuis qu'ils s'étaient assis, leva la tête.

— Je n'en suis pas certaine, dit-elle d'un ton pensif.

Saint-Clair haussa un sourcil en la regardant avec intérêt.

— Comment cela ? Soit vous avez aimé, soit vous n'avez pas aimé.

Harriet regarda le comte et se renfrogna.

— Non, ce n'est pas aussi simple que cela.

Saint-Clair soupira, lui adressa un sourire contrit.

— Non, Harry, cela ne l'est jamais avec vous. Je vous en prie, pourriez-vous expliquer pourquoi ?

Harriet prit une teinte rouge vif devant la façon informelle qu'avait eue Saint-Clair de s'adresser à elle en société. Kitty pouvait voir que cela l'avait troublée. Ils étaient amis d'enfance, bien sûr, mais les autres pouvaient interpréter ceci comme un niveau d'intimité qu'elle ne lui aurait jamais accordé.

— Les feux d'artifice représentaient la bataille de Waterloo, dit-elle d'un ton assez sévère. Aussi charmant et impressionnant qu'ils fussent, je ne pouvais m'empêcher d'imaginer les hommes qui ont souffert et qui sont morts durant cette terrible bataille. Le bruit, la fumée, le chaos et la terreur —

Harriet s'interrompit et prit soudain un air horrifié. De tels sujets n'étaient pas convenables lors d'un repas, surtout venant d'une femme. Mr Burton, lui aussi, fronçait les sourcils, et Kitty se demanda s'il pensait que les femmes n'avaient pas à considérer de telles choses. Elle espéra que ce ne soit pas le cas, car alors, il baisserait dans son estime.

— Quelle imagination vous avez ! déclara lady Frances, un sourcil blond légèrement relevé. J'ai simplement vu la beauté de cette soirée, et apprécié l'atmosphère conviviale. Je n'avais pas la moindre idée de cette nuance morbide.

Kitty décida qu'elle n'aimait pas lady Frances. À en juger par la façon dont la mâchoire de Saint-Clair s'était contractée, lui non plus, n'approuvait pas son commentaire.

— Harriet possède une intelligence supérieure à la moyenne, lady Frances, déclara Saint-Clair avec une expression glaciale. Elle ressent les choses bien plus profondément que beaucoup d'autres.

Lady Frances renifla de façon dédaigneuse et se consacra de nouveau à son dîner. Saint-Clair avait toujours les yeux posés sur Harriet.

— Faut-il toujours que vous réfléchissiez si profondément à tout ? demanda-t-il à voix basse.

Ses mots étaient gentils, son expression était accablée, comme s'il essayait de toutes ses forces de comprendre la jeune femme.

— Cela vaut mieux que de ne jamais réfléchir à rien, dit-elle sèchement avant de fermer la bouche, l'air consternée.

Kitty pouvait presque l'entendre se maudire pour son éclat.

— Je suis désolée, pourriez-vous m'excuser quelques instants... ?

Harriet se leva, obligeant tous les hommes à se lever également, et sortit de la pièce.

Saint-Clair fit un mouvement en avant, comme s'il allait la suivre, ce qui aurait été tout à fait inapproprié.

— Je vais voir si elle va bien, déclara Kitty en arrêtant le comte avant que les langues ne se mettent à jaser.

Elle tâcha de lui adresser un sourire qu'elle voulait rassurant, avant d'ajouter, soudainement inspirée :

— Elle avait plutôt mal à la tête, tout à l'heure. Je pense que cela doit encore la troubler.

Kitty se dépêcha de sortir de la salle, rattrapa Harriet et glissa son bras autour du sien.

— Est-ce que tout va bien ? demanda-t-elle en la tirant pour l'arrêter.

Harriet prit une profonde inspiration et hocha la tête.

— Oui. Oui, je vais bien, je… oh, ma maudite langue. Pourquoi ne puis-je pas me contenter de conversations mondaines, comme tout le monde ? J'essaye, je jure que j'essaye, mais cela semble toujours tellement… tellement stupide de ne pas dire ce que l'on pense vraiment, ou de ne pas réfléchir à une question comme il se doit et de donner une réponse désinvolte.

Elle se tourna vers Kitty, une expression suppliante sur le visage.

— Pourquoi n'ai-je pas pu simplement répondre « oui, lord Saint-Clair, ce fut une charmante soirée » ?

— Parce que vous êtes honnête et intelligente, et que cette nuit concernait bien plus que de simples feux d'artifice, ce dont tous les gens en possession d'un cerveau avaient probablement conscience. J'en avais moi-même conscience, et je ne me considère certainement pas comme une intellectuelle, ajouta Kitty en riant.

— Mais je me suis promis d'être aimable, sociable *et* polie envers Saint-Clair, répondit Harriet d'un ton si triste que Kitty se sentit malheureuse pour elle. Je l'ai promis à Henry aussi. Il va être tellement en colère. Je… je ne sais pas ce qui me prend, vraiment, je ne sais pas. Jasper — lord Saint-Clair — semble avoir le don de me faire mal agir.

— Vous le connaissez depuis longtemps, dit Kitty en se demandant si elle pouvait réussir à faire dire à Harriet quel était le problème. Depuis que vous êtes enfants ?

Harriet acquiesça.

— Oui, nous avons grandi ensemble. J'ai probablement passé plus de temps ici que dans ma propre maison, car nos parents étaient souvent absents. La comtesse aimait nous avoir comme camarades de jeu pour Jasper et Jérôme, donc…

Elle haussa les épaules, et elles poursuivirent leur chemin, bras dessus bras dessous.

— L'avez-vous toujours détesté ?

— Je ne le *déteste* pas, répondit Harriet avec un soupir agacé. Cela voudrait dire que je lui accorde bien plus d'attention que cela n'en est le cas. Je ne l'aime pas vraiment, voilà tout. Il est comme une mouche bleue énervante. Une fois que vous savez qu'elle est là, alors vous êtes obligée de vous en débarrasser.

— Et cela fait longtemps que vous ne *l'aimez pas vraiment*, alors ? insista Kitty, déterminée à obtenir une réponse.

— Non, répondit Harriet.

Elle soupira ; ce soupir avait une tonalité nostalgique, presque triste.

— Non, nous étions amis avant.

Kitty sourit en ressentant soudain une connexion avec Harriet.

— Étiez-vous amoureuse ?

— Juste ciel, non ! s'exclama Harriet qui semblait paniquée par cette idée, ce qui brisa les idées romantiques de Kitty qui pensait avoir trouvé une âme partageant la même histoire. C'était un garçon insupportable, j'étais toujours la cible de ses plaisanteries. Je ne crois pas l'avoir un jour plus que toléré, et cela doit être la même chose de son côté ; l'animosité n'est venue qu'après. J'avais seize ans quand j'ai réalisé quel personnage arrogant, égocentrique et vaniteux il était. Je ne comprends simplement pas pourquoi tout le monde se pâme devant lui de la sorte.

— Vraiment ? demanda Kitty en haussant un sourcil et en interrogeant Harriet avec son expression la plus sceptique.

Harriet soupira et remonta les lunettes sur son nez, un signe d'énervement qui était devenu à présent familier à Kitty.

— Oh, très bien. Oui, il est séduisant et charmant et riche, et il a un titre, mais *pour moi* c'est très loin d'être impressionnant, je peux vous le dire.

— C'est évident, répondit Kitty en riant.

Elle se sentait terriblement désolée pour Saint-Clair. S'il avait des sentiments pour Harriet, il était condamné à être déçu. Si cet homme magnifique avec son esprit, sa fortune *et* un comté ne pouvait réussir à impressionner Harriet Stanhope, elle se demanda ce qu'il devrait faire pour y parvenir. Elle se demanda si son amie avait le moindre soupçon sur les sentiments qu'il éprouvait pour elle.

— En revanche, je crois que *lui*, est impressionné par vous, Harry.

Harriet se figea et regarda Kitty avec colère.

— Eh bien cela… cela, c'est ce que personne ne semble saisir, dit-elle, les yeux brillants d'agacement. Ce n'est qu'un jeu pour lui. Il s'attend à ce que tout le monde l'aime et succombe à ses charmes, et lorsque ce n'est pas le cas, cela devient un défi. Il ne peut tout simplement pas supporter que je ne tombe pas à ses pieds comme tous les autres, voilà tout. Si je décidais de changer d'avis et de me comporter de façon *aimable* avec lui, il passerait au défi suivant si vite que j'en aurai la tête qui tourne.

Kitty fronça les sourcils. Elle voyait ce qu'Harriet voulait dire, et c'était tout à fait logique. Elle avait rencontré ce genre d'homme, mais… mais quelque chose dans la façon qu'avait Saint-Clair de regarder Harriet lui laissait croire que ce n'était pas cela.

— Dans ce cas, pourquoi ne pas montrer aimable envers lui ? demanda Kitty, curieuse de voir ce qu'il se passerait si Harriet faisait cela. Si vous en êtes certaine à ce point-là. Alors, il cesserait de vous ennuyer.

Harriet la regarda comme si Kitty lui avait parlé mandarin.

— Je ne lui donnerai jamais cette satisfaction, répondit-elle, révoltée.

Kitty mit la conversation de côté en soupirant.

— Qu'avez-vous pensé de lady Frances ?

— Je pense qu'elle est la fille d'un duc, répondit son amie d'un ton qui laissait entendre que ce n'était pas un compliment.

Les deux jeunes femmes se regardèrent et éclatèrent de rire.

— Oh, Kitty, je suis heureuse que vous soyez venue, déclara Harriet en lui souriant.

Kitty ressentit une bouffée d'affection pour la jeune femme compliquée qui se tenait à ses côtés. Au début, elle ne l'avait pas beaucoup appréciée, un peu intimidée par son intelligence et ses manières assez froides. Il était devenu évident qu'elle n'était pas réellement comme cela, une fois que l'on apprenait à la connaître ; elle était tout simplement réservée. Kitty était heureuse de découvrir qu'elle s'était fait une bonne amie.

— Je suis heureuse que vous m'ayez invitée, dit-elle.

— Oh, Kitty, l'ours, déclara Harriet en attrapant le bras de Kitty, les yeux pétillants et rieurs. Ils sont tous en train de dîner. C'est le moment parfait.

— Allons-y !

Kitty, enchantée, éclata de rire, et elles se précipitèrent en direction du bureau de Saint-Clair.

Chapitre 4

Toujours le 20 août 1814, Demeure de Holbrooke, Sussex.

Kitty se pencha en arrière et contempla l'énorme ours brun en fronçant les sourcils. De là où elle se trouvait — debout sur une chaise — en face de l'imposante créature, elle regarda Harriet plus bas.

— Je n'arrive pas à mettre correctement sa cravate, dit-elle en secouant la tête.

— Allons, laissez-moi essayer. J'ai déjà noué celle d'Henry auparavant. Il dit que je suis plus douée que son valet.

Kitty éclata de rire et descendit.

— Vous savez que c'est censé être mon défi, dit-elle en tenant la main d'Harriet alors que celle-ci prenait sa place. J'ai le sentiment que je devrais en prendre un autre.

Harriet sourit.

— Seulement si je déclare celui-ci entièrement mien.

— Oh non, c'est hors de question, déclara Kitty en agitant un doigt dans sa direction. Vous ne vous en sortirez pas si facilement. J'ai tous les défis soigneusement emballés, et le chapeau sur la tête de l'ours n'est que de passage. Vous allez piocher le vôtre avant que nous partions d'ici.

— Argh, fit Harriet avec une grimace.

Kitty gloussa, et observa Harriet qui nouait rapidement la cravate de ses doigts habiles.

— Oh, je dois dire, Harry, que votre frère a raison. Quel travail magnifique !

Harriet sauta de la chaise, et elles contemplèrent leur œuvre.

— Il a l'air assez fringant, acquiesça-t-elle. J'aime également beaucoup l'angle désinvolte du chapeau. Si Saint-Clair était un ours, il ressemblerait exactement à cela.

Kitty ricana et déplia un veston hideux, à bandes criardes violettes et jaunes.

— Porterait-il cette monstruosité ?

Harriet gloussa.

— Mon Dieu, non. Il préférerait mourir plutôt que de commettre un tel crime contre l'élégance. Henry, en revanche, n'a aucun goût.

Elle plaça la chaise à droite de l'ours.

— Vous feriez mieux d'apporter cette chaise de l'autre côté, Kitty. Même avec tous les liens défaits au dos de la veste, nous allons avoir un mal de chien à la lui enfiler.

— Ne vous inquiétez pas de cela, comment allons-nous faire pour le pantalon moulant ? demanda Kitty avant d'être emportée par un fou rire.

Harriet se mordit la lèvre, les yeux pétillants de rire.

— Il faudra résoudre ce problème en temps voulu.

— Cela va prendre beaucoup plus de temps que je ne l'avais imaginé, admit Kitty en regardant la pendule. Je pense que je vais devoir couper le pantalon en deux et le recoudre sur lui.

Elles avaient déjà manqué une bonne partie du dîner, car malgré leurs efforts il avait été presque impossible de lui enfiler la chemise, et elles avaient finalement été obligées de découper le dos, avant de rassembler les parties à l'aide d'épingles. Selon Kitty, le fait qu'Harriet ait songé à prendre un kit de couture pour mener à bien cette mission démontrait son intelligence supérieure.

— Bien, déclara Harriet qui avait l'air de beaucoup s'amuser. Je n'ai pas la moindre envie de retourner là-bas, je n'ai jamais rien fait de tel de toute ma vie. Si vous pensez que je vais partir alors que le travail est à moitié fait, vous ne me connaissez pas très bien. Il faudra juste que nous disions que le mal de tête que vous avez inventé s'est transformé en migraine, et que vous êtes restée pour prendre soin de moi.

Kitty soupira et secoua tristement la tête.

— Harriet Stanhope, à présent, vous racontez des mensonges et vous vous comportez de manière effrontée. Je crois vraiment que j'ai une mauvaise influence sur vous.

Harriet ricana avant de remonter sur la chaise, le veston hideux serré dans sa main.

— Oh, parfait, répondit-elle d'un ton légèrement provocateur. Il était grand temps que quelqu'un s'en charge.

Jasper regarda son majordome, Temple, se glisser à ses côtés et toussoter discrètement. Les hommes venaient tout juste de rejoindre les femmes après avoir bu leurs portos, et sa mère était en train de servir du thé.

— Mr Derby et sa famille sont arrivés il y a de cela une demi-heure, monsieur, déclara l'homme à voix basse. Je les ai fait conduire à leur chambre et ils ont demandé à ne pas rejoindre les invités à une heure aussi tardive. Cependant, Mr Derby est désireux de vous voir dès que possible.

— Oh ? répondit-il, surpris. Très bien, j'y vais de ce pas.

Mr Derby était un diable qui n'avait pas vraiment d'humour, et voulait sans doute présenter ses excuses en personne pour leur arrivée tardive. Non pas qu'un essieu brisé eût été chose possible à prévoir, mais cela donnait à Jasper une excuse pour quitter ses invités et partir à la recherche d'Harriet. Ni elle ni Kitty n'étaient revenues dîner, ce qui était vraiment surprenant de la part d'Harry. Il espérait qu'elle aille bien.

Il était malheureusement conscient de l'avoir contrariée, même s'il ne l'avait pas voulu. Mais cela ne faisait aucune différence, elle se mettait toujours en colère, qu'il essaye ou non de la provoquer délibérément. Il était vrai que parfois, il ne pouvait pas s'en empêcher, et il était si facile de l'énerver. Mais il préférait de loin la savoir en colère et furieuse contre lui : cela valait mieux que d'être ignoré. L'indifférence qu'elle manifestait à son égard lui faisait bien plus mal que n'importe quel mot qu'elle lui aurait lancé avec rage, même si pour rien au monde il n'admettrait cela à qui que ce soit.

— Je l'ai fait conduire à votre bureau, monsieur, déclara Temple tandis que Jasper se levait.

Jasper acquiesça d'un signe de tête, s'excusa auprès de ses invités, et partit s'occuper de Mr Derby.

En pénétrant dans son bureau, il fut quelque peu surpris d'y trouver, non seulement Mr Derby et un jeune homme qu'il ne connaissait pas, mais… mais…

— Bonté divine, dit-il.

Mr Derby regarda Jasper, un air désapprobateur sur le visage.

— Bonsoir, lord Saint-Clair. Je suis soulagé de découvrir que ce n'est pas le mobilier habituel que l'on trouve dans cette pièce, destinée aux affaires plus sérieuses.

Jasper sentit ses poils se hérisser devant tant de suffisance, mais aperçut un éclat amusé dans le regard du jeune homme et s'obligea à répondre avec tact. Lui-même avait de la famille.

— En effet, Mr Derby. Je pense qu'il s'agit d'une plaisanterie.

Au même moment, un léger mouvement attira son regard. Les rideaux dissimulant les portes qui menaient aux jardins avaient été fermés pour la nuit. L'éclat d'un morceau de soie rose avait été immanquablement visible l'espace d'un instant, avant de disparaître à nouveau.

Harriet portait une robe de soie rose.

Ses lèvres tressaillirent. La petite diablesse. Qui l'aurait cru ?

Son ours — un cadeau récent de certains de ses amis les plus idiots — avait l'air d'avoir passé une excellente soirée. Entièrement vêtu d'habits de soirée, son veston ressemblait à un vêtement cauchemardesque avec lequel Henry aurait pris plaisir à tourmenter Jasper et l'angle que formait le chapeau de l'ours lui donnait un air canaille. Elle avait même réussi, on ne sait comment, à mettre une bouteille vide au creux de sa gigantesque patte.

Jasper se découvrit enchanté de réaliser qu'Harriet — toujours si sérieuse et désapprobatrice — avait un sens de l'humour ridicule.

— Mon frère, sans doute, dit-il avec un sourire naturel.

Il n'éprouvait pas le moindre scrupule à blâmer Jérôme pour toute roublardise. C'était le genre de choses que Jérôme faisait bel et bien lorsqu'il avait un coup dans le nez, de toute manière.

— Les jeunes hommes s'amusent de telles choses, j'imagine, ajouta-t-il.

Mr Derby parut encore plus troublé et jeta un coup d'œil à l'homme qui se tenait à ses côtés et qui, d'après Jasper, avait à peu près le même âge que Jérôme. On aurait dit que Mr Derby regrettait d'avoir amené l'héritier de Trevick — Jasper soupçonnait que c'était l'homme en question — dans un lieu de dissolution pareil. La rumeur disait qu'après des années de morts prématurées et de catastrophes, le comte ne prenait aucun risque avec le dernier de sa lignée.

— Eh bien, je vais vous croire sur parole, déclara Mr Derby tandis que Jasper s'efforçait de lui adresser un sourire courtois. Je ne vous dérangerai pas longtemps. J'ai conscience que vous avez des invités, mais j'ai cru qu'il serait juste et de bon ton de vous informer qu'il y aura une annonce plus tard dans la semaine. Mr Baxter ici présent va se fiancer à l'une de vos invitées, lady Frances Grantham. Nous avons l'accord de son père, bien entendu, mais votre fête nous semblait être une occasion conviviale pour rendre la nouvelle publique.

Il y eut un léger bruit de tissu derrière les rideaux, que Jasper ignora superbement ; il se dépêcha de répondre pour maintenir leur attention fixée sur lui.

— Bien sûr, Mr Derby. Quelle merveilleuse nouvelle.

Jasper avait parfaitement conscience du fait que Mr Derby connaissait sa réputation. Ce que le bonhomme était réellement en train de dire, c'était *lady Frances Grantham est hors limites, bas les pattes*. Jasper n'était que trop heureux d'accéder à sa requête.

Lady Frances lui avait fait comprendre son intérêt pour lui depuis le début de la saison, et il ne l'aurait pas invitée si sa mère n'avait pas insisté. Il ne ressentait que du soulagement en découvrant qu'il ne se ferait pas traquer dans sa propre maison pendant les deux semaines à venir ou plus, et qu'il n'aurait pas à faire de son mieux pour éviter de se faire piéger. Elle lui semblait être le genre de femme à n'avoir aucun scrupule à mettre en place un stratagème pour le forcer à l'épouser.

Au même moment, des coups retentirent à la porte du bureau.

— Entrez, cria Jasper, pressé de finir cette entrevue afin de pouvoir s'occuper de la femme qui se cachait derrière ses rideaux.

Il était impatient d'en arriver là.

À sa grande surprise et déception, lady Frances en personne entra d'un pas vif dans le bureau, sa dame de compagnie, Mrs Drake, sur les talons.

— Oh, c'est bien vous, Mr Derby… et Mr Baxter, ajouta-t-elle avec un sourire timide. Je vous prie de pardonner mon intrusion, monsieur, dit-elle en jetant un regard suppliant à Jasper. Mais lorsque Mrs Drake m'a informée de l'accident, j'ai su que je ne fermerais pas l'œil de la nuit si je ne m'assurais pas moi-même qu'ils n'étaient pas blessés.

— Comme vous pouvez le voir, Lady Frances, déclara Mr Baxter avec un sourire qui sembla faux à Jasper, nous allons parfaitement bien et —

Le cœur de Jasper bondit violemment devant la soudaine activité derrière les rideaux… et Kitty Connolly trébucha parmi eux. Elle dévisagea Mr Baxter comme si elle avait vu un fantôme, puis une telle expression de joie éclaira son visage que Jasper sentit son cœur se serrer.

— Luke ! s'exclama-t-elle, avant de se précipiter à travers la pièce et de se jeter au cou de Mr Baxter.

Le jeune homme émit un son étouffé, mais il ne faisait aucun doute qu'il arborait la même expression que celle de miss Connolly.

— Chaton ! souffla-t-il, la voix rauque de surprise.

Pendant un court instant, il l'enlaça comme s'il ne la laisserait plus jamais partir, avant de se rendre compte de l'endroit où il se trouvait et des circonstances : il l'éloigna précipitamment de lui. Il avait les joues rouges, mais il redressa les épaules et lui fit face.

— Oh, Luke, s'écria Kitty. Où étiez-vous passé tout ce temps ? Pourquoi ne m'avez-vous pas écrit ? Et… et dites-moi que vous ne pensez pas sérieusement à épouser cette… cette *femme* ?

— Si, en effet, répondit lady Frances d'un ton glacial. Et j'aimerais avoir une explication tout de suite, Mr Baxter, maintenant. Qui est cette créature et pourquoi se cachait-elle derrière les rideaux ?

Mr Baxter ouvrit la bouche, mais Mr Derby répondit avant lui.

— C'est évident : cette femme est dérangée. Il ne fait aucun doute qu'elle attendait là, tapie derrière le rideau pour piéger le premier bon parti qui franchirait cette porte, déclara Mr Derby avec une expression d'intense dégoût sur son visage aux traits déjà sévères. Lady Frances, ne soyez pas contrariée, je vous prie. Laissez-moi régler cela, je vais me charger de cette créature scandaleuse, je vous l'assure.

— Mr Derby ! s'exclama Mr Baxter d'un air furieux.

Jasper ne trouvait pas que lady Frances paraissait contrariée. Elle avait plutôt des airs meurtriers, surtout lorsque son futur fiancé avait pris la défense de miss Connolly. Il jeta un coup d'œil autour et vit Harriet commencer à sortir des rideaux. Il lui fit les gros yeux et secoua la tête, lui intimant silencieusement de retourner dans sa cachette avant que quiconque ne s'aperçoive de sa présence. Dieu seul savait quel impact cela pourrait avoir sur sa réputation. Kitty venait juste de ruiner la sienne, et il ne la laisserait pas entraîner Harriet dans sa chute.

Harriet hésita, une lueur de défi dans le regard, elle voulait rejoindre son amie.

Faites-moi confiance, lui dit-il avec ses yeux, tout en souhaitant que pour une fois, elle le fasse. Avec un regard qui l'avertissait qu'il n'avait pas intérêt à tout gâcher, Harriet se glissa à nouveau derrière les rideaux.

Jasper eut l'impression de pouvoir respirer de nouveau, sauf que l'atmosphère dans la pièce était de plus en plus électrique.

Mr Baxter était gris, si tendu que Jasper craignait que quelque chose en lui lâche à tout instant.

— J'insiste pour que cette jeune femme quitte les lieux sur-le-champ ! tonna Derby.

— Cette *jeune femme* ? ricana miss Connolly. Vous savez très bien qui je suis, Mr Derby, et vous savez que Luke m'aime lui aussi, cela ne fait aucun doute, puisqu'il est clair que c'est vous qui nous avez séparés. De plus, il n'a pas l'intention d'épouser votre lady Frances.

— Je ne sais rien de cela ! Ils sont fiancés. L'annonce est prévue cette semaine ! hurla Mr Derby.

— Oh ça non ! lui cria Kitty en retour, tout en serrant ses poings menus, l'air de vouloir casser le nez de Derby à la moindre provocation. Parce qu'il est déjà marié — *à moi* !

Le silence qui suivit cette annonce fut si absolu que Jasper sentit les poils de sa nuque se dresser. Oui, cette fête commençait sur les chapeaux de roue. Maudites soient sa mère et ses idées stupides.

Il tourna la tête une fraction de seconde trop tard, et vit lady Frances s'effondrer sur le sol. Elle s'était sans doute attendue à ce qu'il la rattrape, mais il ne lui avait absolument pas accordé la moindre attention, hypnotisée par le drame qui se déroulait devant lui.

Avec un cri de panique, Mrs Drake se laissa tomber à genoux à ses côtés dans un bruissement de jupons. Mr Derby braqua le regard sur Mr Baxter.

— Luke.

Son regard était si menaçant que Jasper en fut glacé jusqu'aux os.

Mr Baxter ferma les yeux un instant avant de les ouvrir à nouveau et de regarder miss Connolly. Il luttait, menant un quelconque combat intérieur. Jasper pouvait le voir, pouvait le sentir, et son instinct lui criait que la fille avait dit la vérité. Mr Baxter l'avait aimée, il l'aimait encore, mais cela ne ferait aucune différence.

— Luke, murmura miss Connolly qui semblait au bord des larmes. Dites-leur, Luke, je vous prie. Dites-leur que c'est la vérité.

Le temps d'un éclair, Jasper aperçut un déchirement profond dans les yeux du pauvre homme, mais il déglutit et se tint plus droit.

— Nous étions enfants, miss Connolly, dit-il d'une voix douce. Nous faisions semblant, comme vous vous souvenez très certainement.

Ces mots percutèrent la jeune femme avec une telle violence qu'il aurait tout aussi bien pu l'avoir giflée.

Oh, non.

Le cœur de Jasper se serra pour elle, pour la désolation qu'il savait qu'elle ressentait.

— Menteur ! dit-elle dans une exclamation déchirante et folle de douleur.

Ces mots résonnèrent dans la pièce, et Mr Baxter fut incapable de la regarder.

— C'est à cause de vous, dit-elle en se tournant vers Mr Derby. Vous avez refermé vos griffes sur lui, je sais que c'est vous. Vous le faites chanter, dit-elle avec une rage qui était palpable. Avec quoi l'avez-vous menacé ? Quelle emprise avez-vous sur lui ?

— Vous êtes folle, déclara Mr Derby d'un air ennuyé, comme si toute l'affaire était très loin de valoir son attention.

Jasper ressentait un désir grandissant de lui casser le nez au nom de Kitty.

— Miss Connolly, dit gentiment Mr Baxter. Nous ne sommes plus des enfants. Je vous prie… vous ne devez pas…

Miss Connolly releva le menton.

— Dites-moi que vous ne le pensiez pas, dit-elle d'une voix tremblante. Regardez-moi dans les yeux, Luke. Dites-moi que vous ne m'aimez pas, que tout ceci n'était qu'un jeu d'enfants.

La poitrine de Mr Baxter se levait et descendait avec trop de rapidité, son émoi était évident. Jasper retint sa respiration, il voulait que l'homme prenne sa défense, peu importe ce qu'il lui en coûterait. Il regarda Mr Baxter s'obliger à regarder Kitty dans les yeux. Il ouvrit la bouche et Jasper sut, *il sut* qu'il démentirait ses dernières paroles… sauf qu'il ne le fit pas.

Il ne dit rien du tout. Il était perdu dans les yeux de la fille, une expression d'amour si intense qu'il était impossible de la nier avec des mots. Elle ne dura qu'une fraction de seconde avant qu'il ne se reprenne, mais miss Connolly l'avait vu, tout comme Jasper.

— Miss Connolly, dit Mr Baxter.

À présent, il avait repris une contenance et essayait de retrouver son attitude froide, mais il était trop tard.

— Si vous épousez cette fille, je vous attaquerai en justice, déclara miss Connolly avec un éclat triomphant dans le regard.

— Quoi ? aboya Mr Derby dont le visage avait pris une teinte si vive que Jasper commença à craindre pour sa santé.

— Pour rupture de promesse, continua miss Connolly.

Jasper ne pouvait qu'admirer son courage. Elle était là, toute seule, faisait face à un homme puissant qui avait visiblement une emprise sur son bien-aimé, et malgré tout, elle ne baissait pas les bras. Elle l'aimait, et elle se battrait pour lui. Il sourit.

— Non, chaton, vous ne pouvez pas, déclara Mr Baxter le regard à présent paniqué.

Il secoua la tête, fit un pas en avant comme pour la rejoindre, avant de se retenir une fois de plus.

Vous ne comprenez pas —

— Si vous souhaitez dire que nous ne nous sommes jamais mariés, c'est une chose, déclara miss Connolly en levant le menton, l'air d'une reine, avec ces yeux qui envoyaient des éclairs. Mais dites-moi que vous n'avez jamais promis de m'épouser, ou supplié de m'épouser, de fuir à Gretna Green à la seconde où nous pourrions le faire. Dites-moi que je mens.

Mr Baxter la contempla et Jasper compris qu'il ne pouvait pas. Il vit le pauvre diable déglutir, ouvrir la bouche et la refermer.

— C'est bien ce que je pensais, déclara miss Connolly en souriant.

— C'est inadmissible, s'écria Mr Derby, furieux. Saint-Clair, j'exige que cette… cette *folle* quitte les lieux immédiatement.

Jasper se raidit, et regarda Derby avec froideur et dédain.

— Miss Connolly est mon invitée, *monsieur*, lui dit-il avec une expression lui rappelant qu'il parlait au comte de Saint-Clair et non pas à un jeune blanc-bec. De plus, je ne pense pas qu'elle soit le moins du monde mentalement déficiente.

Il hésita un instant, en se demandant s'il avait perdu l'esprit, mais… mince alors, il voulait savoir si l'amour véritable était une chose réelle, si un amour d'enfance pouvait survivre lorsque l'on devenait adulte.

— En fait, Mr Derby, dit-il en se rangeant aux côtés de miss Connolly. Si Mr Baxter a fait une promesse à cette jeune femme — ce qu'il n'a pas essayé de nier —, je me sens tenu par l'honneur de soutenir miss Connolly dans toute démarche légale qu'elle voudrait entreprendre.

Kitty le regarda avec un air stupéfait et abasourdi, et Jasper sourit légèrement.

— Lord Saint-Clair, rétorqua à voix basse Mr Derby, furieux. Puis-je vous rappeler que le comte de Trevick est un homme puissant ? Luke Baxter est le dernier représentant vivant de la lignée, et il s'est donné beaucoup de mal pour que ce garçon en arrive là, et également pour arranger ce mariage. Les Trevick et les Lymington sont impatients de voir leurs deux grandes familles unies, et je vous assure que le comte risque de ne pas apprécier votre soutien à cette dérangée, qui souhaite faire traîner dans la boue le nom de la famille dans un moment pareil.

Il prit une inspiration, et Jasper le vit essayer de prendre une expression moins vindicative, réalisant peut-être que l'intimidation n'était pas la meilleure tactique.

— Sa famille est dans le *commerce*, continua Mr Derby en tendant les mains d'un air suppliant. Vous pouvez sûrement comprendre… ?

Il avait dit cela d'une manière cajoleuse, comme si un homme de la lignée de Jasper se devait de comprendre de telles subtilités.

Il était rare que Jasper perde de son sang-froid, mais il n'avait jamais apprécié Mr Derby et à présent il sentait que son instinct lui avait dit vrai. Ce n'était qu'un méprisable tyran. Il sentit la colère monter en lui devant la témérité de l'homme qui osait le menacer dans sa propre demeure.

— Je vous rappelle que je suis *moi-même* un homme puissant, Mr Derby, déclara Jasper qui avait de plus en plus l'impression d'être un chien marquant son propre territoire, et devenant encore plus furieux de se voir obligé de prononcer des mots aussi ridicules. Et si promesse a été faite à miss Connolly, alors cette promesse doit être honorée. Je vous suggère de vous abstenir de toute autre remarque concernant la santé mentale de cette demoiselle, ou ses origines, car *je* risque de ne pas apprécier cela, tout comme je n'apprécie pas les menaces.

Mr Derby le dévisagea. L'expression de son visage suggérait qu'il aurait mieux fait de s'allonger et de desserrer sa cravate s'il ne voulait pas passer l'arme à gauche dans les prochaines minutes. Il était violet, ses yeux étaient exorbités, et il donnait l'impression de ne pas avoir respiré depuis quelque temps.

— Venez, Luke, dit-il, les dents serrées. Il n'y a rien de plus à dire ce soir. Nous en reparlerons quand tout le monde aura eu le temps de réfléchir à ses actions.

Il grogna plus qu'il ne dit ces mots, les yeux toujours rivés sur Jasper, puis il se retourna et partit vivement de la pièce.

Mr Baxter hésitait, apparemment déchiré entre apporter son aide à lady Frances qui sanglotait doucement en agrippant Mrs Drake, et aller vers miss Connolly qui le regardait avec tant d'espoir.

— Luke ! aboya Mr Derby en faisant sursauter tout le monde, mais surtout l'homme concerné, qui pâlit.

Il se tourna vers Jasper et s'inclina.

— Monsieur, dit-il d'une voix tendue. Je vous prie de pardonner le dérangement.

Il se tourna de nouveau vers miss Connolly avec un tel désespoir dans le regard que Jasper sut que son intuition ainsi que celle de miss Connolly avaient été justes. Derby avait un moyen de pression sur lui.

Le jeune homme se retourna et partit sans un autre mot. Jasper vit les yeux de la jeune femme se remplir de larmes. Il s'approcha d'elle et lui attrapa le bras en secouant la tête. Il ne fallait pas qu'elle s'effondre maintenant, pas avant que lady Frances ne parte. La jeune femme comprit, et réussit bravement à redresser les épaules.

Jasper sonna la cloche, et fut soulagée de voir Temple apparaître sur le champ. Béni soit cet homme, il pouvait sentir les ennuis à un kilomètre à la ronde.

— Veuillez s'il vous plaît aller chercher la bonne de lady Frances. Elle a été prise d'un malaise et a besoin d'être emmenée tout de suite.

Il sembla s'écouler une éternité avant que cela n'arrive, mais la femme finit par arriver, et, avec l'aide de Mrs Drake, elles aidèrent Frances à se lever. Jasper était sur le point de pousser un soupir de soulagement lorsque la femme s'arrêta sur le seuil de la porte et se retourna pour lancer à miss Connolly un regard de profond dégoût.

— Votre réputation est finie, dit-elle durement. Mon père est duc, et le comte de Trevick tient beaucoup à ce mariage, et vous…

Lady Frances leva le menton en l'air.

— … Marchands irlandais, dit-elle avec un petit reniflement, comme si c'était une explication suffisante.

Compte tenu des circonstances, elle avait probablement raison.

— Ce sera tout, déclara froidement Jasper qui récolta un regard plein de reproches de la part de la jeune femme.

— Vous avez fait une erreur de jugement, monsieur, dit-elle d'un ton glacial. Prions pour que vous ne veniez pas à le regretter.

La porte se ferma, et Jasper put enfin laisser échapper le soupir qu'il avait retenu alors que miss Connolly émettait un son étranglé. Harriet jaillit de derrière les rideaux et se précipita pour serrer son amie dans ses bras.

— Oh, Kitty, dit-elle alors que la jeune femme s'effondrait, secouée par les sanglots. Oh, ma chérie, qu'avez-vous fait ?

Jasper se retourna pour leur donner un peu d'intimité et alla remplir des verres. Lorsqu'il regarda de nouveau dans sa direction, miss Connolly s'était calmée et il ne put qu'admirer son courage.

— Tenez, dit-il en lui tendant le verre. Cela va vous aider.

Miss Connolly l'accepta et but une gorgée avant de lever vers lui des yeux remplis de larmes.

— Je ne sais pas pourquoi vous l'avez fait, monsieur, mais je ne serai jamais en mesure de vous remercier comme il se doit. Mes parents seront horrifiés lorsqu'ils apprendront ce que j'ai fait. Ils… ils ne me soutiendront pas.

Jasper sourit, un peu mal à l'aise. Il pouvait sentir le regard scrutateur d'Harriet, sentir son incompréhension quant à la raison qui l'avait poussé à agir de la sorte.

— Êtes-vous sûr de vouloir aller jusqu'au bout, Kitty, demanda-t-elle d'une voix inquiète. Cela va provoquer un scandale si grand, et même si vous gagnez… voudriez-vous épouser un homme que vous avez forcé —

— Il l'aime, l'interrompit Jasper en prononçant les mots de façon plus brutale qu'il n'en avait eu l'intention.

Harriet fronça les sourcils. Son scepticisme était évident.

— Il est impossible que vous ayez —

— Je sais à quoi ressemble un homme amoureux, l'interrompit-il.

Il aurait aimé ne pas dire cela sur un ton aussi amer.

— Derby a un moyen de pression sur lui, ajouta-t-il.

— Et vous *savez* cela ? insista Harriet sur un ton irrité que Jasper reconnaissait bien.

— Oui ! s'emporta Jasper qui sentait son énervement grimper, comme chaque fois lorsqu'elle le prenait pour une brute stupide. Oui, je le sais. J'ai vu le désespoir dans ses yeux, Harry, et il ne pouvait pas nier les mots de miss Connolly, il ne pouvait pas dire que ce n'était pas la vérité.

— C'est *réellement* la vérité, dit Kitty. Même s'il a raison, nous n'étions que des enfants, mais… mais je l'ai vu aussi, Harriet. Il n'aime pas lady Frances. Il est pris au piège. Si j'avais cru ne serait-ce qu'une seconde que ses sentiments pour moi s'étaient envolés…

Sa voix se brisa et elle porta la main à sa bouche.

— Je pense que vous feriez mieux d'accompagner miss Connolly à sa chambre, Harry, dit Jasper.

Il se sentait épuisé.

— Elle doit se reposer avant de décider de ce qu'elle compte faire. Je vous soutiendrai, miss Connolly, quel que soit votre choix.

Harriet le regarda avec un air confus.

— Très bien, dit-elle.

Elle continuait de le regarder comme s'il était une énigme.

Ce n'était pas la première fois qu'il assistait à cela : on aurait dit qu'une bataille avait lieu dans son esprit, que l'incroyable cerveau qu'elle possédait l'obligeait à réfléchir à ses actions et à y trouver le sens. Jasper lui souhaitait bon courage, car lui-même n'en avait pas la moindre idée ; tout ce qu'il savait, c'est qu'il avait tendance à faire n'importe quoi lorsqu'elle était dans les parages.

— Je ne suis pas encore sûre que c'était la meilleure chose à faire, monsieur, dit-elle d'un ton troublé. Mais je me rends compte que vous avez défendu Kitty alors que rien ne vous y obligeait. Mr Derby est un horrible tyran et personne d'autre n'aurait fait cela, donc… merci. Je n'oublierai pas votre bonté.

Jasper la contempla, regarda ce visage qu'il connaissait aussi bien que le sien. Elle n'était pas spécialement belle — beaucoup diraient qu'elle était tout juste passable — mais beaucoup ne la connaissaient pas. La plupart des gens se diraient que ses yeux étaient marron, mais ils ne l'étaient pas. Ils étaient d'une riche couleur bronze, parsemés d'éclats verts et dorés et pouvaient voir à travers lui, et laisser chaque fibre de son être tremblante de désir.

Il hocha la tête et regarda Harriet escorter son amie hors de la pièce.

Chapitre 5

Ma chère amie,

Il semblerait que je m'apprête à vous fournir plus de potins que vous n'auriez jamais pu l'imaginer. J'ai tellement peur que j'ai l'impression d'être engourdie. Oh, Bonnie, qu'ai-je fait ?

— Extrait d'une lettre de miss Kitty Connolly à miss Bonnie Campbell.

Aux petites heures du matin, le 21 août 1814, demeure de Holbrooke, Sussex.

Matilda écouta, bouche bée, Harriet lui raconter tout ce qu'il s'était passé.

Quand les deux jeunes femmes n'étaient pas revenues après le dîner, inquiète, elle était partie à la recherche, sans succès, jusqu'à ce qu'elle voie Harriet escorter une Kitty livide à sa chambre.

Elles étaient à présent toutes les trois sur le lit de Kitty, serrées les unes contre les autres.

— Je n'arrive pas le croire, répéta Matilda pour la troisième fois. Le voir après tout ce temps, et dans ce contexte. On dirait une histoire de Mrs Radcliffe.

Kitty renifla et esquissa un maigre sourire.

— Mr Derby est sans aucun doute parfait dans le rôle du méchant d'un roman gothique. Si seulement nous pouvions déterrer une ancienne prophétie, ou tomber sur un moine fou, cela serait parfait, bien que la météo soit trop clémente, dit-elle en s'essuyant les yeux. Il faudrait que les cieux se déchaînent.

Le cœur de Matilda se serra pour Kitty, pour sa bravoure, son courage.

À quoi cela devait-il ressemblait d'aimer à ce point et avec une telle passion, de tenir tête à un homme qui voulait lui enlever son bien-aimé sans se laisser intimider par son pouvoir et son rang ; d'aimer si farouchement qu'aucune pensée ni aucune peur pour sa propre réputation n'ait seulement traversé son esprit ? Matilda ressentait de l'admiration pour elle, une admiration pour ce sentiment qui pouvait vaincre la peur et l'incertitude.

— Kitty, dit Harriet — la voix de la raison au sein de cette histoire d'amour désespéré. Je crois qu'il faut que vous réfléchissiez quelques instants à ce que vous voulez faire, à l'impact que cela aura sur votre famille. Même si Saint-Clair et vous avez raison et que Mr Baxter vous aime réellement, il a été très clair sur le fait que c'est impossible, qu'il ne *peut pas* vous épouser.

Harriet lui saisit les mains et Matilda regarda avec inquiétude l'étincelle de colère grandir dans les yeux de Kitty. Harriet poursuivait :

— Il est l'héritier d'un comté, ma chérie. Les hommes de ce rang se marient rarement par amour, ils le font pour le pouvoir et l'argent. L'union prévue avec lady Frances est excellente, et Trevick ne baissera pas facilement les bras. Il vous faut accepter que… que peut-être Mr Baxter… en dépit de ses sentiments, puisse… qu'il puisse *vouloir* cela.

— Non !

Kitty arracha ses mains de celles d'Harriet.

— Luke n'en a rien à faire des choses matérielles, des titres et du pouvoir. Je le connais… je sais —

— Vous le connaissiez il y a de cela dix ans, Kitty, insista Harriet.

Matilda pouvait voir l'angoisse dans les yeux d'Harriet, le désir de protéger Kitty qui était tellement emportée par l'émotion qu'elle n'était plus en mesure de se protéger elle-même.

— Vous connaissiez le garçon, poursuivit Harriet. À présent, c'est un homme, avec des pensées et des sentiments d'homme. Vous ne savez pas ce qui a pu l'influencer au cours des dix dernières années. Trevick et Mr Derby auront sûrement fait de leur mieux pour le mouler à leur image, c'est certain.

— Jamais ! cria Kitty en se levant du lit.

Elle fit les cent pas dans la chambre. Ses yeux étincelaient, fous de rage et de chagrin.

— Je ne croirai jamais qu'il ait changé à ce point. Je veux bien croire qu'ils aient essayé, je veux bien croire qu'ils l'aient intimidé, menacé, et rendu si misérable qu'il se sente désormais piégé et n'arrive pas à envisager une solution, mais *il y a* une solution, et nous la trouverons.

Elle dévisagea Harriet, raide de fureur, et d'un seul coup, toute la passion sembla s'évanouir. Ses épaules s'affaissèrent, son visage se décomposa et elle éclata en sanglots.

L'aube. 21 août 1814, Demeure de Holbrooke, Sussex.

Luke regardait à travers la fenêtre la lueur de l'aube éclairer l'horizon. La demeure de Holbrooke était située dans un endroit exceptionnel, et dans des circonstances ordinaires il aurait été impatient de la découvrir, surtout les magnifiques jardins qui l'attiraient, baignés dans la lumière dorée de ce matin d'été.

Mais rien dans cette matinée n'était ordinaire. Elle était ici. Kitty Connolly, son chaton. Elle était ici, aussi sauvage et belle qu'elle l'avait toujours été.

Il n'avait pas dormi. Comment aurait-il pu, en sachant qu'elle était là, si proche de lui, après tant d'années de séparation ?

Il avait été ébahi de la voir apparaître dans le bureau de Saint-Clair. Le choc avait été tel, qu'ouvrir les bras pour l'y accueillir et la serrer contre lui avec force avait semblé être la chose la plus naturelle au monde à faire. Il avait tellement voulu ne plus jamais la lâcher.

Comme cela avait été étrange de la tenir contre lui, cette fille mince et légère qu'il avait un jour pu appeler sienne, à présent devenue une femme. Elle était plus douce maintenant, avec des formes qui n'étaient pas là avant. Il se rendit compte que dans son esprit elle avait toujours été une enfant, leur amour aussi innocent et parfait qu'il l'avait été alors. Ce n'était plus une enfant. Même en cet instant, il pouvait encore sentir la chaleur de son corps à travers sa robe, le délicat contact de sa poitrine contre son torse lorsqu'elle s'était accrochée à lui.

Il n'avait pas vécu comme un moine toutes ces années. Mr Derby n'était pas stupide au point de croire que cela aurait été une bonne idée — au contraire, en fait. Il avait sans aucun doute espéré que Luke oublierait son amour dans les bras des courtisanes les plus expérimentés. On l'avait encouragé à fréquenter toutes les jeunes femmes consentantes qui avaient commodément été placées sur son chemin. La solitude et ses envies de jeune homme l'avaient conduit dans leurs bras assez souvent, et pourtant il avait toujours vécu cela comme une trahison. Chaque fois, il s'était senti misérable et insatisfait. Le moindre désir qu'il avait pu ressentir pour ces femmes n'était rien… rien comparé au tsunami d'émotions qui l'avaient frappé lorsque Kitty s'était jetée dans ses bras.

Cela avait été comme tenir une allumette dans le brasier d'un feu de forêt.

Il était encore sous le choc, se disait-il, étourdi et ébloui par la façon dont elle était apparue, comme un esprit… ou une princesse de conte de fées. L'idée le fit sourire. Oui, sa propre fée espiègle, venue pour le mener dans son château enchanté, et il mourrait d'envie de l'y suivre. Son esprit n'arrivait toujours pas à réaliser.

Elle était ici. Elle était ici, après tout ce temps. C'était beaucoup trop extraordinaire.

Et pourtant c'était complètement logique lorsqu'on prenait l'ours en compte. C'était le genre de chose ridicule dont Kitty raffolait. Même maintenant, alors que sa poitrine douloureuse brûlait sous le trop-plein d'émotions, ses lèvres dessinèrent un sourire en y repensant.

Dans son esprit, les premières années après leur séparation avaient été les plus douloureuses de son existence. Il avait cru mourir, accablé de chagrin et de solitude, mais il s'était trompé. La vie avait continué, il avait survécu, et cette douleur devint familière. Elle s'atténuait chaque année un peu plus, en même temps que ses sens.

Lorsque Mr Derby, en comprenant que la passion que Luke éprouvait pour Kitty ne s'évanouissait pas comme il l'espérait, avait proféré des menaces à l'encontre de la jeune femme, Luke s'était éteint à petit feu au fil des années, ne se souciant plus de son avenir.

Rien — *rien* — de ce qu'il avait ressenti durant ces années de misère, n'était comparable à la douleur qu'il ressentait maintenant.

Il savait à présent que Kitty n'était plus la jolie fillette qu'il avait aimée d'une passion innocente. Une chose l'avait toujours réconforté en grandissant, c'était de se dire que leur amour avait été pur, virginal. Aussi simple que le bonheur d'être ensemble. Il avait été doux, honnête, et c'était quelque chose dont il pourrait se souvenir avec un sourire ému lorsqu'il serait un vieillard, lorsque la douleur de l'avoir perdue l'aurait depuis longtemps quittée.

En la revoyant ce soir-là, tous ces vieux sentiments avaient violemment refait surface, encore plus fort, sauf qu'à présent, il y avait ce désir incandescent qui brûlait en lui. Tout l'air avait quitté ses poumons lorsqu'il l'avait tenue contre lui. Il avait réalisé en un instant que les sentiments qu'il avait éprouvés pour elle alors n'avaient été qu'un prélude, une douce introduction à un magnum opus d'une telle ampleur et d'une telle puissance qu'il avait été emporté par ce dernier et qu'il en resterait prisonnier jusqu'au jour où il mourrait.

Il n'y aurait jamais personne d'autre dans son cœur, et s'il ne pouvait pas avoir Kitty, il était voué au malheur. Tout comme la première fois où il avait posé les yeux sur elle, il avait été envoûté. Ensorcelé.

Elle était magnifique.

Ses yeux noirs, brillants de colère et de fierté lorsqu'elle avait fait face à Mr Derby, les cheveux s'étant échappés de leurs épingles, et à présent il était hypnotisé par l'idée d'enfoncer ses doigts dans ses boucles épaisses. Il voulait retirer chaque épingle, jusqu'à ce que sa chevelure tombe sur ses épaules. Cela serait comme de la soie noire cascadant sur un coussin de coton blanc, sa peau ravissante rougirait lorsqu'il s'emparerait de sa bouche et…

Oh, que le ciel lui vienne en aide.

Le souvenir de la tirade furieuse de Mr Derby dans les heures qui avaient suivi cette entrevue fit s'évanouir tout désir. Trevick pouvait détruire la famille Connolly s'il le décidait. Il avait lourdement investi dans le commerce de lin — mais d'une manière telle que personne ne pourrait l'accuser de se salir les mains —, et s'il décidait de boycotter leurs usines, et obligeait ses collègues à suivre son exemple…

Luke mit sa tête entre ses mains. Il aurait aimé être un homme différent, un homme d'action, quelqu'un de brave et intelligent ; quelqu'un qui méritait de gagner une femme comme Kitty. Un homme comme cela trouverait un moyen… peut-être même qu'il tuerait ce maudit Derby et s'enfuirait avec la femme qu'il aime.

L'idée n'était pas déplaisante, mais même dans l'excitation dans laquelle Luke se trouvait, il n'arriverait jamais à tuer quelqu'un.

Elle lui avait fait croire, un jour, qu'il pouvait être cet homme. Kitty l'avait rendu brave, et lui avait montré la beauté d'un monde qui lui avait semblé sombre et lugubre. Lorsqu'elle le regardait, il avait l'impression de pouvoir le conquérir avec elle à ses côtés, même s'il n'avait été qu'un enfant. Aujourd'hui, après tant d'années à se faire sermonner par Mr Derby et le comte, à voir la moindre de ses paroles, le moindre de ses faits et gestes scruté, après avoir été obligé d'éviter toute situation présentant le plus petit soupçon de danger… il avait l'impression d'être devenu une coquille vide, vieille avant l'heure. Ils avaient aspiré toute la vie de lui, sa joie de vivre lui avait été arrachée par leur peur de le voir mourir et de voir la lignée des Trevick tomber en poussière.

Mais ces brefs instants en sa compagnie…

Il s'était souvenu de ce que c'était de vivre.

Les secondes où il l'avait tenue dans ses bras, il s'était animé, son cœur avait recommencé à battre après tant d'années dans l'ombre, à prendre la poussière, il était revenu à la vie par la force de cet éclair foudroyant.

Seulement, à présent, il voulait que cet organe faible retourne à la poussière, retourne dans le coin sombre et lugubre où il l'avait forcé à rester tout ce temps. Il ne voulait pas le sentir tambouriner dans sa poitrine, lui rappeler qu'il était encore jeune et vivant — si vivant —, pas alors que c'était pour elle, et elle seule que son cœur battait, et elle… elle représentait tout ce qu'il ne pouvait pas avoir.

Mr Derby n'avait pas proféré des menaces en l'air. Le père de lady Frances, le duc de Lymington, désirait cette union tout autant que le comte. Si Luke désobéissait en épousant Kitty, Trevick détruirait les Connolly. Leurs usines seraient boycottées, la famille serait ruinée. Et puis il y avait Kitty, Derby trouverait un moyen de la détruire, et y prendrait plaisir — non pas qu'elle eût besoin de son aide, avec son projet scandaleux. Quand tout ceci serait fait, Lymington le détruirait lui.

Il fallait, d'une façon ou d'une autre, qu'il parvienne à la faire changer d'avis. Il fallait qu'il la rencontre, qu'il lui fasse comprendre — sauf qu'elle ne comprendrait jamais. Elle se ficherait des dangers, ils ne lui traverseraient même pas l'esprit. Kitty avait toujours foncé tête baissée. Elle sautait sans regarder, elle grimpait sans réfléchir… elle vivait de tout son cœur.

La seule chose qui pourrait l'arrêter, ce serait de croire que Luke se fichait bien d'elle, ne voulait pas d'elle.

Le cœur de Luke — cette maudite chose qu'il n'avait pas autorisée à ressentir, à expérimenter ou même simplement à battre avec la moindre chose ressemblant à une émotion — était à présent gonflé dans sa poitrine, la douleur et le chagrin prenant une ampleur telle qu'ils semblaient pousser sa cage thoracique et compresser l'air de ses poumons. Il ne pouvait pas faire cela. Il ne pouvait pas la regarder et lui dire qu'elle avait tort, qu'elle ne représentait rien pour lui, qu'il s'en moquait.

Pourtant, il le fallait. Il le fallait pour le bien de Kitty, pour le sien, et pour celui de tous ceux qui dépendaient de lui.

Cela ne serait pas si terrible, se dit-il, comme il se l'était répété au long de ses dix dernières années. Un jour — proche, espérait-il, même si c'était une pensée affreuse — Trevick mourrait. La santé de l'homme déclinait, et Luke était certain que les seules choses qui le maintenaient en vie étaient la rancune et l'ambition.

Il avait survécu pour voir Luke épouser la femme qu'il lui avait choisie, peut-être survivrait-il assez longtemps pour assister à la naissance de son héritier, tellement il était désespéré de s'assurer que tout se déroulerait comme prévu. Derby le suivrait bien assez tôt. Son tempérament vil lui provoquerait une autre crise cardiaque, comme celles qu'il avait eues plus tôt cette année, et son cœur lâcherait.

Alors, Luke serait Trevick, assez puissant pour protéger ceux qu'il aimait, mais trop tard pour protéger Kitty. Néanmoins une fois que son héritier serait né, il serait libre d'agir à sa guise, de vivre comme il l'entendait, il pourrait… il pourrait…

Il pourrait regarder Kitty épouser un autre homme et porter ses enfants.

Oh, Seigneur.

Jasper descendit prendre son petit déjeuner à une heure effroyable qu'il n'avait pas vue depuis des années. Il y avait des oiseaux qui chantaient, pour l'amour du ciel, et il avait failli faire mourir de peur son valet en criant pour attirer son attention, au lieu d'attendre que ce dernier le réveille avec du café, comme tout homme sensé de son rang.

Il se levait habituellement vers midi. Son mode de vie se composait de soirées qui duraient très tard, d'excès, et il avait l'habitude de dormir pendant la plus grande partie de la journée. Vous pouviez éviter beaucoup de choses désagréables — sans parler du fait de *penser* — en vivant à des heures aussi peu sociables.

Mais les scènes d'émotion auxquelles il avait assisté hier l'avaient laissé sur les nerfs, et il n'avait pas bu assez pour que cela le calme, car il avait promis à sa mère de bien se tenir pendant l'entièreté de cette maudite fête. Donc le sommeil l'avait fui.

Tout ce qu'il voyait devant ses yeux lorsqu'il les fermait, c'était la tristesse extrême et la détermination sur le visage de Kitty Connolly. C'était comme si son cœur avait été arraché de sa poitrine et exposé devant lui, et il avait réalisé… qu'il en avait un exactement semblable.

Quelle foutaise révoltante.

Malgré une légère envie de vomir devant ces idioties romantiques, Jasper sentait monter une bouffée de ressentiment envers Mr Baxter, à la fois inappropriée et inexplicable. Mais l'objet de la passion de jeunesse de cet homme éprouvait toujours des sentiments pour lui, et elle les ressentait avec une intensité et une joie si féroce et si totale, que Jasper ne pouvait s'empêcher de sentir une vague de jalousie qui montait dans sa poitrine chaque fois qu'il y songeait.

Il voulait cela. Il voulait être désiré comme cela, bon sang.

Se dire qu'il était un sacré idiot ne semblait pas aider, et il se sentait irritable et confus. Du café, décida-t-il. Un café et une chevauchée énergique le remettraient d'aplomb. Avec cette idée en tête, il se dirigea vers la salle du petit déjeuner et s'arrêta sur le seuil lorsque trois paires d'yeux le regardèrent avec surprise.

Sa mère, miss Hunt, et Harriet étaient déjà autour de la table, en grande conversation.

— Pour l'amour du ciel, combien de temps sommes-nous restées ici, s'exclama sa mère, paniquée, en regardant vivement l'horloge sur la cheminée. Oh, dit-elle avec soulagement avant de foncer les sourcils et de se tourner à nouveau vers Jasper. Êtes-vous malade, mon cher ?

— Non, dit-il sans comprendre pourquoi cette question l'ennuyait.

Il n'avait pas besoin qu'Harriet pense davantage qu'il était un fainéant bon à rien, même si c'était la vérité.

— Je vais bien, merci.

— Eh bien, je ne suis pas étonnée que tu n'aies pas pu dormir, déclara sa mère en se servant une tasse de café. Harriet me racontait tout ce qui s'est passé la nuit dernière, et je n'ai jamais été aussi choquée. Pauvre miss Connolly et pauvre Mr Baxter.

Jasper laissa échapper un ricanement avant d'avoir le temps d'y réfléchir.

— Quoi ? demanda sa mère aussitôt sur le qui-vive. Je sais que vous soutenez la demande de miss Connolly, même si je dois admettre que je suis extrêmement étonnée de vous voir vous impliquer dans ce qui promet d'être un scandale retentissant, cela concerne donc Mr Baxter. Pourquoi, très cher ? Le connaissez-vous ?

— Non, déclara Jasper en attrapant le café et en regrettant de ne pas avoir eu la présence d'esprit de demander qu'un plateau soit amené dans son bureau.

— Alors, qu'y a-t-il ? L'avez-vous pris en grippe ? insista-t-elle en fronçant les sourcils. Cela arrive parfois, on a ce genre d'impression, n'est-ce pas ? Je sais que c'est mon cas ; ce n'est pas très juste de ma part, mais c'est comme avec Mrs Richards, dit-elle en attrapant un petit pain frais et en le déchirant soigneusement en deux. Il a suffi d'un seul regard vers elle et son turban violet pour que je pense… *oh, Seigneur, non.* Ce qui est ridicule, car qu'est-ce qu'un turban violet a à voir avec la personnalité de quelqu'un ? Mais, ajouta-t-elle avec une expression pensive, c'était *vraiment* une nuance impardonnable, surtout pour une… femme d'un certain âge.

Jasper soupira. Il aurait aimé pouvoir faire demi-tour et partir, mais il était coincé maintenant.

— Non, mère. Je ne sais pas pourquoi vous n'aimez pas Mrs Richards. Je ne sais rien de Mr Baxter, et je n'ai pas non plus eu d'*impression* à son sujet.

— Oh, mais si, insista sa mère.

Jasper serra les dents. Maudite soit-elle. Elle agissait comme une créature frivole et tête en l'air la plupart du temps, mais son frère et lui le savaient : elle avait le plus infaillible des sixièmes sens lorsqu'il s'agissait de ses fils. Fichtre.

— Sinon vous n'auriez pas émis ce petit ricanement, ajouta-t-elle.

— Il semblerait en effet que vous ayez une opinion, déclara Harriet avec une lueur amusée dans les yeux.

Cela, c'était typique d'elle : elle ne ratait jamais une occasion de le mettre mal à l'aise, ou mieux encore, de le faire passer pour un idiot — d'accord, il lui offrait beaucoup d'opportunités de le faire. La sensation désagréable qui l'avait empêché de fermer l'œil et l'avait rendu grognon refit surface en force.

— Eh bien, si vous voulez savoir, il m'a fait l'effet d'être une chiffe molle.

Harriet le dévisagea. Les verres de ses lunettes grossissaient légèrement ses yeux, il avait l'impression qu'elle le regardait à la loupe… comme s'il était un insecte révoltant qu'elle étudiait.

— Donc, vous ne croyez pas qu'il essayait de l'empêcher de ruiner sa réputation, ou que peut-être il y avait des enjeux dont il ne pouvait pas parler devant tout le monde ? Que peut-être qu'il existait des responsabilités, des obligations, des choses dont nous ignorons l'existence ?

Malgré la promesse qu'il s'était faite de ne pas se laisser énerver par elle, de ne pas lui donner l'occasion de le faire passer pour un idiot, il s'emporta et fit les deux.

— Non, dit-il en sachant que sa réponse était laconique et énervée alors qu'elle avait soulevé des points parfaitement valables dont bien sûr — *bien sûr* — il avait eu conscience. J'ai pensé qu'il était manifestement amoureux d'elle, et elle, de lui, et pourtant il est resté planté là comme un empoté au lieu de la soulever dans ses bras et de la porter jusqu'à cette foutue Gretna Green, répondit-il en ignorant le claquement de langue désapprobateur de sa mère devant son langage.

— Ce que — si je comprends bien — vous auriez fait dans ces circonstances, dit Harriet avec un mépris évident.

Jasper se leva. Au diable les bonnes manières, s'il restait une seconde de plus, il dirait quelque chose qu'il allait regretter — comme par exemple, *oui, bon sang, c'est ce que j'aurais fait* — avant de partir à grands pas, furieux.

Il était arrivé devant la grande porte lorsqu'il se rendit compte que c'était exactement ce qu'il avait fait.

Matilda regarda Saint-Clair quitter la pièce d'un pas furieux. Elle était très surprise : depuis qu'elle le connaissait, elle ne l'avait pas une seule fois vu perdre son sang-froid avec qui que ce soit. Harriet avait réussi cela avec facilité. Le comte était toujours mondain et charmant, et respirait la sophistication, mais en présence d'Harriet il devenait très irritable ; il lui faisait penser à un petit garçon avec sa camarade préférée — aussi susceptible de lui tirer les cheveux que d'être gentil avec elle.

Elle n'aurait jamais deviné qu'il était de nature aussi romantique.

Harriet le regarda partir avec une expression déterminée, avant d'émettre un petit rire et de retourner à son petit déjeuner.

— Voilà un homme qui parle avec la confiance et le poids d'un comté au bout des doigts, marmonna-t-elle en beurrant une tranche de pain avec des gestes vifs et énervés. Il passe trop de temps à boire et à faire la fête pour risquer de tomber amoureux, mais je parie que *lui* ne se mettrait jamais dans une telle situation ni ne tomberait amoureux de quelqu'un si les circonstances n'étaient pas favorables — aussi idiot soit-il.

Matilda capta son regard et lui fit les gros yeux, lui rappelant que sa mère se trouvait parmi elles. Tout le monde savait que la comtesse adorait ses fils et ne souffrait aucune critique à leur égard.

Harriet devint écarlate. En tournant la tête, elle aperçut le visage de la comtesse douairière de Saint-Clair. Elle arborait une expression assez étonnée.

— Oh, s'exclama Harriet en reposant son couteau dans un bruit sec. Je… je vous prie de m'excuser, dit-elle en ayant l'air profondément mortifiée. Je ne voulais pas… je veux dire… excusez-moi… je pense que je ferais mieux d'aller voir comment va Kitty.

Matilda regarda Harriet sortir en trombe, et entendit lady Saint-Clair pousser un lourd soupir. Elle se tourna et croisa son regard.

Lady Saint-Clair lui lança un sourire contrit.

— Il n'est pas du tout le libertin désinvolte qu'on prétend qu'il est, dit-elle en attrapant sa tasse.

Elle la tenait à deux mains, le regard fixé à travers la pièce sur un endroit invisible aux autres.

— Je suis certaine que la moitié des choses qu'il dit ou fait n'ont pour but que de l'énerver. Il veut attirer son attention, et ce par tous les moyens.

Matilda ouvrit grand la bouche. Elle n'était pas certaine de ce qu'il convenait de dire devant un tel aveu.

— Oh, allons, déclara lady Saint-Clair. Nous sommes de vieilles amies et vous n'êtes pas idiote. Cela doit être aussi clair pour vous que cela l'est pour moi. Il est amoureux d'Harriet, cela fait maintenant des années, mais le pauvre imbécile ne cesse de tout gâcher, et de toute évidence, il a dit ou fait quelque chose d'impardonnable aux yeux d'Harriet.

Son regard brilla et elle cligna rapidement des yeux. Elle émit un petit rire triste et frustré.

— Je voudrais que son père soit là. Il saurait quoi faire… quel conseil lui donner.

Matilda tendit la main et attrapa celle de lady Saint-Clair. Elle lui pressa amicalement les doigts. La femme mûre prit une profonde inspiration et se ressaisit. Lorsque le marquis de Montagu avait réduit en miettes la réputation de Matilda, lady Saint-Clair l'avait soutenue. Elle avait démenti ces histoires, les avait qualifiées d'absurdes, et avait fait comprendre très clairement que Matilda était irréprochable. Matilda lui vouait donc une grande affection et éprouvait de la gratitude envers elle, et cela lui faisait de la peine de voir le chagrin de la comtesse.

— Vous savez, lorsqu'il est devenu évident qu'Harriet ne changerait jamais d'avis, j'ai nourri l'espoir que vous et lui…

Elle rit de l'air profondément étonné qui se peignit sur les traits de Matilda.

— Oui, eh bien, à présent je vois qu'il n'y a pas d'étincelle, même si je ne peux pas m'empêcher de penser que cela vous serait bénéfique à tous les deux de prétendre le contraire, ajouta-t-elle avec un sourire entendu.

— Oh, non, répondit Matilda en secouant la tête. Non, non. Il est hors de question que je m'immisce dans une situation comme celle-ci.

— Non, dit lady Saint-Clair d'un ton résigné. Je suis sûre que vous avez raison. Oubliez cela, dit-elle, soudainement énergique. Le problème le plus urgent concerne Mr Baxter et miss Connolly. Je ne peux pas m'empêcher de croire que ces deux-là ont besoin d'un peu de temps seuls pour… pour voir s'ils peuvent s'entendre sur ce qu'il y a à faire, quoi que cela soit.

— Je suis d'accord, répondit Matilda, soulagée de changer le sujet. Saint-Clair était séduisant, c'était un bon parti, mais il n'y avait rien d'autre entre eux que de l'amitié. Dans tous les cas, c'était hors de question puisque son cœur appartenait à une autre femme. Elle reporta son attention sur le problème en cours.

— D'après ce qu'Harriet m'a dit, Mr Derby n'est qu'un tyran, dit-elle. Il est impossible de réfléchir correctement lorsqu'une présence aussi dominatrice se trouve dans la pièce. Il faudrait au moins que Mr Baxter puisse avoir le temps d'expliquer ses actions à Kitty, et soit de changer d'avis, soit de lui dire au revoir. Alors, même si ce n'est pas ce qu'elle voulait entendre, elle pourra peut-être l'accepter.

Lady Saint-Clair lui lança un regard approbateur.

Vous êtes une jeune femme très sage, dit-elle en lançant un regard si pénétrant à Matilda que cette dernière rougit. La question est, comment faire pour y parvenir ?

— Eh bien, répondit Matilda avec un petit sourire. J'ai une idée.

Chapitre 6

21 août 1814, Demeure de Holbrooke, Sussex.

Luke se dirigea vers la salle du petit déjeuner avec une certaine appréhension. Il se demandait combien des invités avaient eu vent de l'altercation de la veille, et s'il allait devoir faire face à Kitty et entretenir une conversation polie. Il faillit éclater de rire. Kitty ignorant la situation et entretenant une conversation polie était un scénario invraisemblable. Elle n'arriverait jamais à faire cela. Elle était incapable de faire semblant, même si sa vie était en danger. Ses émotions étaient toujours brutes, exposées dans ces yeux sombres et brillants, ces yeux qui avaient parlé à son âme à la seconde où il avait plongé dedans.

Il s'autorisa à se souvenir, une chose qu'il n'avait pas faite depuis des années. Il se souvint des années qu'il avait passées en étant son seul compagnon, son meilleur ami. Ils avaient été inséparables. Sa mère n'était pas impliquée dans son éducation, elle n'avait que faire des occupations de son fils, à moins que cela n'affecte son propre confort. Les quelques domestiques qu'ils avaient gardés étaient mal payés et mal encadrés, donc il disposait d'une liberté incroyable.

Les parents de Kitty, eux aussi, manquaient de rigueur, mais cela ne venait pas d'un manque d'affection. Son père était plongé jusqu'au cou dans le travail, avec l'espoir d'améliorer la situation financière de la famille ; il se consacrait entièrement à la construction et à la gestion de sa nouvelle usine. La mère de Kitty était souvent absente, passant des mois entiers avec sa jeune sœur qui avait donné naissance à des jumeaux à peine une année après avoir eu son deuxième enfant et qui était au bord de la crise de nerfs. L'on avait jugé Kitty, qui était une enfant joyeuse et robuste, apte à supporter son absence.

Elle la supportait très bien, en effet, et passait chaque seconde de chaque jour en compagnie de Luke. L'été, ils leur arrivaient même de passer des nuits ensemble, même si, avec le recul, Luke se rendait compte que cela avait été un comportement scandaleux. Mais il ne savait pas cela à l'époque, il avait été trop jeune pour envisager quoi que ce soit d'inapproprié.

Sa gorge se serra au souvenir des nuits passées à faire griller du pain sur des feux de camp, à regarder les étoiles pendant des heures et envisager des projets impossibles pour un futur qui avait semblé plein d'espoir et de merveilles. Il se souvenait de la silhouette frêle de Kitty serrée contre lui alors qu'elle dormait, ses boucles noires lui chatouillant le cou. Luke s'immobilisa et prit une respiration tremblante. Si seulement il avait su à quel point ces instants étaient précieux, à quel point ils étaient magiques… sauf que c'était le cas. Il l'avait su dès le début, et il le savait encore, et c'était cela qui rendait la situation si bougrement insupportable.

À son grand soulagement, la salle du petit déjeuner était silencieuse. Sa cousine Sybil était là, en compagnie d'une magnifique femme blonde qu'il ne connaissait pas. Sybil les présenta aussitôt l'un à l'autre, et la femme l'accueillit si chaleureusement qu'il fut évident qu'elle ne savait rien du drame qui s'était déroulé la veille.

— Luke, voici miss Matilda Hunt. Miss Hunt, mon cousin, Mr Luke Baxter.

— Bonjour, Mr Baxter, je suis enchantée de faire votre connaissance.

Luke fit de son mieux pour avoir l'air ravi par ces présentations et s'assit. Il réalisa aussitôt qu'il était incapable d'avaler une bouchée. Il se servit un café, plus pour avoir quelque chose à faire que par réelle envie d'en boire. Son estomac était noué.

Il venait à peine de s'asseoir lorsqu'une autre lady fit son entrée. Son âge ainsi que la ressemblance frappante avec son séduisant fils la désignaient comme étant lady Saint-Clair.

— Ah, Mr Baxter, dit-elle en lui adressant un sourire accueillant, avant de s'asseoir en bout de table. J'ai été navrée d'apprendre vos problèmes de carrosse. Vous nous avez manqué au dîner. Mais nous avons du temps devant nous, à présent que vous êtes ici.

Luke réussit à lui fournir une réponse cordiale, bien qu'il fût incapable de s'en souvenir dès la seconde où elle quitta sa bouche. Elle sembla faire plaisir à lady Saint-Clair, néanmoins, et il se détendit un tantinet, avec l'espoir de pouvoir désormais déjeuner en paix.

Lady Saint-Clair et miss Hunt échangèrent un regard, et Luke eut la très nette impression qu'elles avaient manigancé quelque chose.

Non, c'est absurde, se dit-il. Et même si c'était le cas, cela n'aurait rien à voir avec lui. Ils ne se connaissaient ni d'Ève ni d'Adam.

Il autorisa ses pensées à vagabonder, elles l'amenèrent inévitablement à Kitty et à son visage lorsqu'elle avait surgi de derrière les rideaux. Il y avait eu une telle joie dans ses yeux. Son cœur se serra.

— Mr Baxter ?

Luke sursauta, arraché à ses pensées si vite qu'il faillit renverser son café.

— Monsieur, dit-il en se levant aussitôt. Pardonnez-moi, je rêvassais.

— C'est compréhensible, répondit lord Saint-Clair avec un sourire assez tendu. Je me demandais si vous pouviez m'accorder quelques instants ?

— Bien entendu, répondit-il instantanément, même s'il avait le pressentiment désagréable que ses compagnons et lui étaient sur le point d'être priés — très poliment — de débarrasser les lieux. Avec plaisir.

Luke, qui souhaitait s'excuser auprès de ces dames, se retourna juste à temps pour voir que lord Saint-Clair dirigeait un regard sombre et accusateur vers sa mère. Il disparut presque instantanément, remplacé par un sourire affable.

— Je me suis dit que nous irions peut-être chevaucher, déclara alors Saint-Clair en s'éloignant de lui un rythme assez soutenu. Je trouve que cela aère l'esprit et je crois qu'il y a des choses dont nous devons discuter.

Le cœur de Luke sombra. Il ne pouvait qu'imaginer l'idée que Saint-Clair avait de lui : celle d'une espèce de goujat insensible. Mais il était heureux qu'il ait pris le parti de Kitty. Il fallait que quelqu'un le fasse. Cela lui avait brisé le cœur de la voir ainsi, seule, si courageuse et téméraire, mais après tout, il s'agissait de son chaton.

Ils restèrent silencieux jusqu'à ce que le comte lui ait choisi une monture, et, au son des claquements de sabots, ils quittèrent la cour pavée pour s'enfoncer dans les terres de ce domaine magnifique. Ils galopèrent à un rythme soutenu pendant une dizaine de minutes, jusqu'à ce que le comte arrête sa monture en haut d'une colline d'où l'on pouvait voir la grande maison.

— C'est incroyable, déclara Luke avec une admiration sincère.

Saint-Clair hocha la tête.

— En effet, dit-il en fronçant légèrement les sourcils. Même si je n'y suis pour rien. Des générations de Saint-Clair avant moi peuvent réclamer cet honneur. Je me contenterai d'espérer ne pas le ruiner. Ce sera mon épitaphe si tout se passe bien, dit-il d'un ton amer : « Il n'a pas fait trop de dégâts ».

Luke ouvrit la bouche puis la referma, un peu surpris.

Le comte se tourna vers lui et s'esclaffa.

— Pardonnez-moi…

Sa sombre humeur s'envola aussitôt pour laisser place au charme légendaire qui faisait la réputation de l'homme.

— … Je suis d'une humeur de chien ce matin.

— Je ne peux pas vous en vouloir, après ce qu'il s'est passé hier soir, répondit Luke en luttant pour regarder le comte dans les yeux. Je ne peux pas vous dire à quel point je suis désolé de vous avoir entraîné dans cette… dans cette —

— Cela n'a pas l'importance, dit-il avec une expression plus sévère. Ce qui est fait, est fait, mais je veux entendre la vérité de votre bouche, monsieur. Mr Derby n'est pas là, vous êtes donc libre de parler. J'espère ne pas me tromper en pensant que vous êtes un homme d'honneur ? C'est ce que semble croire miss Connolly.

Luke sentit ses joues se colorer de façon désagréable, mais il acquiesça.

— Je vous dois bien cela, dit-il avec raideur.

Il était mortifiant de réaliser que le comte le prenait pour un faible, un lâche, impressionné par Mr Derby, mais qu'aurait-il pu bien penser d'autre ?

— Bien, dit le comte. Alors, dites-moi ceci : êtes-vous toujours amoureux d'elle ?

La question le prit au dépourvu. Même en sachant qu'il avait demandé la vérité, Luke n'avait pas imaginé que l'homme frapperait directement au cœur du problème. Les hommes, surtout ceux du rang de Saint-Clair, évitaient toute discussion où il était question de sentiments et d'émotions ; préférant des sujets d'aspect pratique concernant la raison ou l'ambition.

Ce fut peut-être cette franchise surprenante qui entraîna de sa part une réponse sans fard.

— Oui, répondit simplement Luke. De tout mon cœur.

L'expression du comte ne s'adoucit pas. Au contraire.

Et pourtant vous êtes resté là, sans rien dire, sans rien faire, pendant qu'elle se battait pour vous ?

La sévérité de l'accusation, et la fureur dans les yeux de l'homme coupèrent le souffle Luke. Subitement, il devint furieux également, même s'il se sentait écrasé de culpabilité, puisqu'il savait que le comte n'avait pas tort. Mais comment cet homme, qui ne connaissait rien de lui, des circonstances, osait-il le juger de la sorte ?

Pour la première fois de sa vie peut-être, Luke fut reconnaissant de l'enseignement que lui avait octroyé le comte, du temps passé à apprendre à agir comme un noble, comme ces âmes dorées qui — tout comme l'homme qui se tenait devant lui — étaient nées avec le pouvoir, au lieu de devoir prétendre qu'il était naturel d'en avoir.

— Vous ne savez pas la moindre chose de cette affaire, répondit Luke en s'étonnant de la colère froide que sa réponse contenait.

— Alors, expliquez-moi, rétorqua Saint-Clair d'une froideur semblable, imperturbable.

Luke le dévisagea. En cet instant, il ne voulait rien d'autre que de faire tomber l'homme de son cheval et de lui casser son parfait fichu nez. Qu'il aille au diable avec sa supériorité suffisante. Cela ne dura pas. La colère de Luke ne durait jamais très longtemps. À la place, il rit, mais ce rire était dur.

Kitty a compris, hier, dit-il d'un ton las. Elle lit en moi comme dans un livre ouvert. Elle a toujours pu faire cela. Je n'ai jamais été capable de lui dissimuler quoi que ce soit. Et je ne l'ai jamais voulu, ajouta-t-il avec un sourire désespéré.

— Du chantage, dit Saint-Clair avec une expression sinistre.

Luke opina du chef, soulagé de ne pas avoir à le dire lui-même.

— Je ne peux pas l'avoir. Peu importe à quel point je le désire. Trevick la détruira, elle et sa famille, et Lymington… s'occupera de mon cas.

À sa grande surprise, Saint-Clair grommela une série de jurons à voix basse, furieux. Son cheval piaffa, perturbé par la colère de son maître. Le comte calma l'animal avec aisance, avant de se tourner à nouveau vers lui. Luke était persuadé qu'il venait de prendre une décision.

— Venez, alors, dit-il, laconique. Vous feriez mieux de me suivre.

Luke fit ce qu'on lui demandait, même s'il ne comprenait pas où ils allaient. Il n'eut pas à attendre longtemps pour le découvrir.

La comtesse de Saint-Clair, miss Hunt, et une autre jeune femme que Luke ne reconnut pas, les attendaient à quelques minutes de là, près d'un petit bosquet d'arbres.

Non pas que Luke les remarqua ; la seule chose qu'il vit, c'était Kitty.

Elle était assise sur une jolie jument baie. Elle portait un vêtement d'équitation bleu pâle qui épousait sa silhouette. Luke eut la bouche sèche. Ses boucles noires étaient arrangées autour de son visage, elle portait un chapeau élégant avec une plume d'autruche teintée pour s'accorder à la couleur de la robe. Ses yeux noirs étaient immenses sur son visage, qui était pâle et creusé, et il voulut s'arracher le cœur pour l'avoir fait souffrir.

— Je suppose que j'ai votre parole de gentleman, vous garderez vos mains pour vous-même si nous vous accordons un peu d'intimité ? demanda Saint-Clair en lançant un regard sévère à Luke.

Le cœur de Luke bondit. Intimité ? Avec Kitty ?

— Oui, dit-il aussitôt. Parole d'honneur. Je… je ne pourrai jamais vous remercier assez.

Saint-Clair hocha la tête et sembla vouloir partir, mais il ne le fit pas. Quand il parla, il sembla presque réticent, comme s'il savait qu'il n'aurait pas dû.

— Ne gâchez pas tout, dit-il un peu brusquement, mais son regard était compatissant. On ne choisit pas où et quand frappe l'amour. Il vaut que l'on se batte pour lui.

— Je sais, répondit Luke, un peu étonné par ces mots passionnés.

Il savait aussi que s'il aimait Kitty, il n'aurait pas d'autre choix que de s'en éloigner.

— Il y a un pavillon d'été juste derrière la colline qui se trouve ici, dit le comte en lui indiquant une direction loin du bosquet d'arbres. Nous vous y attendrons. Si vous pénétrez dans ce bosquet d'arbres, vous trouverez un chemin qui mène à un petit lac. C'est un endroit privé et personne ne vous dérangera. C'est… assez romantique, ajouta-t-il avec un sourire. Bonne chance, Baxter.

— Merci. C'est très gentil de votre part.

Luke hocha la tête et se força à afficher un sourire qu'il ne ressentait pas, mais il était reconnaissant et voulait que le comte le sache. Il avait besoin d'avoir la chance de s'expliquer avec Kitty et… de lui dire au revoir.

— Ne gaspillez pas cette occasion, marmonna Saint-Clair avant de faire tourner son cheval et de s'éloigner vers le sommet de la colline. Sa mère et les deux autres femmes le suivirent en laissant Kitty seule.

Luke déglutit. Il aurait aimé avoir la plus petite idée de ce qu'il allait dire. Il descendit de cheval et l'attacha à l'ombre, avant de se diriger vers elle.

Kitty resta silencieuse, se contentant de le regarder s'approcher. Il leva les mains, les posa sur sa taille frêle et l'aida à descendre. Combien de fois avait-il fait cela en Irlande ? Combien de fois avait-il considéré ces petits instants d'intimité comme acquis, et avait cru qu'il aurait pour toujours le droit à cela ?

Elle glissa sur le sol, ses mains sur les épaules de Luke, les yeux rivés dans les siens. Ils étaient si proches, assez proches pour s'embrasser, et son odeur familière le submergea.

En un instant, le présent s'évanouit et ils étaient de retour en Irlande. Il se souvint des pique-niques et des aventures, des rires et d'un monde insouciant. Il y avait les jours de pluie, pendant lesquels ils se cachaient dans des camps en se racontant des histoires incroyables, un nombre infini de jours ensoleillés passés à pêcher dans la rivière, à aller à la mer, à la Chaussée des Géants.

Il se souvint de Kitty lui racontant avec son accent chantant l'histoire de la terrible bagarre qui, selon la légende, avait créé cet endroit. N'importe quel mot devenait beaucoup plus intrigant et romantique lorsqu'il était prononcé par elle, mais l'histoire du géant Fionn mac Cumhaill, mis au défi de combattre le géant écossais Benandonner, avait frappé son imagination d'enfant. Ce jour était l'un des souvenirs parfaits qui resteraient à jamais dans son esprit, où le soleil brillait et où il débordait de bonheur. Ce souvenir était rempli de joie, et brillait d'autant plus intensément à présent qu'il savait que ces choses lui étaient désormais à jamais défendues.

Kitty le contemplait. Tout ce qu'elle ressentait était clairement affiché dans son regard, comme dans ses souvenirs.

— Oh, chaton, dit-il en sentant son cœur se briser.

Elle s'avança vers lui pour l'enlacer et il recula aussitôt. Il avait donné sa parole de gentleman à Saint-Clair, et si elle le touchait… si elle le touchait, il était perdu.

— Nous n'avons pas beaucoup de temps, dit-il en essayant de lui sourire et en lui présentant son bras pour qu'elle le prenne. J'ai cru comprendre qu'il y avait un lac dans les bois. Que dites-vous de partir à sa découverte ?

Elle prit son bras, toujours silencieuse, même si son expression reflétait la douleur qu'elle avait ressentie face à son rejet, ce qui lacérait l'âme de Luke.

Saint-Clair avait eu raison, même s'il avait envie de le maudire à présent qu'il voyait à quel point c'était dangereux. C'était romantique. Le soleil faisait miroiter l'eau d'un petit lac entouré de gros rochers. Sur l'un des côtés du lac, il y avait une clairière pleine de vie, avec ses fleurs sauvages et le bourdonnement des insectes. Des papillons volaient de fleur en fleur, leurs couleurs sublimées lorsque les rayons du soleil les caressaient alors qu'ils se déplaçaient vers la prairie, virevoltant dans l'ombre mouchetée du bosquet, attirés par la promesse de douceur au-delà des arbres.

C'était le cadre parfait pour des amoureux : beau, intime, à l'abri des regards indiscrets. Luke avait envie de pleurer.

Mais il ne servait à rien de retarder l'inévitable. Il devait lui dire que ses sentiments avaient changé ; il devait au moins essayer de l'en convaincre. Si elle était en colère contre lui, cela serait encore mieux. Elle pourrait alors l'oublier, et passer à autre chose.

Chaque fibre de son être se rebellait contre cette idée, mais…

— Je suis tombée des nues lorsque je vous ai vue, hier soir, dit-il en essayant de sourire, mais trop effrayé pour croiser son regard. Même si l'ours aurait dû me donner la puce à l'oreille, ajouta-t-il, enfin capable de sourire avec sincérité pendant un instant, puisque c'était la pure vérité. Je suis désolé de ne pas vous avoir écrit et de ne pas vous avoir fourni d'explications après mon départ. Tout est arrivé si vite. J'ai été propulsé dans ce nouveau monde excitant et je suppose que j'ai cru que vous m'auriez oublié, tout comme j''—

— Arrêtez, dit-elle avec mépris et colère.

Luke hésita, il savait qu'il devait insister, mais elle s'arrêta et se tourna pour lui faire face en posant un doigt contre ses lèvres.

— Vous n'avez jamais su mentir, dit elle.

Ses yeux farouches soutenaient son regard, désintégrant l'homme qu'il s'était forcé à devenir, et trouvant le garçon esseulé qu'il avait un jour été.

— N'essayez pas de me dire que tout a changé, et que vous m'avez oubliée, car il est évident que ce n'est pas vrai.

— Kitty, commença-t-il.

Son cœur tambourinait de peur, de désir et de tellement d'autres fichues émotions qu'il ne parvenait pas à comprendre la signification du nœud dans sa poitrine.

— Kitty, répéta-t-il, mais cette fois son nom se bloqua dans sa gorge et sonna comme une supplique.

Elle se jeta sur lui. Le mouvement était si inattendu qu'il trébucha et tomba sur le sol en l'entraînant dans sa chute. Pourquoi ne s'y était-il pas attendu, il l'ignorait. C'était tout elle de faire quelque chose d'aussi fichtrement irréfléchi.

C'était comme le soleil brûlant à travers le verre, que de l'avoir dans les bras. Il avait tout enfoui depuis si longtemps. Toutes ses émotions, chaque espoir, chaque rêve qu'il avait jamais eus, il les avait enfermés dans le noir, condamnés à prendre la poussière, et voilà que Kitty arrivait avec l'intensité d'une vague brûlante. Elle mettait une loupe par-dessus tous les coins poussiéreux, et la lumière brillait à travers elle, enflammant toutes ses émotions desséchées. À présent, un brasier flambait, chaud et impatient.

Il sentit son poids contre lui, son corps léger dans ses bras, ses mains étaient posées sur son visage lorsqu'elle baissa la tête et pressa sa bouche contre la sienne.

Il faillit crier de panique la seconde qui précéda le baiser, sachant qu'il serait perdu, que la moindre volonté de résister, de rester loin d'elle serait dévorée par les flammes. Tout avait été trop vite, il n'avait pas eu le temps de penser avant qu'il ne soit trop tard. Ses lèvres étaient aussi douces et veloutées que dans ses souvenirs, mais elles étaient tellement plus.

La dernière fois qu'il l'avait embrassée, cela n'avait été qu'un gentil contact des lèvres, une innocente, enfantine exploration des sentiments qu'ils partageaient, mais maintenant… maintenant il n'était plus un enfant, il savait ce qu'il y avait d'autre, toutes les façons dont il pouvait lui montrer sa dévotion. Il brûlait d'envie de mettre en pratique chacune d'entre elles.

— Oh, Seigneur, dit-il, sans savoir s'il priait pour une intervention divine, ou pas.

Peut-être que s'il était foudroyé par un éclair, la douleur de son amour et de son désir partirait en fumée et le laisserait en paix.

Mais il n'y eut pas d'éclair pour le sauver, et il la fit basculer sur le dos, en incitant sa bouche à s'ouvrir avec sa langue. Elle s'exécuta sur-le-champ, avide de lui, et enfonça les mains dans ses cheveux. La première caresse hésitante de sa langue contre celle de Luke ébranla le jeune homme jusque dans son âme, et il sut qu'il était perdu.

Elle avait le goût de la maison, de là où il aurait toujours dû se trouver. Pourtant, aussi familier qu'il fût, la nouveauté de l'exploration de Kitty était intoxicante. Elle avait toujours été une contradiction, son chaton au cœur de lionne ; elle était à la fois le calme et la tempête. Elle était à la fois son port et la mer puissante et imprévisible. Luke gémit lorsqu'elle se mut en dessous de lui, se déplaçant pour s'adapter à son poids, pressée contre lui dans le désir d'une proximité plus grande, plus grande que celle-ci, d'être aussi proche de lui qu'il était possible de l'être.

Quelle conduite sacrément honorable !

— Chaton, haleta-t-il en essayant de s'éloigner ; la promesse qu'il avait faite à Saint-Clair le ramenait à la raison. Chaton, arrêtez, nous devons —

Mais Kitty n'avait pas l'air d'être d'accord et elle attira la bouche de Luke contre la sienne. Il avait été impuissant dès le premier contact de ses lèvres, et à présent, il ne pouvait plus rien lui refuser.

— Vous êtes à moi, murmura-t-elle contre sa bouche. Vous avez toujours été mien.

— Oui, dit-il en arrachant cette réponse de son cœur. Toujours.

Elle éclata de rire, si joyeuse que Luke ne savait pas s'il devait rire avec elle ou pleurer, car il n'y avait aucune raison d'être heureux.

— Kitty, dit-il en essayant de nouveau.

Il tenait son visage entre ses mains, mais il se perdit à nouveau, noyé dans ces yeux noirs, dans la béatitude de la savoir si proche.

— Vous m'avez manqué, déclara-t-il ; il était incapable de lui dire quoi que ce soit d'autre que ce que lui dictait son cœur. Vous m'avez manqué… affreusement.

Cette fois, c'était lui. Sa bouche se pressa contre celle de la jeune femme, et ce n'était pas un baiser doux ; il était désespéré. Il la serra contre lui, ses mains dures contre son corps, pressant la jeune femme contre lui. Il attrapa l'arrière de son genou, lutta contre une quantité de tissus jusqu'à ce qu'il réussisse à le placer autour de sa hanche et qu'il puisse presser son membre douloureux entre ses jambes. Même avec ce surplus de tissus entre eux, la sensation fut étourdissante. Kitty gémit et s'arc-bouta contre lui. Le désir avait envahi le cerveau du Luke et avait envoyé tout ce qui ressemblait de près ou de loin à une pensée cohérente au fin fond d'un abîme.

Il se sentait enivré, submergé, comme s'il avait reçu un coup sur la tête. Les seules pensées qui peuplaient son esprit se résumaient à trouver un moyen d'être plus proche d'elle, de se débarrasser de ce satané tissu, et de la rendre sienne de la seule façon qui leur était encore possible… sauf que ce n'était pas la seule façon.

La pensée réussit, il ne savait comment, à trouver son chemin au milieu de ce brouillard de désir, amenant dans son sillage des anneaux en or, une église, le caractère sacré du mariage, et il se força à se contrôler.

— Non, dit-il d'une voix rauque.

Il avait envie d'éclater en sanglots devant cette injustice.

— Non, Kitty, nous ne pouvons pas. Ce… ce n'est pas convenable.

— Bien sûr que si, murmura-t-elle en dénouant sa cravate et en embrassant son cou. Nous nous sommes mariés devant Dieu, nous nous aimons… qu'y a-t-il de plus convenable que cela ?

— Non ! dit-il en s'éloignant d'elle, horrifié de son propre comportement, de ce qu'il avait fait… presque fait. Non, Kitty, nous ne sommes pas mariés, pas vraiment. Vous savez que nous ne le sommes pas, pas d'une façon qui compte.

Luke s'éloigna vivement en marchant un peu comme un crabe, tâchant désespérément de mettre de la distance entre eux. Il s'assit sur le sol, à bout de souffle. Il avait chaud, il souffrait, il désirait plus que tout au monde revenir vers elle, mais c'était impossible. Il resta assis là pendant quelques instants, la respiration erratique et rauque, la tête entre les mains. Que Dieu le pardonne. Que le Seigneur lui vienne en aide. Que quelqu'un lui vienne en aide, *pour l'amour du ciel.*

Il s'écoula un long moment avant qu'il ne soit à nouveau capable de la regarder. Elle était encore allongée dans l'herbe, et Luke dut se pencher en avant une nouvelle fois pour la voir. Kitty le dévisagea. Son chapeau était tombé dans l'herbe à quelques pas de là, et la plume festive se balançait doucement dans la brise, ressemblant à une fleur sauvage exotique, à l'instar de Kitty.

Mon Dieu, elle était magnifique.

Ses boucles noires étaient étalées sur les végétaux qu'ils avaient écrasés dans leur passion enflammée, la fragrance sucrée d'une prairie d'été semblait émaner d'elle. Il contempla la jeune femme, sa poitrine qui se soulevait trop vite, ses joues écarlates, ses lèvres, rouges et gonflées. L'abîme noir, noir et insondable de ses yeux. Elle ressemblait à une créature sauvage, à peine apprivoisée, quelque chose qui le capturerait et l'entraînerait vers le danger, et il savait que c'était le cas, mais Seigneur, il en avait tellement envie.

— N'étiez-vous pas sincère, lorsque vous avez lu les vœux de mariage ? demanda-t-elle d'une voix basse, cet accent douloureusement familier s'enroulant autour de son cœur. Vous avez promis de m'aimer et de me chérir.

— Je sais, dit-il d'une voix frustrée et malheureuse. Et oui, bien sûr que je le pensais, mais ce n'était pas légal, Kitty. Vous le savez, je le sais, donc ne soyez pas obtuse. Nous ne sommes pas mariés, donc cessez de prétendre que c'est le cas. Cela ne l'est pas. Nous ne l'avons jamais été et… et nous ne le serons jamais.

Ça y est, c'était dit.

Elle le regarda en silence, et il souhaita qu'elle se mette en colère. Si seulement elle se mettait en colère, alors il pourrait avoir une chance.

Mais cela avait toujours été comme cela avec elle. La tranquillité qui semblait demeurer en elle et qui l'entourait était trompeuse. Elle pouvait être immobile, être la personne la plus paisible à côté de laquelle s'allonger pendant des heures, regardant les nuages et appréciant simplement la sensation d'être en vie. Puis d'un seul coup, elle s'éveillait dans une explosion d'énergie, une lueur des plus espiègle dans les yeux qui les conduirait tous deux droit vers les bêtises.

Seigneur, peut-être que Trevick leur avait fait une faveur, lorsqu'il avait emmené Luke. Ils avaient eu tant de liberté, sans le moindre chaperon en vue, et ils en avaient bien profité. Ils étaient des enfants, donc cela n'avait pas été très grave, mais avec des sentiments comme ceux-là entre eux… avec la nature passionnée de Kitty, et lui, un jeune idiot naïf, il l'aurait probablement mise enceinte avant ses seize ans. Cette pensée était dégrisant.

— Je suis le futur comte de Trevick, dit-il en infusant dans ces mots la moindre parcelle de fierté dont il disposait, dans le but de la convaincre — et de se convaincre lui-même.

Il fallait qu'elle comprenne qu'il avait changé. Il fallait qu'elle voie en quoi il avait été transformé. Il n'était plus ce garçon idiot ivre d'amour qui la suivait partout où elle le menait. Il ne pouvait plus l'être. Luke deviendrait Trevick.

— J'ai une responsabilité envers le titre, envers la famille. Il est de mon devoir de faire une union convenable et —

— M'aimez-vous ?

La question fracassa son explication bien ordonnée, et détruisit sa concentration.

— Quoi ? demanda-t-il, bien qu'il eût parfaitement entendu et qu'il essayait simplement de gagner du temps.

S'il lui disait la vérité, elle n'abandonnerait jamais, et elle les détruirait tous les deux.

Elle s'assit et repoussa une mèche solitaire de ses yeux.

— Je vous ai demandé si vous m'aimiez.

Elle le regardait intensément, sans ciller.

— Nous sommes trop vieux pour les contes de fées, Kitty, répondit-il en s'efforçant de prendre un ton dur et froid.

— Ah, dit-elle d'un air pensif. Vous avez oublié la légende de Fionn mac Cumhaill.

— Bien sûr que non, rétorqua-t-il, à présent irrité, bien qu'il eût mieux valu qu'il se taise. Mais il n'était pas vraiment une fée.

Luke se maudit d'avoir fait cette remarque. *Contentez-vous de rester sur les faits, espèce d'imbécile.*

Elle lui sourit.

— Donc, vous allez épouser la fille d'un duc, devenir le comte de Trevick, et vivre heureux pour toujours. Cela ressemble beaucoup plus à un conte de fées à mes yeux. Celui que vous vous racontez car vous êtes trop effrayé pour enfreindre les règles.

Il n'y avait aucune méchanceté dans ses propos, et pourtant, ils lui transpercèrent le cœur. Ils savaient tous les deux que c'était elle, la téméraire. C'était elle qui lui avait pris la main et l'avait traîné à l'intérieur d'une maison abandonnée dont la rumeur disait qu'elle était hantée. C'était elle qui l'avait emmené dans une chasse au trésor dans les grottes qui longeaient le bord de mer ; ils étaient rentrés trempés jusqu'aux os, car la marée était montée trop vite et avait failli les noyer tous les deux.

Il ressentait cette même peur à présent, comme si la mer venait vers lui, lui tirait les pieds en emportant les galets en dessous d'eux, le faisant tomber à genoux. Sauf que ce n'était pas la mer, c'était elle, avec ses yeux noirs si remplis d'amour et de désir qu'il voulait s'y noyer. Il priait pour que cela arrive, mais il l'entraînerait dans sa chute.

— Ce n'est pas juste, dit-il en entendant la douleur aiguiser ses mots déchiquetés par la colère.

— Non, dit-elle d'un ton doux et triste. Je crois que cela ne l'est pas.

Ils se regardèrent l'un l'autre pendant un long moment.

— Eh bien, dit-elle en s'asseyant.

Elle arrangea sa toilette, comme la jeune femme qu'elle était, comme si la créature sauvage qui l'avait jeté par terre et qui l'aurait accueilli en elle était une personne complètement différente.

— Ne croyez-vous pas que vous feriez mieux de me dire la vérité ? Toute la vérité.

Chapitre 7

Je suis si contente d'apprendre que vous êtes heureuse, même si ce n'est pas très surprenant. Cela crevait les yeux que lord Cavendish était fou amoureux de vous, veinarde.

J'ai beaucoup de choses à vous raconter, mais je vais d'abord commencer par répondre à vos questions. Oui, je vais très bien et la demeure de Holbrooke est incroyablement majestueuse. Oui, Mr Burton est ici, et oui, il me porte une attention soutenue. Il souhaite me courtiser. Je ne lui ai pas encore donné de réponse définitive, mais j'ai promis de le faire avant que nous partions d'ici.

Il est beau, gentil et intéressant, et je vais tâcher de tomber amoureuse de lui. Je l'apprécie déjà, donc peut-être qu'éprouver de l'affection envers lui devrait être mon premier objectif. Peut-on tomber d'affection pour un homme ?

— Extrait d'une lettre de miss Matilda Hunt à lady Aashini Cavendish.

Le pavillon d'été. 21 août 1814, Demeure de Holbrooke, Sussex.

Jasper tourna le dos à la maison, et contempla la grande étendue verte jusqu'au lac. Contrairement au lac auquel il avait emmené Luke, celui-ci était à découvert et offrait une vue dégagée sur des kilomètres à la ronde. Aucune intimité ici. Mais le pavillon d'été était suffisamment privé lorsqu'on voulait l'utiliser.

C'était une étrange petite construction, une combinaison bizarre de simplicité et d'excès. Un rectangle sans prétention, composé de trois murs simples et d'une façade avant qui comportait de hautes fenêtres en ogive. Au sommet, en revanche, il y avait une ribambelle de pics et de fioritures gothiques : l'on aurait dit que quelqu'un s'était emballé en confectionnant le glaçage d'un gâteau de mariée. Il y avait des portes au centre de la façade vitrée qui menait à une pièce unique. À l'intérieur se trouvaient une cheminée, quelques meubles éparpillés, des couvertures qui sentaient le moisi, une boite à amadou et des bougies. Il lui était souvent arrivé de camper ici avec Henry lorsqu'ils étaient enfants, et ils imaginaient que c'était leur royaume bien à eux. La plupart du temps, ils y traînaient Harriet aussi. À chaque fois, Henry râlait, car il ne voulait pas de sa sœur dans les pattes, mais à l'époque, Harry n'avait pas semblé s'offusquer des manières brusques de Jasper lorsqu'il chahutait avec elle. Il pensait qu'elle aimait cela.

Tout était confus dans son esprit à présent. Il avait passé trop de temps à analyser ses souvenirs, en essayant de trouver le moment où tout avait basculé. Cela s'était passé ici, dans l'intimité de ce pavillon d'été. Il ne comprenait simplement pas pourquoi.

— Ne devrions-nous pas y aller et —

— Non, répondit Jasper en envoyant à Harriet un regard irrité.

Elle s'inquiétait pour son amie, il le comprenait bien, mais ils avaient besoin de temps. De temps qui aboutirait à la décision de fuir ensemble, ou qui servirait à convaincre Kitty d'accepter la situation, il ne savait pas. Il souhaitait qu'ils choisissent de fuir ; cela lui donnerait de l'espoir de les voir surmonter les obstacles, de les affronter ensemble tête baissée. Quoi qu'il se passe, ce désir d'être ensemble existait entre eux.

Ses propres chances étaient moins favorables.

Il pouvait *entendre* Harriet penser, il en était certain. Sa réponse laconique l'avait ennuyée, naturellement, mais il n'avait pas pu s'en empêcher. Dès qu'elle était à proximité, il était dans un état constant de frustration, aussi hargneux et colérique qu'un petit chien belliqueux lui mordillant les mollets. Il était toujours conscient de sa présence, de son humeur, d'où elle se trouvait par rapport à lui, de la même manière qu'il n'avait pas besoin de regarder le soleil pour savoir où il se trouvait.

— Si quelqu'un découvre cela, si Mr Derby —

— Personne ne le saura, répondit Jasper qui aurait aimé avoir un ton moins fichtrement énervé. Mr Baxter est parti à cheval en ma compagnie, et ma mère vous a escortées, miss Hunt, Kitty et vous. Nous avons pris des directions différentes et nous ne nous sommes pas rencontrés. À moins que cet homme accuse la comtesse douairière de Saint-Clair d'être une menteuse, il n'a pas d'autre choix que d'accepter ces faits.

— Il le découvrira quand même, rétorqua Harriet, aussi butée que d'habitude.

— Tant mieux ! marmonna, Jasper. Il fait chanter Baxter et l'empêche d'épouser la femme qu'il aime. De quel droit fait-il cela ?

Harriet lui renvoya une expression qui lui était un peu trop familière. Elle disait *vous êtes un idiot* sans qu'elle ait besoin de se donner la peine de le formuler à voix haute.

— Les hommes de votre rang ne se marient pas par amour et vous le savez, dit-elle, aussi concise qu'il l'avait été. Même si cela me brise le cœur pour Kitty, je pense que c'est mal de lui donner de faux espoirs. Cela n'en sera que plus douloureux pour elle, sans parler de la traîner, elle et Mr Baxter, dans un procès public…

Elle frissonna en fermant les yeux.

— … Tout le monde parlera d'eux, connaîtra les détails de leur relation… ce serait horrible, insupportable.

Tout en sachant qu'il ne se rendait pas service, Jasper ne parvint pas à combattre la boule d'émotion qu'il sentait grandir dans sa poitrine.

— N'avez-vous aucune notion de l'amour, Harry ? demanda-t-il en sachant qu'elle le haïrait pour avoir utilisé ce nom qui lui était interdit, ce nom qu'il avait un jour eu le droit d'utiliser. Si vous donniez votre cœur à quelqu'un, ne vous battriez-vous pas pour lui, ne feriez-vous pas *tout ce qui est en votre pouvoir*, absolument tout, pour être avec lui ?

Il n'y avait rien d'autre qu'un dédain froid dans son regard lorsqu'elle posa sur lui.

— Je ne pourrais jamais aimer un homme qui agirait sans se soucier des conséquences, qui serait désinvolte au point d'ignorer les blessures qu'il pourrait causer aux autres par ses actions. Nous ne sommes pas des animaux, à agir selon nos désirs lorsqu'ils surgissent, sans réflexion ni émotion. Sans cela, un homme pourrait mener une femme innocente à sa perte, en tombant amoureux, puis en cessant de l'aimer en un instant, et abandonner ainsi des dizaines d'amantes, en les jetant aux oubliettes au fur et à mesure.

Son regard était resté braqué sur lui tout au long de sa tirade.

— Je suppose que certains hommes vivent *exactement* comme cela, ajouta-t-elle. Mettant le costume de l'amoureux éperdu un instant, et se débarrassant de ce vêtement démodé l'instant suivant.

Il ressentit les mots plus qu'il ne les entendit. Chacun d'entre eux était comme un petit couteau découpant une autre tranche de son cœur, bien qu'il ne comprît pas pourquoi elle l'attaquait de la sorte. Était-ce l'opinion qu'elle avait de lui ? Oh, il connaissait sa réputation, bien sûr, même si elle lui semblait très exagérée. Oui, il avait eu des amantes, beaucoup d'amantes, mais il n'avait jamais prétendu les aimer, n'avait jamais rien ressenti pour personne, sauf pour une seule femme. Il n'avait jamais flirté avec une femme qui aurait pu penser qu'il existait entre eux autre chose qu'une envie mutuelle de passer le temps de façon agréable, et aucune des relations qu'il avait eues ne s'était mal terminée. Ce, parce qu'il ne mentait jamais, et aussi parce qu'il choisissait ses partenaires avec soin.

— Harry, dit-il en comprenant aussitôt qu'il avait prononcé son nom avec trop d'émotion. Je n'ai jamais —

Harriet lui tourna le dos avant qu'il ne puisse prononcer un autre mot, et partit.

Il s'élança derrière elle, mais elle appela sa mère, qui était en train de discuter avec miss Hunt au bord du lac.

— Lady Saint-Clair, montrez donc à Matilda le pavillon d'été. C'est une construction tellement charmante, et cela vous permettra de vous rafraîchir un peu après être restées sous ce soleil.

— Harriet ! répéta-t-il.

Il voulait qu'elle se retourne, mais elle poursuivit sa route.

Luke se doutait bien qu'il devrait — *tôt ou tard* — lui dire la vérité.

Il la lui raconta de façon brève, concise, sans fioritures. Il ne dit mot sur ce qu'il avait ressenti en voyant Mr Derby l'attendre chez lui le jour où il l'avait emmené loin d'elle. Après avoir passé cette journée-là avec Kitty, on l'avait jeté dans un carrosse sans explication, et il était parti. Il ne dit rien de la solitude et de la confusion qu'il avait ressenties, d'être arraché ainsi de l'endroit qui était devenu chez lui et de la fille qu'il aimait, d'avoir été soumis à une procession sans fin de tuteurs et d'entrevues quotidiennes avec Mr Derby ou le comte en personne. Il était passé des journées occupées à pêcher, à partir à l'aventure et à se baigner nu dans les rivières gelées, à des journées remplies de cours sur tout : l'histoire de la lignée des Trevick, l'étude du grec et du latin, des leçons sur l'étiquette et la façon convenable de se comporter lorsque l'on était destiné à devenir comte.

Pour un garçon que l'on avait déjà retiré d'une école où il avait des dizaines d'amis — un endroit où il avait été heureux — pour l'abandonner au milieu de nulle part sans même une nourrice en vue, c'était à nouveau un changement de circonstances déconcertant.

Mais Luke ne dit rien de tout cela. Il ne révéla rien de son isolement, de l'indifférence de sa mère face à son malheur, mais il n'avait pas besoin d'expliquer de telles choses. Kitty pouvait l'entendre dans ce qu'il choisissait de ne pas dire, dans sa façon sèche et imperturbable de raconter son histoire, et elle comprit. S'il permettait à l'émotion de teinter son récit, ils sombreraient tous deux dans le chagrin, et aucune décision sensée ne pourrait être prise.

Mais son cœur se serrait pour lui, pour son courage, et pour le désir qu'il avait de la protéger de la tyrannie de la famille Trevick.

Kitty n'avait jamais aimé la mère de Luke, même si, lorsqu'elle était enfant, elle avait apprécié l'égoïsme de cette femme puisqu'il offrait beaucoup de liberté à Luke. Mais elle était aux anges devant l'élévation sociale de son fils. La maudite femme se fichait bien du bonheur de son garçon, elle ne se souciait que d'elle-même, et Kitty savait bien que la femme le ferait souffrir s'il tournait le dos à tout ce que le comte lui offrait.

— Vous avez bel et bien essayé de me contacter, n'est-ce pas ? dit-elle lorsqu'il eut arrêté de parler.

Il avait les yeux rivés sur elle, une expression résignée sur le visage. Elle savait qu'il attendait qu'elle convienne que c'était sans espoir, qu'ils ne pourraient jamais se battre contre un comte et un duc.

Cher Luke, toujours si naïf.

— Bien sûr que j'ai essayé, dit-il avec un petit rire frustré. J'ai soudoyé les domestiques pour poster les lettres, mais ils avaient été prévenus. Mr Derby les récompensait pour chaque lettre qu'ils lui donnaient. Les poches du comte étaient bien plus remplies que les miennes, malheureusement. Lorsque je l'ai compris, j'ai essayé de m'enfuir. J'ai essayé un nombre incalculable de fois, mais je n'ai jamais pu aller très loin. J'étais trop bien surveillé.

Il s'interrompit et contempla ses mains, qui étaient occupées à mettre en pièces une marguerite, pétale après pétale.

— Je voulais désespérément revenir auprès de vous, dit-il, et cette fois elle put entendre ce qu'il n'avait pas dit avant. Vous m'avez tellement manqué Kitty, c'était si douloureux, comme s'ils vous avaient découpée de ma poitrine au couteau. Je n'arrivais pas à dormir, j'étais terrifié que vous imaginiez que je vous avais abandonnée. Cette pensée m'était insupportable.

Kitty lui sourit, luttant contre les larmes. Elle répondit d'une voix douce et joueuse, de la manière dont elle avait l'habitude de lui parler lorsqu'il disait quelque chose qu'elle trouvait idiot.

— Je n'ai jamais pensé cela, bêta. Mais personne ne pouvait me dire où vous étiez passé. C'était comme si les fées vous avaient fait disparaître, ou que tout ceci n'avait été qu'un rêve. J'ai supplié mon père de mener l'enquête ; tout ce qu'il a pu découvrir, c'était que vous aviez quitté l'Irlande, mais il ne savait pas où vous étiez ni avec qui. Pour ce que j'en savais, vous auriez tout aussi bien pu être parti en Amérique.

Elle savait qu'il ne voudrait pas s'approcher et franchir la distance qui les séparait, donc elle le fit. Elle s'avança à quatre pattes, peu soucieuse de sa robe et des tâches d'herbe. Elle s'assit à côté de lui.

— J'ai cru que je mourrais de chagrin, dit-elle en prenant sa main et en entrelaçant leurs doigts, comme ils l'avaient fait tant de fois avant. Mais je savais que je vous retrouverais. Je savais que nous serions ensemble à nouveau, et cette certitude m'a permis d'étouffer le plus gros de la douleur, sans cela, je ne l'aurais pas supportée.

— Kitty, dit-il sur un ton angoissé et frustré.

— Luke, dit-elle. Je n'abandonnerai pas. Je ne les laisserai pas gagner. Ce sont des tyrans, voilà tout, et il faut tenir tête à ceux qui tentent de nous intimider, ou ils régneront pour toujours.

Il se mit la main sur les yeux. La jeune femme l'écarta de son visage et l'obligea à la regarder. Elle s'agenouilla devant lui, se pencha en avant, et dit d'une voix qui était à peine plus forte qu'un murmure :

— Je ne les laisserai pas nous voler notre futur, pas si vous le voulez vous aussi. Dites-moi que vous ne m'aimez plus, Luke, dites-moi que ce n'était qu'une romance enfantine, que vous êtes un homme à présent et que ce n'est pas moi que vous voulez. Si vous pouvez faire cela, alors je partirai sans un regard en arrière, je le jure.

Même si elle connaissait la réponse, son cœur émit une série de battements sourds et terrifiés, jusqu'à ce qu'elle voie ses yeux s'assombrir, son regard se poser sur sa bouche.

— Je ne peux pas, répondit-il d'un ton désespéré. Vous savez que je ne peux pas. Bon sang, Kitty !

Avant qu'elle puisse dire quoi que ce soit, il la tira dans ses bras, agrippa ses cheveux, lui maintint le visage et l'embrassa comme si la vie allait s'arrêter si sa bouche ne rencontrait celle de Kitty. C'était un tel baiser, féroce, énervé, passionné, rempli de désespoir et d'amour, tellement d'amour. Elle ne savait pas que de tels baisers pouvaient exister. Le garçon innocent qui avait pressé sa bouche contre la sienne avec une douce affection s'était envolé, et elle se demanda qui lui avait enseigné ceci, mais elle repoussa bien vite le soudain élan de jalousie qu'elle avait ressenti. Il avait été seul, alors qu'elle avait eu de la famille, des amis ; elle pouvait remercier les femmes qui avaient bien voulu lui offrir un répit de cette solitude.

Aussi rapidement qu'il l'avait attrapée, il la relâcha avec un juron et se leva en trébuchant, avant de s'éloigner d'elle.

— Voulez-vous voir vos parents ruinés ? demanda-t-il, furieux. Vous seriez prête à tous nous mettre à la rue, n'est-ce pas ?

Kitty leva les yeux au ciel.

— Cessez d'être aussi mélodramatique et réfléchissez un instant, Luke, dit-elle.

Elle se souvint de ce trait de caractère. Ses soudains accès de pessimisme et de désespoir, qui étaient sans doute la conséquence d'avoir assisté trop souvent aux comédies de sa mère.

— Vous *serez* Trevick. Peut-être pas aujourd'hui, peut-être pas dans un an, ni dans cinq, mais vous le deviendrez, et personne ne peut empêcher cela. Vous m'avez dit vous-même que la santé du comte se détériorait, et que Derby souffrait d'une maladie cardiaque. Ils ne vivront pas pour toujours, mais vous allez vous marier à une femme qui vous laisse totalement indifférent, et ceci pour le restant de vos jours si vous n'agissez pas. Vous serez riche et puissant bien assez tôt, et vous serez alors capable de corriger les injustices. Oublieriez-vous toutes vos responsabilités si nous nous mariions ? Laisseriez-vous toutes les femmes de votre famille qui dépendent de vous mourir de faim ?

— Bien sûr que non, dit-il avec indignation.

Elle vit la première lueur d'espoir s'éclairer dans ses yeux. Elle lui sourit en espérant que ses mots étaient aussi rassurants pour lui que pour elle.

— De plus, vous ne devriez pas sous-estimer ma famille. Mon père sait flairer les bonnes opportunités lorsqu'il y a de l'argent à se faire, et une fois qu'il saura que le prix est un comte anglais, il se dira que le jeu en vaut la chandelle. Il ne bougerait pas le petit doigt pour m'aider à épouser *mister* Baxter, ni pour traîner notre famille dans un procès si vous vous opposiez à ceci, mais si le futur comte de Trevick souhaite épouser *sa fille* ? Dieu du ciel ! Essayez seulement de l'en empêcher. Non, la menace que le comte fait peser sur nous est réelle, mais pas insurmontable. C'est elle, le danger. Lady Frances, pas le duc. Je pense qu'il voudra se venger seulement si vous humiliez sa fille, mais les fiançailles n'ont pas encore été annoncées. Elles ne *doivent pas* être annoncées, Luke. Elle voudra peut-être se venger… mais il y a d'autres nobles, et avec sa beauté et sa fortune elle n'aura pas de mal à trouver des courtisans. Nous savons tous les deux qu'elle ne vous aime pas, elle veut juste votre titre… ou un autre, semblable.

Pendant un instant, le silence plana. Mais seulement un instant.

— Comment faites-vous cela ? demanda Luke.

Il passa une main dans ses cheveux, décrivit un cercle, puis la regarda avec stupéfaction, profondément déconcerté.

— Comment parvenez-vous à faire cela *à chaque fois* ? Vous réussissez à transformer l'impossible en un problème parfaitement ordinaire, tout juste une taupinière au lieu du fichu Ben Nevis. C'est comme cela que vous parvenez toujours à m'avoir. C'est *comme cela* que vous m'avez convaincu d'aller dans des maisons hantées, en haut des montagnes, et dans des grottes à la recherche de trésors.

Kitty haussa les épaules.

— Vous ne pouvez pas m'en vouloir si vous n'avez aucune imagination.

— Aucune imagination ? s'exclama-t-il, outré. Oh, de l'imagination, j'en ai plein, mon amour. Je nous ai imaginés courir vers notre mort, être assassinés par des bandits, je nous ai imaginés noyés, et il s'en est fallu de peu pour que ceci se produise, merci beaucoup.

— Oh, vous n'êtes pas encore en train de pleurnicher parce que nous étions un peu humides ? dit-elle, simplement pour le délice de voir son indignation.

Cela faisait bien trop longtemps qu'ils s'étaient taquinés de la sorte, se chamaillant pour le plaisir et pour le charme de la réconciliation qui suivait.

Il la dévisagea, le regard noir.

— *Un peu humides* ?

Il avait presque dit cela en grognant, et elle se délecta du timbre grave de sa voix. Elle se sentit frissonner. Quel homme il était devenu, parfait, grand, fort. Le désir lui parcourut la peau, mais elle se contenta de soupirer de façon théâtrale en secouant la tête.

— À présent, vous ne faites que répéter ce que je dis.

— Nous avons failli mourir noyés, rétorqua-t-il en levant les mains au ciel.

— Je vous aime, dit-elle en lui souriant comme une idiote.

Son cœur resplendissait de cet amour, de la joie d'être avec lui en dépit de tous les problèmes devant eux, de savoir qu'il l'aimait encore et qu'ils trouveraient une solution ensemble.

Il oublia la réplique qu'il s'apprêtait à lancer, un sourire en coin redressa ses lèvres. Ses cheveux roux étincelèrent au soleil et ses yeux n'avaient jamais été si bleus.

— Je vous aime, répéta-t-il docilement, sachant immédiatement à quel jeu elle jouait, puisqu'ils l'avaient fait des centaines de fois avant. Réellement, chaton, ajouta-t-il d'un ton un peu contrit. Mais il faut repartir, avant qu'ils ne partent à notre recherche. Saint-Clair et sa mère ont été d'une grande gentillesse de nous aider ainsi à nous rencontrer ; il ne faut pas abuser de leur générosité.

Kitty soupira et fit une grimace, mais se leva et s'approcha de lui.

— Pourquoi devez-vous toujours être si gentil et poli ?

— Vous êtes gentille, dit-il en lui bousculant légèrement l'épaule.

— Non, je ne le suis pas, dit-elle en riant. Vous devriez le savoir. J'ai un caractère affreux, et je ne supporte pas d'être contrariée lorsque j'ai quelque chose en tête.

Elle lui lança un regard d'avertissement.

— Je me souviens, dit-il en lui lançant un sourire qui la ramena dix ans en arrière.

C'était le Luke dont elle était tombée amoureuse, juste là, avec ses taches de rousseur, son sourire effronté et sa volonté de la suivre où qu'elle aille. Il volerait à son secours sans jamais râler ; il l'avait aidée à descendre des arbres et l'avait arrachée aux griffes d'une mer déchaînée lorsqu'elle avait mal évalué le danger et les avait mis dans le pétrin, mais il la suivait toujours dans chaque nouvelle aventure, peu importe la témérité dont elle faisait preuve.

Elle prit sa main, s'émerveillant de la taille qu'elle avait à présent, de sa force et de ses capacités. Sa propre main paraissait légère et délicate en comparaison. Kitty la leva jusqu'à sa bouche et pressa ses lèvres sur le dos de celle-ci, là où la peau avait bronzé et avait pris une couleur dorée, les taches de rousseur formaient des zones plus sombres en contraste.

Il la dévisageait avec une expression sur son visage qui fit frémir d'impatience quelque chose en elle. Elle l'avait toujours trouvé séduisant, mais elle n'avait jamais fait l'expérience de l'admirer tout en ressentant un désir brûlant sous sa peau. Et il brûlait, chaud et exigeant.

— Pour l'amour du ciel, ne me regardez pas ainsi, dit-il, à mi-chemin entre le rire et l'avertissement. J'ai promis à Saint-Clair d'être un gentleman, je lui ai donné ma parole d'honneur. Ne faites pas de moi un goujat, je vous prie.

Elle éclata de rire, mais eut pitié de lui et poursuivit sa route. À présent, elle savait qu'il y aurait du temps, du temps pour le désir et les baisers volés. Tandis qu'une part d'elle voulait se précipiter droit dans le futur pour rattraper le temps perdu, elle comprenait la valeur de l'attente pour obtenir l'objet de son désir : cette dernière était incroyablement douce.

Lorsqu'elle avait entendu sa voix, et su dans son cœur que c'était lui, elle avait été emportée par le bonheur. Donc les baisers et les caresses furtives les taquineraient et les tourmenteraient de la plus délicieuse façon, pour l'instant. Ils seraient ses armes contre les peurs et les doutes de Luke, une façon de lui rappeler ce pour quoi il se battait ; et c'était quelque chose que lady Frances n'avait pas, malgré toute sa beauté, malgré la richesse et le pouvoir de son père.

Le père de Kitty lui avait un jour dit qu'il fallait utiliser les armes qui nous avaient été données à notre meilleur avantage en affaires, et ne pas se lamenter sur celles que l'on ne possédait pas. Cela avait été l'un des rares moments où il lui avait parlé de son travail et de ses combats pour réussir, et à l'époque, elle n'avait pas saisi le sens de ses paroles.

Aujourd'hui… elle avait l'impression d'avoir peut-être compris.

Chapitre 8

—Extrait d'un passage du journal de miss Harriet Stanhope.

21 août 1814, Demeure de Holbrooke, Sussex.

Jasper regarda le jeune homme qui chevauchait à ses côtés. Mr Baxter était plongé dans ses pensées, ce qui n'était pas surprenant.

— Vous allez vous battre pour elle, dit-il en sentant un sourire se dessiner sur son visage.

Baxter tourna sa tête, comme s'il avait oublié que Jasper était là, mais ses lèvres formèrent un semblant de sourire.

— Oui, elle me fait sauter de la falaise dans une mer déchaînée, et ce n'est pas la première fois, dit-il d'un ton à la fois amusé et contenant aussi quelque chose qui ressemblait à de la fierté.

— Tant mieux, approuva Jasper.

Il avait été persuadé que miss Connolly avait convaincu Baxter : l'expression satisfaite dans ses yeux noirs le lui avait révélé. Peut-être avait-il jubilé un peu, et avait jeté à Harriet un regard triomphant et suffisant, mais on ne pouvait guère le lui reprocher.

Mr Baxter le regarda plus attentivement, curieux.

— Pourquoi cela vous intéresse-t-il ?

Jasper sentait son regard insistant posé sur lui.

— … Parce que c'est le cas, n'est-ce pas ? Vous avez défendu Kitty lorsqu'aucune personne sensée ne l'aurait fait.

— Mettez-vous en doute mes facultés mentales ? demanda Jasper en levant nonchalamment un sourcil.

Il préférait ne pas trop réfléchir sur ses propres motivations, et encore moins en discuter.

Baxter rit.

— Pas plus que les miennes, mais…

Ses yeux bleus étaient à présent intenses.

— Oui, dit-il en soupirant. Bien sûr. Nous sommes affectés par la même folie. Je m'en rends compte, à présent.

— De quoi diable parlez-vous ?

Jasper avait tenté de poser la question durement et froidement, un avertissement à ne pas aller plus loin, mais il n'y parvint pas tout à fait et l'expression de Baxter s'adoucit en quelque chose qui ressemblait affreusement à de la compassion. Jasper détourna le regard, mais ressentit soudainement le besoin de se livrer, de confesser son plus noir secret — celui qu'il dissimulait depuis si longtemps — ; il avait l'impression d'en être le gardien depuis une éternité.

— N'est-elle pas convenable ? demanda Baxter d'une voix pleine de bienveillance.

Jasper éclata de rire et abandonna.

— Non, ce n'est pas cela du tout. En réalité, nos deux familles seraient ravies.

— Alors pourquoi — ?

— Elle me déteste, déclara Jasper avant d'avoir le temps de réfléchir à la pertinence du fait de dévoiler son âme à un étranger, alors qu'il ne l'avait jamais dit à son meilleur ami.

Enfin, c'était assez compréhensible, puisque son meilleur ami était son frère.

— Pourquoi ?

— Je ne sais pas.

— Vous a-t-elle toujours détesté ?

Jasper s'autorisa à se souvenir d'un jour où Harriet ne l'avait pas haï, un jour où elle avait semblé beaucoup l'aimer, avant que tout ne bascule.

— Non. Pas toujours. Pendant un bref instant, j'ai pensé… j'ai espéré que peut-être…

Il secoua la tête, énervé.

— … Oubliez cela.

Mr Baxter fronça les sourcils, et ils chevauchèrent en silence pendant quelques instants.

— Ne lui avez-vous jamais demandé ce qui avait changé ?

Irrité, Jasper leva les yeux au ciel.

— Bien sûr que je le lui ai demandé. Mais je n'ai jamais réussi à obtenir une explication de sa part et à présent… à présent j'ai impression que…

C'était trop tard. Il avait l'impression que c'était trop tard, que s'il avait eu la moindre chance, elle était en train de lui passer à travers les doigts comme des grains de sable minuscules. Peu importe la fermeté avec laquelle il les tenait, ils continuaient à s'échapper.

— J'ai cru avoir perdu Kitty, déclara Baxter. Trevick et Derby me menaçaient tous les deux de toutes les choses horribles qu'ils feraient, jusqu'à ce que je sois si bougrement terrifié que je n'arrive plus à réfléchir. J'ai cru que c'était sans espoir, mais elle n'a jamais abandonné. Elle est tellement plus courageuse que je ne le suis. Tellement téméraire, ajouta-t-il en riant. Je ne l'avais pas perdu du tout. Elle était là durant tout ce temps, elle m'attendait.

— Parce que vous ressentez tous les deux la même chose, répondit Jasper en regrettant de ne pas s'être tu.

En parler ne faisait qu'empirer les choses, cela lui montrait à quel point sa situation était désespérée.

— Je ne peux pas forcer Ha — *cette demoiselle* à m'aimer. Je ne parviens même pas à me faire apprécier d'elle, ma simple présence la rend furieuse.

Baxter fronça les sourcils.

— Votre simple présence ?

Jasper hocha la tête.

— Il suffit que je pénètre dans une pièce, et son visage s'assombrit. Elle semble contente, elle rit, et dès l'instant où j'apparais, cela s'évanouit. C'est un genre de talent, j'imagine, dit-il avec amertume.

Le jeune homme étudiait Jasper en silence, et ce dernier sentit, à son grand dam, ses joues s'empourprer. Quelle mouche l'avait donc piqué, à vouloir confier ceci à un parfait inconnu ?

— C'est une réaction très forte, déclara Baxter en faisant fi de l'embarras de Jasper. Donc vous ne lui êtes certainement pas indifférent. Savez-vous ce qu'il s'est passé ? Y a-t-il eu un incident, quelque chose qui a précipité ce changement ?

La mâchoire de Jasper se contracta. Il regrettait s'être confié. C'était déjà suffisamment pathétique de se morfondre depuis des années pour une femme qui ne l'aimait pas et voulait encore moins de lui, mais au moins, il avait été le seul à le savoir.

— Je suis désolé, je ne devrais pas me montrer si indiscret, s'excusa Baxter. Cela ne me regarde pas.

— Je l'ai embrassée.

Sa réponse avait jailli, comme s'il était un enfant de dix ans qui admettait avoir volé un gâteau.

— Oh.

À présent, Baxter semblait incroyablement mal à l'aise, et Jasper ne pouvait pas le lui reprocher. Dieu du ciel, c'était si embarrassant.

— Et… était-elle réticente ?

— Non ! s'exclama Jasper, froissé par la question. Pas le moins du monde, mais… mais lorsque je l'ai vue la fois suivante…

Tout avait changé. Elle s'était montrée rigide et formelle, froide comme la glace, et il n'avait jamais pu comprendre pourquoi, ni ce qu'il avait fait. Que s'était-il passé entre le moment où il l'avait quittée — souriante et rougissante — et le moment où il l'avait revue ? Elle n'avait jamais voulu le lui dire, ne lui avait jamais donné la moindre explication, et Jasper était complètement perdu.

— Peut-être avez-vous besoin de quelqu'un qui intervienne en votre nom, suggéra Baxter. Quelqu'un qui découvrirait la vérité. Je suppose qu'elle… je veux dire, est-elle ici en ce moment ?

Jasper fronça les sourcils. Il était suffisamment gênant que Baxter connaisse la passion qu'il entretenait avec une femme qui le considérait comme un imbécile, alors ne parlons même pas d'être en présence de l'objet de cette passion *et* d'avoir un public.

— Oui, répondit-il avec réluctance.

— Kitty la connaît-elle ?

Jasper tourna la tête vers Baxter qui lui sourit.

— Il n'y a pas de meilleur complice à avoir que Kitty Connolly, monsieur. Je peux en témoigner.

Ce n'était pas faux. Jasper avait été témoin de son courage admirable, de son caractère et de sa force, et par-dessus tout, de sa loyauté et de sa détermination. Sans parler du fait qu'il était dans ses petits papiers pour l'avoir défendue. Si une personne pouvait réussir à obtenir la vérité, peut-être même glisser un mot en sa faveur…

Il se raccrochait à des fétus de paille et il le savait, mais il s'en fichait. Bientôt, il faudrait qu'il se marie et accomplisse son devoir de comte. Un descendant et un remplaçant, lui avait-on inculqué : c'est ce que l'on attendait de chaque noble. Mais passer le restant de ses jours avec seulement elle, la fille qu'il aimait, et qui aimait Holbrooke tout autant que lui…

— J'ai besoin de savoir de qui il s'agit, déclara Baxter avec un sourire rassurant. Je peux vous promettre qu'aucun de nous deux ne dira cela à qui que ce soit. Même si… je parie que Kitty le sait déjà. C'est une fine observatrice.

Jasper s'esclaffa.

— Impossible, dit-il tandis que l'idée qu'il ne s'était pas montré assez discret lui donnait une bouffée de chaleur dans la nuque.

Il hésita, arrêta son cheval, et contempla la vaste demeure qui apparaissait devant eux pendant quelques instants. Il s'agissait de la même vue qu'ils avaient admirée un peu plus tôt. Jasper ne la laisserait pas entre les mains d'une femme qui ne s'en souciait pas, et qui ne l'aimait pas comme Harry l'aimait. Il ne pouvait pas offrir son cœur à quelqu'un d'autre non plus, il appartenait depuis trop longtemps à la jeune femme.

— J'ai votre parole d'honneur, Mr Baxter ? Vous ne parlerez de ceci à personne d'autre qu'à miss Connolly, et vous vous assurerez qu'elle ne le divulgue pas ? Je ne souhaite ni devenir source de ridicule ni que l'on me prenne en pitié.

— Vous avez ma parole, lord Saint-Clair, et je serais honoré si vous m'appeliez Luke.

Saint-Clair acquiesça en lui adressant un sourire un peu contraint qui paraissait s'effilocher aux commissures.

— Jasper, dit-il en guise de réponse. Très bien. Je... j'apprécierais si miss Connolly voulait bien mener... *discrètement* l'enquête.

— Je suis sûre qu'elle en serait ravie. J'ai cru comprendre qu'elle vous tenait en haute estime. Qui est la jeune femme à qui elle doit parler ?

— Harriet, déclara Jasper qui sentit son cœur tambouriner dans sa poitrine : c'était la première fois qu'il admettait à voix haute avoir des sentiments pour elle. Miss Harriet Stanhope.

Parler à Jasper de ses propres problèmes avait temporairement distrait Luke de la situation horrible à laquelle il devait faire face. Malheureusement, cela ne dura pas.

— Bon sang, mais où étiez-vous passé ?

Luke se raidit en entendant la voix de Mr Derby résonner à travers le salon de la suite élégante que Saint-Clair avait mise à leur disposition le temps de leur séjour. Déterminé à se conduire avec toute l'assurance et la fierté que Trevick et son frère avaient instillées en lui depuis des années, Luke se retourna, mais ne manifesta aucune réaction face à la demande furieuse de l'homme.

— Lord Saint-Clair a requis ma compagnie pour la matinée, monsieur, dit-il avec une civilité glaciale. Étant donné que je suis son invité pour les deux prochaines semaines, je me suis senti obligé d'accepter.

Derby ricana.

— Ne me servez pas ces grands airs, mon garçon. C'est moi qui vous les ai enseignés. Ne croyez pas que je suis né de la dernière pluie. J'en déduis que ceci n'a pas traversé l'esprit de votre jolie petite furie, cette souillon profiteuse qui pourrait bien devenir comtesse si vous êtes assez idiot pour oublier votre dette.

L'Espace d'un instant, Luke faillit perdre tout contrôle et frapper Derby. Il serra les poings et sentit la couleur l'empourprer sous l'effet de la colère. Mais le talent qu'il avait acquis après avoir appris à dissimuler ses sentiments pendant une décennie — ne permettre à personne de savoir ce qu'il pensait réellement — ressurgit.

— Mr Derby, dit-il en entendant le ton mesuré de sa voix, comme s'il écoutait un étranger, alors qu'à l'intérieur il hurlait de rage. Ce que vous pouvez penser de moi ou de mon comportement est un sujet sur lequel vous pouvez vous épancher comme bon vous semble. En revanche, miss Connolly et les opinions que vous pouvez avoir la concernant, sont des sujets que vous aborderez à votre propre péril. C'est une lady, et elle compte beaucoup pour moi. Si vous lui faites du mal, je me vengerai.

Luke vit les yeux de l'homme s'emplir de surprise. Il avait cessé de résister à Derby depuis bien longtemps. Un garçon de treize ans n'avait aucun pouvoir contre un adulte à l'esprit machiavélique qui n'avait aucun scrupule à manipuler un enfant. Mr Derby utilisait tour à tour l'intimidation, la culpabilité et — en quelques occasions très dérangeantes — les discussions *d'homme à homme* où il adoptait le rôle de l'oncle jovial.

Luke était maintenant un adulte, et il avait appris à accepter les décisions de Mr Derby ; il ne le contredisait qu'en de rares occasions, peu importe ce qu'il pensait ou ressentait. Tant qu'il n'avait pas hérité du titre, il n'avait pas beaucoup plus de pouvoir que lorsqu'il était encore enfant. Trevick finançait tout, Luke n'avait pas d'argent à lui, et un gentleman ne pouvait pas travailler. Il n'avait que faire de ces règles, mais ils l'avaient façonné à l'image d'un gentleman, et à présent, il ne savait rien faire d'autre.

Il était piégé.

Bien sûr, il aurait pu tout simplement tourner le dos à tout ça. Il en avait été tenté beaucoup, beaucoup de fois. Une fois, il avait même menacé de le faire. Il revoyait la scène dans son esprit.

Sa mère l'avait… très mal pris.

Hystérie était un mot bien trop doux pour la tempête qui s'était déchaînée dans les heures qui avaient suivi cette déclaration. Elle avait fait voler des choses, pulvérisé tout ce qui lui tombait sous sa main, puis s'était jetée sur lui en le frappant et en le griffant comme un chat tout en hurlant une litanie incompréhensible d'injures. Mais l'essentiel avait été clair : Luke était un enfant monstrueux, un monstre égoïste qui voulait la faire mourir de honte.

Il avait fallu appeler un docteur pour lui administrer un sédatif. Luke avait été forcé de la tenir pour qu'il puisse y parvenir. Mr Derby n'avait rien dit. Il n'en avait pas besoin. Son expression suffisait. *Vous voyez* ? disait-elle, *voilà ce qui arrive lorsque vous vous rebellez.*

Luke savait qu'une scène semblable l'attendait, lorsque sa mère apprendrait son refus d'épouser lady Frances, au profit d'une quelconque Irlandaise dont la fortune familiale était due au commerce.

Mais il y avait une différence cette fois. Il sentait encore le goût des baisers de sa bien-aimée sur ses lèvres. Il se souvenait de la sensation de la tenir dans ses bras, et la promesse de tout ce qui l'attendait s'il affrontait ces scènes effroyables comme un homme, sans flancher, sans dériver de son but.

— Vous osez me contredire ? dit Derby d'un ton dangereusement calme. Vous osez *me* menacer ?

— Oui, monsieur, répondit Luke. J'ai accompli tout ce que vous m'avez demandé de faire. Et je l'ai toujours fait. Pendant longtemps, j'ai cru que je n'avais pas d'autre choix. Vous m'avez arraché la seule chose que j'ai jamais voulue, et j'ai cru l'avoir perdue à jamais. Je me suis dit cela, je pense, parce qu'autrement, ma vie aurait été insupportable. Mais à l'époque, j'étais un enfant, et je croyais être seul au monde. Je ne suis plus un enfant, et miss Connolly ne m'a jamais oublié. Cette femme profiteuse dont vous parlez ne savait rien du comté, personne ne savait rien, et pourtant, elle m'a attendu. Elle m'aime encore, et je l'aime. Je *vais* l'épouser.

Un silence tendu suivit cette déclaration. Il était oppressant, comme le ciel lourd et l'air immobile et épais précédant la tempête.

— Comme c'est touchant, déclara Mr Derby avec un ricanement moqueur qui donna à nouveau à Luke l'envie de le frapper, d'enfoncer son poing au beau milieu de cette expression moqueuse et de casser son foutu nez.

Il regarda Derby prendre une inspiration et se ressaisir avant d'ajouter :

— Mais il n'y a aucune raison de précipiter les choses.

Luke ne se sentit aucunement rassuré par son expression plus douce et son timbre plus mesuré. Au contraire, son inquiétude augmenta.

— Vous pensez comme le garçon que j'ai sorti de la fange, Luke et non comme l'homme que je vous ai appris à devenir. Vous êtes quelqu'un d'important maintenant, vous n'êtes plus un simple « monsieur », vous êtes l'héritier d'un comté. Du moins, lorsque Trevick et moi ne serons plus là, ajouta-t-il avec un sourire narquois.

Luke ne sourit pas à la blague sordide de l'homme. Il n'était pas sans savoir que Derby rêvait d'obtenir le titre, mais sa volonté de faire perdurer la lignée était tout aussi forte que celle du comte. Cela ne changerait rien pour Luke. Les frères étaient du même avis quant à son avenir et celui de la fortune familiale.

Je n'ai pas l'intention de vous tenir éloigner de miss Connolly, dit-il en glissant avec aisance dans cette attitude « d'homme à homme ». Si elle possède une si grande importance pour votre bonheur, alors nous devons tous accepter. Chaque homme possède un vice, elle est de toute évidence le vôtre. Donc, épousez lady Frances, et faites de cette péronnelle votre maîtresse. Nous pourrons arranger quelque chose de discret et de satisf —

Il n'eut pas le temps de finir sa phrase, Luke l'avait projeté par terre.

Luke regarda l'homme imposant — qui l'avait terrifié lorsqu'il était enfant — s'effondrer à ses pieds. Il n'avait plus l'air aussi imposant ni intimidant qu'avant. Luke ne l'avait même pas tapé si fort que cela, car il avait conscience d'être beaucoup plus jeune et en meilleure santé que l'homme se tenant devant lui.

— Je suis désolé, monsieur, dit Luke avec raideur, légèrement consterné par ce qu'il venait de faire, même s'il ne le regrettait absolument pas. Mais je vous avais prévenu.

Mr Derby le dévisagea, le choc dans ses yeux se transformant peu à peu en une chose moins agréable.

— Cela… c'était une erreur.

— Peut-être, déclara Luke, sidéré par le calme et le contrôle dont il faisait preuve.

Finalement, les leçons de Trevick avaient *bel et bien* eu un effet positif.

— Mais je suis un gentleman, et je dois tenir parole. Miss Connolly avait raison. Je lui ai demandé de m'épouser, et de plus, j'étais sincère. Et c'est une promesse que je compte honorer.

Il se pencha pour offrir sa main à Mr Derby, mais il la refusa et se releva tout seul. Même s'il était proche des soixante-dix ans, et que son cœur n'était pas aussi fort qu'il aurait voulu, il avait l'air beaucoup plus jeune que cela. Luke se demanda s'il devait se sentir coupable de l'avoir frappé. Après tout, peu importe s'il paraissait plus jeune, ce n'était pas le cas ; mais après tant d'années à se retenir, cela lui avait fait du bien.

— Donc vous êtes prêt à la détruire, cette femme que vous aimez si profondément ? déclara Derby, avec un regard qui n'augurait rien de bon.

— Laissez-la en dehors de cela, répondit Luke qui sentait monter une anxiété lui serrant douloureusement la gorge.

— Ne soyez pas idiot, dit Derby en secouant la tête. C'est une chose que vous n'avez jamais comprise, mon garçon : la différence entre être né pour régner, ou devoir l'apprendre. Vous agirez selon notre volonté, et peu importe ce que nous devons faire pour obtenir le résultat désiré. Si vous continuez à faire l'imbécile et persistez à vouloir le beurre et l'argent du beurre, miss Connolly en paiera le prix.

Luke serra les poings, en regrettant de ne pas avoir frappé l'homme plus fort, de ne pas lui avoir cassé son maudit nez, ni causé la crise cardiaque fatale dont avaient parlé les docteurs.

— Je ne vous laisserai pas lui faire du mal, dit-il.

Son cœur tambourinait à un rythme incroyable, à présent qu'il comprenait l'énormité de ce à quoi il devait faire face. Cela lui avait paru simple lorsqu'il en avait parlé avec Kitty, si facile, mais cela n'était pas simple, cela n'était pas facile, et il la mettait en danger.

Mr Derby éclata de rire et lui lança un regard de pitié.

— Je vais vous dire ce que je vais faire, Luke, dit-il avec la condescendance d'un homme qui explique les choses à un garçon qui manque d'expérience et d'intelligence. Je vais vous donner une semaine pour profiter de votre miss Connolly. Mettez-la dans votre lit s'il le faut, et peut-être reviendrez-vous alors à la raison, lorsque ce désir qui vous démange aura été assouvi. Après quoi, vous vous mettrez au pas, ou je vous y forcerai.

— C'est une lady, monsieur.

Il aurait aimé pouvoir s'écouter, oublier les convenances, le fait qu'il soit un invité dans cette maison, et en finir avec cela en jetant Mr Derby à travers cette satanée fenêtre.

— … Ce n'est pas une fille de joie. Je ne tolérerai pas que vous parliez d'elle de façon aussi irrespectueuse.

— À votre guise, répondit Derby d'un ton qui supposait que le sujet l'ennuyait, tout en prenant quelques secondes pour ajuster sa cravate. Vous avez mes conditions, qui sont plus que généreuses. Je suggère que vous en teniez compte, sinon votre bien-aimé *chaton* en paiera le prix.

Chapitre 9

Chère Matilda,

Nous vous rejoindrons à Holbrooke le 22. Je suis si excitée ! Même si je dois bien avouer que je me suis bien amusée avec Ruth. Nous sommes restées dans la nouvelle demeure de son père, il l'a beaucoup modernisée. C'est merveilleusement vulgaire, ce qui mortifie la pauvre Ruth, même si je lui ai dit que je m'en moquais éperdument. Ce qui compte, c'est que cela soit confortable et fabuleux d'y vivre, et je n'ai pas hésité à le lui expliquer.

Combien de bons partis seront présents ? Je vous en prie, dites-moi qu'il y en aura des tas. J'ai reçu une lettre de Morven où il m'interroge sur la date à laquelle je compte rentrer pour accepter la demande de Gordon Anderson. Il faut que je fasse quelque chose de drastique pour échapper à ce destin sordide. Donnez-moi de l'espoir, ma chère Tilda. Prévenez les jeunes hommes riches et séduisants de ne pas tomber amoureux avant mon arrivée !

— Extrait d'une lettre de miss Bonnie Campbell à miss Matilda Hunt.

22 août 1814, Demeure de Holbrooke, Sussex.

— Bonjour, miss Hunt, miss Stanhope. Vous êtes toutes les deux ravissantes ce matin.

Matilda se tourna et sourit à Mr Burton qui s'approchait d'elles.

Il avait belle allure en vêtements d'équitation, avec ce magnifique caleçon moulant qui épousait ses cuisses puissantes. Un homme dans toute sa splendeur. Matilda savait que son cœur aurait dû frétiller d'impatience, et elle ressentit une bouffée de colère devant son impassibilité. Cet organe idiot devait être défectueux.

Burton leur sourit, une expression presque enfantine d'enthousiasme se peignit sur ses traits bronzés. Ses mains étaient larges et rugueuses, remarqua-t-elle alors qu'il jouait avec la cravache qu'il tenait : les mains d'un travailleur, et non celles, élégantes, d'un aristocrate. Cela aurait dû jouer en sa faveur aussi. Bien qu'elle n'ignorât point que la plupart de ses pairs désapprouvaient fortement ceci, Matilda avait beaucoup de respect pour les hommes qui réussissaient grâce au travail et à la détermination. Son frère était un homme comme cela.

— Êtes-vous impatient de notre sortie, Mr Burton ? demanda-t-elle en s'adressant à lui avec chaleur et constatant aussitôt le plaisir illuminant ses yeux.

— En effet, comment ne pas l'être ? Notre indomptable météo anglaise est aussi parfaite qu'on pourrait l'espérer, un château en ruine constitue le plus romantique des décors, et pouvoir apprécier tout ceci en charmante compagnie ! Il serait vraiment malvenu de ne pas être ravi.

— Je suis sûre que vous avez raison, répondit Matilda qui trouvait son enthousiasme contagieux.

Saint-Clair avait préparé une sortie au château de Bodiam. Il se situait à une heure et demie au sud-est de la demeure de Holbrooke, quelques invités avaient choisi de chevaucher jusque là-bas, d'autres voyageraient en carrosse. Un pique-nique les y attendait, ainsi qu'une visite des ruines avant qu'ils ne prennent le chemin du retour.

— Vous ne monterez pas à cheval, je suppose ? demanda Mr Burton avec une déception évidente.

Matilda secoua la tête.

J'ai peur d'être une bien piètre cavalière, et je ne ferais que ralentir tout le monde. Je suis résignée à voyager dans le confort luxueux du barouche de la comtesse Saint-Clair, mais de bon cœur, je vous rassure.

— Vous êtes si aimable, miss Hunt, dit-il.

Il avait dit cela pour l'amuser, elle le savait, mais il y avait mis un peu trop d'intention, le regard dans ses yeux était trop chaleureux, et Matilda rougit en détournant le regard.

Elle fut soulagée lorsque les deux frères apparurent pour se joindre à l'assemblée, formant un tableau à couper le souffle qui attira l'attention de tous.

Saint-Clair et son frère étaient tous deux de glorieux spécimens de beauté masculine, et faisaient de l'ombre à la fière allure de Mr Burton. À côté de Saint-Clair, son jeune frère avait été moulé de manière semblable, mais pas identique. Les cheveux de Saint-Clair étaient un tantinet plus dorés, ses épaules, juste un peu plus larges, et ses traits possédaient la perfection de ceux d'une divinité grecque.

Le visage de Jérôme Cadogan avait une lueur espiègle, quelque chose à son sujet qui suggérait qu'il pouvait prendre le large à n'importe quel instant, probablement pour causer une émeute. Ses traits n'étaient pas exactement *gâchés* par un nez cassé, même s'il ne pouvait plus rivaliser avec la beauté classique de son frère, mais cela ajoutait un petit côté vaurien qui était attirant. C'était aussi un exemple flagrant de ce qui valait à Saint-Clair de nombreuses nuits blanches.

L'histoire de ce nez cassé était bien connue, et elle n'était pas la seule. Il s'était battu pour une demi-mondaine, et Saint-Clair avait été contraint de verser une somme d'argent faramineuse à la victime en dédommagement. Malheureusement, Jérôme avait entamé la bagarre dans la maison de son adversaire, qui contenait plusieurs œuvres d'art très fragiles. Cela allait sans dire : elles n'avaient pas survécu à l'altercation.

— Où est passé tout le monde ? demanda Jérôme dont l'impatience était palpable. Nos invités sont de telles limaces !

— Jerry, je vous prie de ne pas insulter nos invités, murmura Saint-Clair. Ni notre mère, puisqu'elle aussi, semble manquer à l'appel.

— C'est évident, répondit Jérôme en soupirant. Maman n'a jamais été à l'heure pour quoi que ce soit dans sa vie.

— Mr Burton, dit Saint-Clair en attirant l'attention de l'homme. Norton, là-bas, tient votre monture, si vous voulez bien vous donner la peine ?

— Merci, monsieur, déclara Mr Burton en lançant un clin d'œil étonnamment familier à Matilda, avant de partir récupérer le cheval que tenait le palefrenier.

— Il ne cache pas son intérêt pour vous, n'est-ce pas ? lui murmura Harriet à l'oreille.

Elle avait dit cela sur un ton qui suggérait qu'elle n'approuvait pas son comportement trop arrogant. Matilda elle-même était un peu mal à l'aise, même si elle supposait qu'il était normal pour un homme de flirter ouvertement avec la femme qu'il espérait épouser. Pourtant, le malaise perdura.

Elle croisa le regard d'Harriet et lui lança un sourire en coin.

— Il semblerait que non.

— Oh, regardez, voilà Kitty.

Matilda se tourna dans la direction que lui indiquait Harriet et sourit alors que Kitty leur adressait un signe de la main enjoué. Elle était une fois de plus à cheval, et paraissait parfaitement à l'aise : elle affichait un large sourire confiant. Lors de la précédente soirée, la jeune femme avait littéralement rayonné de bonheur. Son bien-aimé Luke lui avait été rendu, et il l'aimait encore. Cela ressemblait à un délicieux conte de fées, sauf que Matilda ne croyait pas aux contes de fées, et qu'elle tremblait d'appréhension pour son amie.

Mr Luke Baxter apparut quelques instants plus tard en compagnie de sa cousine, miss Sybil Derby, qui chevauchait à ses côtés. C'était une jeune femme plutôt insipide avec laquelle Matilda avait eu du mal à discuter. Elle n'était pas désagréable, l'on aurait plutôt dit qu'elle vivait dans la crainte d'émettre une opinion sur quoi que ce soit, même lorsqu'il s'agissait d'accepter une tasse de thé. Avec un père comme Mr Derby, cela n'était pas vraiment surprenant. L'absence de ce dernier fut remarquée.

Enfin, les derniers invités apparurent : lady Frances et Mrs Drake, Prue et son mari, le duc de Lorny, et la comtesse de Saint-Clair.

Lady Saint-Clair avait proposé à Matilda, Harriet et Prue de voyager avec elle dans son nouveau barouche, une élégante calèche ouverte dont elle était visiblement très fière. Le duc avait choisi de faire la route à cheval, et lady Frances et sa compagne voyageraient dans leur propre carrosse.

De l'avis de Matilda, le voyage vers Bodiam fut charmant. C'était une chaude journée ensoleillée, seuls de délicats petits nuages parsemaient le bleu du ciel. La plus légère des brises faisait bruisser la dentelle de son ombrelle, empêchant le soleil de devenir inconfortable et ses joues d'être trop chaudes.

Mr Burton chevaucha à ses côtés pendant la plus grande partie du voyage, et ne dissimula pas son admiration. Prue, qui était assise à côté d'elle, afficha un air interrogateur pendant l'un des rares moments où il partit en tête avec les autres hommes.

— Lui avez-vous donné l'autorisation de vous courtiser, Matilda ? demanda-t-elle à voix basse, bien que lady Saint-Clair et Harriet fussent en grande conversation.

— Non, répondit Matilda avec un petit sourire. Mais il est très insistant, ajouta-t-elle en fronçant les sourcils pendant quelques secondes avant de coller un sourire sur son visage. Et également séduisant, charmant, gentil, et riche, donc je vais probablement accepter.

Elle rit en essayant de paraître heureuse à la perspective d'épouser un homme dont elle n'était pas amoureuse.

— Cela ressemble à une liste de courses dans laquelle vous énumérez les avantages à l'épouser, comme pour vous convaincre de faire une chose alors que vous savez que c'est une mauvaise idée.

Matilda fronça les sourcils, stupéfaite en dépit de ses propres inquiétudes à propos de cette union.

— Une mauvaise idée ? répéta-t-elle. Comme c'est étrange que vous disiez cela, alors que tout le monde me dit qu'il est parfait pour moi.

Prue secoua la tête et lui saisit la main.

— Je n'ai pas dit qu'il n'était pas parfait pour vous, dit-elle en lui pressant brièvement les doigts. Je ne le connais pas autrement que par sa réputation, même si je sais que Robert le respecte. Par contre, je vous connais, Matilda, et je peux voir que vous manquez cruellement d'enthousiasme à cette idée.

Matilda pouvait sentir le regard de Prue braqué sur elle alors qu'elle regardait le paysage, perplexe. Il lui avait semblé avoir fait tous les efforts possibles pour *paraître* enjouée et enthousiaste en compagnie de Mr Burton. Avait-elle semblé manquer d'entrain ?

— Vous oubliez que je vous ai déjà vu flirter avec d'autres hommes avant, Tilda, très chère, déclara Prue sur un ton complice. Vous êtes très douée pour cela, même lorsque vous n'y mettez pas tout votre cœur et que vous le faites simplement pour vous amuser, mais je ne vois rien de ces étincelles entre vous et Mr Burton. C'est étrange, je l'admets, car il possède bel et bien toutes les qualités que vous avez énumérées ; mais je n'arrive pas à vous sentir attirée par sa présence ni ne sens aucune attraction venant de vous, mais peut-être ai-je tort ?

Un petit élan de quelque chose ressemblant à de l'irritation traversa Matilda, qui se sentit subitement attaquée et répondit sur la défensive :

— Ce n'est pas parce que je ne ressens pas d'attirance immédiate pour un homme qu'il y a lieu de croire qu'il ne ferait pas un bon mari. Au contraire. Je me demande combien de femmes se sont retrouvées dans des mariages malheureux parce qu'elles avaient choisi de suivre leur instinct primitif.

— Sans doute, répondit Prue avec un léger sourire. Je ne suis pas en train de suggérer que c'est là un chemin que vous devriez suivre, seulement… n'arrêtez pas votre décision, très chère. Un bon mariage… vaut la peine d'attendre.

Matilda hésita, elle sentait la panique monter dans sa poitrine à l'idée de passer sa vie seule, sans enfants, une perspective qui ne faisait que grandir dans son horizon.

— Et si j'attends trop longtemps, et que je perds toutes mes chances ?

Prue hocha la tête en lui tapotant la main.

— Je sais, ma chérie, mais songez-y soigneusement. Il n'y a pas de retour en arrière possible si vous vous trompez.

Matilda rit.

— Juste ciel, Prue, croyez-vous que je pense à quoi que ce soit d'autre ?

Prue poussa un soupir compatissant, avant de changer de sujet.

— Racontez-moi ce qu'il se passe entre Kitty et Mr Baxter.

Ils firent une halte à la jolie église de St Giles, bâtie au douzième siècle dans le village de Bodiam, et se promenèrent parmi les pierres tombales. Au-dessus du château, se dressant sur une colline boisée, l'église surplombait la rivière Rother. L'attraction principale était une statue médiévale en cuivre représentant un chevalier en armure qui était supposé être l'un de ceux qui avaient servi la famille Bodeham — de laquelle le château tirait son nom.

De là, la petite troupe avait cheminé jusqu'à l'impressionnant château entouré de douves qui dominait le petit village. Les domestiques de Saint-Clair avaient devancé le groupe et lorsqu'ils arrivèrent, ils avaient dressé un pique-nique somptueux à l'ombre bénie des murs du château.

— Bonté divine, ne serait-ce pas Bonnie ? s'exclama Matilda quelques minutes après qu'ils se soient installés devant le savoureux festin que leur offraient leurs hôtes généreux.

Harriet et Prue levèrent la tête en plissant des yeux sous le soleil, et elles éclatèrent de rire en voyant une femme s'agiter comme une folle pour leur faire signe en sautant de haut en bas.

— Oui, c'est elle, dit Matilda en répondant à sa propre question avec un sourire amusé.

Bonnie et Ruth furent accueillies avec plaisir et enthousiasme par les Demoiselles Surprenantes, qui se hâtèrent de les présenter à tous ceux qu'elles ne connaissaient pas encore, puis les deux jeunes femmes s'installèrent en leur compagnie.

— Nous avons atteint la demeure de Holbrooke bien plus tôt que prévu, expliqua Ruth, et la comtesse douairière a eu l'amabilité de nous laisser des instructions quant à vos plans pour la journée, si par hasard nous arrivions à temps, et… nous voilà !

— Comme c'est bon de toutes vous retrouver, déclara
Bonnie en remplissant son assiette avec une généreuse portion de
chacun des plats et en souriant à tout le monde. Même si j'espère
qu'il n'y a pas là l'entièreté des bons partis, sinon, les célibataires
devront se battre pour obtenir les faveurs de Saint-Clair, son
frère, Mr Baxter, et Mr Burton.

— Bonnie ! la gronda Matilda en essayant de ne pas éclater
de rire. Ne parlez pas si fort.

— Oui, et bas les pattes, ajouta Kitty avec un sourire
suffisant. Mr Baxter est à moi. Nous sommes fiancés.

Bonnie poussa une exclamation de surprise et demanda
aussitôt des détails, et l'histoire occupa naturellement le reste du
pique-nique, car son caractère romantique avait capturé
l'attention de toutes.

Matilda s'empêcha de partager son inquiétude, car elle ne
voulait pas assombrir le bonheur évident de Kitty ni celui de
Mr Baxter qui était venu les rejoindre lorsqu'il lui avait paru
évident qu'il était le sujet de leur conversation.

— Racontez-vous d'affreuses histoires, chaton ? demanda-t-
il.

Il y avait tant d'affection dans sa voix que Matilda se dit
qu'elle s'inquiétait pour rien. L'histoire d'amour que Kitty lui
avait racontée était aussi vraie et forte que son amie l'avait crue,
cela, au moins, était évident aux yeux de tous. Pourtant, lorsque
la conversation se calma et que Luke se dit que personne ne
l'observait, elle vit la tension dans ses yeux, et sut alors qu'elle
ne s'était pas trompée. Il y avait encore des problèmes à régler.

Lorsque tout le monde eut mangé, tous se dispersèrent pour
examiner les ruines. Kitty n'avait pas l'intention d'écouter une
conférence ennuyeuse sur l'histoire du château, pas lorsqu'il y
avait des choses bien plus intéressantes à faire.

— Luke !

Luke se retourna. Elle avait chuchoté son nom, et seul lui l'avait entendu.

Kitty, qui s'était isolée, le regarda en souriant la chercher des yeux. Son regard s'éclaira lorsqu'il la trouva ; elle le regardait sur le seuil d'une porte et lui faisait signe de se dépêcher de la rejoindre. Elle le contempla avec amusement lorsqu'il vérifia que personne ne l'observait avant de partir. Luke ne ferait jamais quelque chose d'aussi stupide que de ne pas scruter attentivement les autres avant de leur fausser compagnie, et il avait toujours reproché à Kitty de ne pas prendre cette précaution.

Il la rejoignit. Elle lui saisit les mains et le tira dans ce qui avait un jour été la cuisine, puis dans la tour sud, avant de grimper les étroits escaliers en colimaçon. La plupart des autres invités s'étaient joints à une visite guidée menée par un historien local, mais Kitty ne voulait pas perdre une occasion de se retrouver seule avec Luke. Au beau milieu de la montée, elle se retourna, et découvrit que ses yeux étaient au même niveau que ceux du jeune homme, puisqu'elle se tenait une marche au-dessus de la sienne.

Elle jeta ses bras autour de son cou et Luke attrapa sa taille, mais son expression était désapprobatrice.

— Kitty, petit démon, nous ne pouvons pas —

Elle lui coupa la parole en pressant judicieusement ses lèvres contre les siennes.

Il gémit et la tira vers lui. Il l'entourait de ses bras, et Kitty soupira lorsque le gémissement de plaisir de Luke résonna en elle. Il était là, ce n'était pas un rêve, ce n'était pas un effet de son imagination comme elle le craignait parfois. Cela faisait si longtemps qu'elle le désirait, ce manque était si féroce que les souvenirs qu'elle avait de lui avaient pris un aspect doré et quelque peu onirique qui avait commencé à l'effrayer, mais là, ce n'était pas un rêve.

Luke était ici, en chair et en os, et la sensation de plénitude absolue qu'elle ressentait d'être dans ses bras justifiait chaque seconde de ces années de détresse et de solitude.

Il s'empara de sa bouche avec de lents et scandaleux baisers, il lui laissait le temps de suivre son rythme, de s'adapter à cette nouvelle intimité, qui n'était pas présente lorsqu'ils étaient enfants. Kitty ne demandait qu'à apprendre, et à expérimenter toutes les autres choses qu'ils avaient manquées. Ils avaient perdu tellement de temps à cause d'un maudit vieillard et de ses ambitions.

Elle enfonça ses mains dans sa chevelure épaisse et chaude, se collant davantage à lui, consciente de la fermeté de son corps, de la façon dont les mains de Luke la caressaient, du battement rapide de son cœur.

— Chaton, dit-il sur un ton d'avertissement qu'elle n'avait nullement l'intention de prendre en compte.

Il s'agissait de Luke, de ce garçon qu'elle connaissait comme sa propre âme, en lequel elle avait une confiance absolue.

— Chaton, il faut arrêter…

Elle illustra ce qu'elle pensait de cette idée en glissant ses mains sous sa veste, captivée par la chaleur de sa peau qui rayonnait à travers le tissu fin de sa chemise, par la sensation de sentir les formes d'un homme sous ses doigts. Luke était tellement plus grand que dans ses souvenirs, et chaque centimètre dur et chaud était si tentant.

Il émit un son désespéré et l'embrassa plus fort, les mains contre la nuque de la jeune femme pour la maintenir contre lui. Kitty se sentit emportée par le délice de ce nouveau plaisir, et comme dans tout ce qu'elle entreprenait dans la vie, elle fonça tête baissée, sans se soucier des conséquences. Elle oublia ses idées sur la valeur de l'attente et de la patience, transportée par le moment, par lui.

Ses mains glissaient sur elle et elle haleta lorsqu'elles se posèrent sur sa poitrine, leur chaleur traversant la fine mousseline de sa robe d'été. Il enroba la chair souple et la pétrit.

— Oh, dit-elle en se reculant pour le regarder, les yeux écarquillés de surprise. Recommencez, lui demanda-t-elle d'une voix émerveillée.

— Par toutes les cloches de l'enfer, Kitty, vous allez sonner ma perte, déclara-t-il, déchiré entre le rire et les larmes.

Il fit néanmoins ce qu'elle lui demandait, à deux mains cette fois, tout en lui embrassant le cou.

Kitty soupira et sourit. Elle mit ses mains par-dessus les siennes et chercha sa bouche. Quelques instants passèrent encore avec la sensation délicieuse des mains de Luke sur son corps, et des baisers de plus en plus passionnés.

— Non, réussit-il à articuler en faisant un pas en arrière.

Il passa une main dans ses cheveux, en semant le désordre de façon délicieuse parmi les lourdes boucles rousses. Kitty eut l'impression que sa main tremblait, ce qui la rassurait, puisque ses propres genoux s'étaient transformés en flan.

— Non, répéta-t-il. Stop. Cela suffit, Kitty. Il faut retourner auprès des autres avant que l'on ne s'aperçoive de notre absence. C'était une idée épouvantable.

Kitty fit la moue, mais elle savait qu'il ne fallait pas le taquiner, de plus, elle savait qu'il avait raison.

— Oh, très bien. Puisqu'il le faut.

— Il le faut, dit-il d'un ton sévère et autoritaire.

Elle se figea, légèrement choquée, et le regarda.

— Vous avez un drôle d'air, remarqua-t-il tandis qu'il prenait quelques instants pour ajuster sa cravate et lisser ses cheveux ébouriffés.

— Je ne vous ai pas reconnu pendant un instant, dit-elle en clignant des yeux. Vous avez pris un ton… plutôt seigneurial.

Elle eut un petit rire, secoua la tête.

— Il y a tant de choses qui ont changé chez vous, et pourtant vous êtes le même, et c'est… parfois déconcertant.

— Oui, acquiesça-t-il sèchement. Je vois exactement ce que vous voulez dire.

Il lui prit la main, et elle le suivit dans les escaliers, admirant ses cheveux qui prirent des teintes cuivrées, dorées, et auburn lorsque les rayons du soleil, à travers les fenêtres étroites, les faisaient briller.

— Vous aviez le ton de Saint-Clair lorsqu'il est sévère et formel, dit-elle en réalisant pourquoi cela l'avait choquée. Comme un homme qui a l'habitude qu'on lui obéisse.

Luke ricana.

— Eh bien, cela ne vient pas de l'expérience, je peux vous l'assurer. Entre Trevick et Mr Derby, je ne suis rien de plus qu'un pion, qu'ils manœuvrent comme bon leur semble.

Kitty le tira pour qu'il s'arrête en bas des marches, et attendit qu'il se tourne vers elle.

— Que s'est-il passé la nuit dernière avec Mr Derby ? J'aimerais que vous me le disiez. Je sais que vous avez peur pour moi. Je vous en prie, ne craignez rien. Je peux faire face à tous les dangers tant que vous êtes à mes côtés. Je vous promets que c'est la vérité.

L'expression du jeune homme s'assombrit, et elle comprit qu'il avait caché ses inquiétudes, peut-être pour ne pas gâcher la journée, mais dissimuler un problème ne l'avait jamais fait disparaître.

— Luke, insista-t-elle devant son silence.

Il soupira et s'adossa au mur de pierre. Ils pouvaient entendre le doux bourdonnement de la voie du guide, qui résonnait sur les murs anciens dont il parlait. Ces murs avaient vu des guerres, des intrigues, des combats à mort, du courage et de la lâcheté… face à un tel passé, quelle importance pouvait bien avoir leur petite histoire d'amour ?

Kitty n'était pas certaine qu'il s'agisse d'une pensée rassurante.

— Il m'a donné une semaine, dit Luke avec une expression sinistre. Cet idiot pense que je peux oublier mes sentiments pour vous dans ce laps de temps, et ensuite épouser lady Frances.

— Je vois, répondit Kitty d'un ton calme et mesuré, pendant que son esprit concoctait une demi-douzaine de châtiments pour l'homme détestable. Il pense sans aucun doute que vous devriez m'amener dans votre lit, afin de pouvoir ensuite me sortir de votre tête ?

— Chaton ! s'écria Luke, et elle ne put s'empêcher de sourire devant son air choqué.

Elle avait toujours aimé le surprendre, dire des choses scandaleuses et le faire rougir. Non pas qu'il eût été en train de rougir à présent, ce qui lui laissait croire qu'elle n'était pas loin de la vérité. Pour Derby, Kitty n'était pas une lady et ne méritait pas d'être traitée avec le respect qu'il acceptait d'accorder à d'autres. Même si, pour être honnête, elle doutait fort qu'il respectât quoi que ce soit d'autre que ce titre qu'il convoitait tant.

— Il a suggéré que je fasse de vous ma maîtresse, admit Luke.

Cette fois, il rougit, mais elle pouvait voir que c'était plus de colère que d'embarras.

— Donc je l'ai projeté au sol.

Kitty le dévisagea, déchirée entre la colère face à l'insolence de Derby, et le ravissement que Luke l'ait frappé pour défendre son honneur.

— Oh, dit-elle.

Elle ressentait la plus étrange bouffée de désir en imaginant Luke cogner cet homme méprisable et le mettre à terre.

— Non, dit Luke en levant son index et en faisant un pas en arrière : il avait interprété à la perfection les intentions de sa bien-aimée. Non, Kitty, soyez sage…

Elle se mordit la lèvre et s'avança vers lui.

Luke s'éloigna à toute vitesse, et riait lorsqu'ils tournèrent en direction de l'énorme cuisine qui résonnait. Ils faillirent percuter lady Frances.

— Oh, dit-il en sentant toute sa bonne humeur s'évanouir aussitôt. Je vous présente mes excuses.

Lady Frances était fraîche et belle aujourd'hui, dans sa robe de mousseline vert tendre. Sa dame de compagnie, Mrs Drake, se tenait à quelques pas derrière elle avec une expression indéchiffrable sur le visage. Lady Frances jeta un coup d'œil dédaigneux à Kitty avant de se tourner à nouveau vers Luke.

— Luke, très cher, je comprends que les hommes aiment se comporter de façon inappropriée avec les femmes d'une… certaine classe, mais tâchez de couper court à cela, vous vous rendez ridicule. Papa n'appréciera pas cela.

Luke se raidit, et Kitty se rapprocha de lui en glissant sa main au creux de la sienne. Elle savait qu'ils n'auraient pas dû se balader seuls, mais elle réalisait seulement maintenant à quel point elle avait été stupide. Il était évident que lady Frances se délecterait de raconter cela à tout le monde, et la réputation de Kitty serait mise à mal. Même si, après les révélations de la nuit qui avait suivi l'arrivée de Luke, c'était déjà probablement le cas, mais à présent, les rumeurs qui la condamnaient se propageraient à un rythme effrayant.

— Lady Frances ?

Luke et Kitty se tournèrent tous les deux lorsque la voix de Matilda résonna dans leur dos.

— J'espère que vous ne sous-entendez pas là que Mr Baxter aurait un comportement inapproprié au point de chercher à se retrouver seul avec Kitty ? dit-elle — au ton de sa voix, le commentaire ne semblait pas entièrement destiné à lady Frances. Je vous garantis que miss Stanhope et moi-même avons été présentes à chaque instant, donc toutes les convenances ont été respectées.

Kitty avait envie de l'embrasser. Elle avait dû les suivre exactement dans ce but, et à présent, elle gratifiait lady Frances d'un regard glacial. Harriet se tenait à ses côtés, en évitant le regard de tous. Elle était sûrement furieuse d'être impliquée dans une telle affaire.

Kitty se préparait à recevoir les remontrances inévitables.

— Je ne suis pas sûre que *vous* soyez d'une compagnie acceptable, miss Hunt, répliqua lady Frances.

Kitty grimaça.

— Excusez-vous — commença-t-elle, furieuse.

Matilda lui lança un regard si féroce qu'elle ferma aussitôt la bouche.

— Vous avez raison, lady Frances, répondit Matilda avec un sourire placide. Mais miss Stanhope ici présente est irréprochable, tout comme lord Saint-Clair, qui n'est pas encore descendu de la tour. Voudriez-vous que j'aille le chercher, afin que vous puissiez l'interroger, lui aussi ?

Lady Frances dévisageait Matilda avec une hostilité indéniable.

— Cela ne sera pas nécessaire. Venez, Mrs Drake, continuons notre promenade.

— Attendez.

Les deux femmes s'arrêtèrent devant l'injonction de Luke, et ce dernier hésita avant de lancer un regard à Matilda et Harriet. Elles comprirent et s'éloignèrent un peu. Il regarda Kitty également, mais elle n'avait pas l'intention d'aller ailleurs, et il soupira en comprenant que cela ne servirait à rien de protester.

— Lady Frances, dit-il. Je vous prie de m'excuser pour les difficultés qui ont été soulevées ces derniers jours, mais vous devez savoir aussi bien que moi que Trevick et votre père nous ont poussés à ce mariage. Je ne vous ai fait aucune demande officielle, et je n'en ai pas l'intention. Je vous assure que cela n'a rien à voir avec vous. Nous ne nous sommes rencontrés qu'en trois occasions, nous avons à peine passé plus d'une heure ensemble, et je ne crois pas que vous ayez développé un attachement fort envers moi, pas plus que je n'en ai développé envers vous.

Lady Frances arborait une expression tout sauf encourageante, mais Luke tint bon.

— J'aime miss Connolly, dit-il.

Kitty put percevoir la note de défi dans cette déclaration, elle eut conscience de la masse de problèmes qui s'abattraient sur lui à cause d'elle, et son cœur se serra.

— Je suis amoureux d'elle depuis de nombreuses années, et même si, lorsque je croyais l'avoir perdue, j'avais l'intention d'accomplir mon devoir, je ne peux pas épouser une autre femme alors que mon cœur est pris. Vous pouvez sûrement comprendre

—

— Vous êtes un imbécile, Mr Baxter, répondit lady Frances avec impatience. Il s'agit de pouvoir et d'argent, Trevick et Lymington, deux illustres familles qui ne feront que devenir plus puissantes suite à cette union. Il y a beaucoup en jeu. Qu'est-ce que l'amour vient faire là-dedans ?

Luke ne répondit pas. Kitty savait qu'il comprenait exactement de quoi elle parlait, que cette idée lui avait été martelée dans le crâne depuis que Mr Derby l'avait emmené. Elle pouvait lire la culpabilité dans ses yeux, mais elle savait également qu'accomplir une telle chose le répugnait. Il n'y avait pas une once d'avarice chez Luke.

— Ne voudriez-vous pas trouver l'amour, lady Frances ? ne put s'empêcher de demander Kitty, même si elle savait qu'elle aurait mieux fait de se taire.

Rester silencieuse lorsqu'il le fallait n'était pas son point fort.

Lady Frances ne daigna même pas la regarder, les yeux toujours fixés sur Luke.

— Je me fiche que vous l'aimiez ou pas. Je suis une femme sensée, j'ai été élevée avec la mission d'épouser un homme puissant. Je ne suis pas une gamine idiote avec des rêves d'amour. Je n'ai aucune envie d'interférer dans votre vie ni dans celle de vos maîtresses. Il me semble que Mr Derby vous a dit la même chose.

Kitty sentit Luke se raidir, la tension l'envahir.

— C'est assez, lady Frances, dit-il.

Kitty entendit à nouveau l'homme hautain et rigide qu'elle avait aperçu un instant plutôt, l'homme dont elle tenait la main.

— … Je ne vous permettrai pas d'insulter la femme que je compte épouser. C'est une lady, sa famille est probablement plus vieille et plus distinguée que celle des Trevick ou des Lymington, en dépit de leur changement de situation, et elle n'a rien fait d'autre que de rester fidèle à l'amour qu'elle éprouve pour moi. Je crois qu'il n'y a rien à ajouter, aussi, je vous souhaite un plaisant après-midi.

Lady Frances le contempla quelques secondes de plus, avant de se retourner et de quitter la pièce avec toute la majesté d'une reine.

Il y eut un silence tendu.

— Kitty Connolly, je pourrais bien vous étrangler.

Kitty se retourna et adressa un sourire penaud à Matilda. Elle n'eut pas du tout l'air impressionnée.

— Vous feriez mieux de prier que Saint-Clair soit toujours hors du château, à se promener avec sa mère, ajouta Harriet, exaspérée. *Et* hors de vue des autres, ou sinon nous serons tous dans le pétrin.

— Pardonnez-moi, Tilda, dit-elle en évitant le regard sceptique d'Harriet.

Kitty se prépara à recevoir sa leçon de morale.

Chapitre 10

Chère Aashini,

Vous me manquez tant, ma chère amie. Je me sens comme la mère poule à laquelle vous m'aviez un jour comparée… et mes poussins semblent déterminés à se faire manger par des renards !

— Extrait d'une lettre de miss Matilda Hunt à lady Aashini Cavendish.

22 août 1814, Château de Bodiam, Sussex.

— Il y a forcément quelque chose que nous pouvons faire pour aider, Jasper.

Jasper baissa la tête et regarda sa mère qui avait pris son bras et avait insisté pour qu'il l'accompagne dans sa promenade.

— Aider ? répéta-t-il, bien qu'il fût parfaitement conscient de ce à quoi elle faisait allusion.

Sa mère était une indécrottable romantique. Elle avait un cœur tendre, et Jérôme et lui avaient été terriblement gâtés dans leur enfance. Elle était une mère aimante, très indulgente pour ses fils dont elle ignorait allègrement les défauts. Tous deux l'adoraient aussi, mais Jasper avait conscience du fait que sa nature généreuse pouvait parfois obscurcir son jugement.

— Ne vous montrez pas obtus, très cher, le gronda-t-elle. Miss Connolly et Mr Baxter…

Elle soupira, la main sur le cœur.

— … C'est une histoire si romantique, ne trouvez-vous pas ? Imaginez, tomber amoureux dans l'enfance, et toujours ressentir la même chose des années plus tard.

Jasper sentait son regard posé sur lui et lutta pour ne pas rougir. Il se racla la gorge et il émit un grognement quelconque qu'elle pourrait interpréter comme elle le voudrait.

— Eh bien, j'ai fait ce que je pouvais, dit-il pour poursuivre la conversation. En conséquence, Trevick et Mr Derby me considèrent désormais comme leur ennemi.

— Oh, Derby, gronda sa mère. Quel homme odieux. Savez-vous qu'il a essayé de m'emmener seule sur un balcon lorsque j'avais seize ans ?

Jasper s'arrêta et regarda sa mère, outré.

— Il a fait *quoi* ?

Sa mère poussa un rire ravi, et elle regarda dans le vague.

— C'était également lors d'une fête de famille. Je n'avais même pas fait mon entrée dans le monde ! Je venais tout juste de rencontrer votre père, et j'étais tombée éperdument amoureuse de lui. Il m'a sauvée, bien entendu, et il a donné une sacrée leçon à Mr Derby. Je m'en souviens comme si c'était hier.

Sa voix trembla légèrement et Jasper sentit son cœur se serrer. Ses parents avaient fait partie de ces rares couples qui s'étaient entichés l'un de l'autre en quelques jours, et ils étaient restés amoureux jusqu'à la mort de son père, sept ans plus tôt. Ils avaient tous été dévastés, mais contrairement à ce que certains croyaient, leur mère n'était pas une fragile beauté écervelée, et pour ses fils, elle ne s'était pas laissée aller. Elle les avait aidés à sortir de leur chagrin, et à retourner dans le monde des vivants.

Jasper porta sa main à ses lèvres et l'embrassa. Il sourit lorsqu'elle lui lança un regard plein d'amour.

— Il me manque, dit-il. Il saurait quoi faire.

Sa mère acquiesça et serra son bras un peu plus fort.

— Il me manque aussi, mon chéri, mais vous lui ressemblez beaucoup, vous savez, et j'ai foi en vous : vous saurez arranger la situation.

Jasper s'étrangla de rire en lui lançant un regard incrédule.

— Aussi touché que je sois par votre foi en moi, maman, dit-il en secouant tristement la tête, je crains que vous n'ayez une araignée au plafond.

Sa mère souffla et lui donna une tape sur le bras.

— Ne soyez pas grossier ! Sachez que je suis parfaitement sérieuse, et que je ne me trompe jamais sur ces choses-là.

— Ne jamais *admettre* que l'on a tort n'est pas la même chose que de *ne pas* avoir tort. C'est quelque chose que je n'ai jamais réussi à vous faire comprendre.

— Attention, Jasper, commença-t-elle, mais la voix de son fils s'imposa.

— Je n'arrive pas à croire que Mr Derby se soit comporté d'une façon aussi odieuse envers vous, il devait avoir largement dépassé trente ans, et vous étiez encore une enfant ! Espèce de s

—

— Jasper ! s'écria précipitamment sa mère en lui lançant un regard noir. Oui, il était certainement cela, et oui, c'est un homme odieux, raison de plus pour aider le pauvre Mr Baxter à épouser miss Connolly. Derby a toujours été un tyran manipulateur, et Trevick est encore pire. Je frissonne rien qu'en pensant aux souffrances qu'a dû subir ce garçon entre leurs mains.

Jasper soupira.

— Mais vous pouvez comprendre pourquoi Trevick s'oppose à cette union, dit-il en se faisant l'avocat du diable pendant quelques instants, afin que sa mère prenne pleinement conscience des difficultés. Et s'il s'agissait de moi ? ajouta-t-il en se demandant comment elle allait le prendre.

Il s'arrêta et se tourna pour lui faire face, avant de continuer :

— Si c'était moi, qui voulait épouser miss Connolly, avec son père, commerçant irlandais, alors que j'étais sur le point de me fiancer à lady Frances ?

Sa mère le regarda en fronçant le nez, un air de dégoût s'installant sur ses jolis traits.

— Jasper ! *Vraiment* ? Avez-vous besoin de me poser cette question ? La seule chose que je souhaite pour vous, c'est d'être aussi heureux que votre père et moi l'avons été. Juste ciel, une femme comme lady Frances ne vous conviendrait absolument pas. Elle n'est qu'ambition et manigances, mon Dieu, non. Mais miss Connolly ne vous conviendrait pas non plus. Pas à cause de sa famille ; elle est juste beaucoup trop vive pour vous. Vous avez besoin d'une influence stable, très cher. C'est ce que j'ai toujours pensé.

Jasper leva les yeux au ciel, mais remarqua la lueur déterminée qui brillait encore dans les yeux de sa mère. Il était trop tard pour la fuite, il avait reconnu le danger. Il se remit à marcher dans l'espoir d'éviter la conversation à venir, en regardant frénétiquement autour de lui, à la recherche de quelqu'un pour le sauver, mais ils étaient seuls.

— Non, ne levez pas les yeux au ciel comme cela devant moi. C'est la vérité, et il est grand temps que vous fassiez quelque chose à ce sujet également.

Sa mère lui tira le bras pour qu'il s'arrête, et le força à la regarder.

— Il est l'heure pour vous de vous marier, et de préparer une chambre d'enfant, jeune homme. À votre âge, votre père vous avait déjà, et Jérôme était en route, donc cessez de perdre du temps et trouvez-vous une épouse.

Jasper grogna.

— Mère, je vous en prie…

— Non, Jasper, cela doit être dit. Si votre père était là, il aurait une conversation d'homme à homme avec vous, mais vous n'avez que moi, et je ne suis pas douée pour de telles choses alors je ferai de mon mieux avec une conversation mère-fils. N'y a-t-il personne… personne que vous *aimeriez* épouser ? Si une telle créature *existait*, je ferai tout ce qui est en mon pouvoir pour vous aider, vous savez.

Elle avait une telle intensité dans le regard qu'il sentit les poils au bas de sa nuque se dresser. Il se racla la gorge en évitant son regard.

— Je vais… y réfléchir. Je vous le promets, ajouta-t-il précipitamment en espérant que cela suffirait à la calmer pour l'instant.

Cela sembla faire l'affaire, et elle tapota son bras avec tendresse.

— Brave garçon. C'est tout ce que je demande, dit-elle en souriant, pendant que Jasper étouffait un soupir de désespoir.

Lorsqu'ils retournèrent au château, il était grand temps de rassembler tout le monde pour le voyage de retour. Jasper parcourut la scène du regard en se demandant pourquoi sa mère appréciait tant les grands rassemblements de gens.

Mr Burton avait la tête penchée vers miss Hunt, avec une expression déterminée et quelque peu possessive, et le sourire de miss Hunt semblait quelque peu tendu. Miss Connolly avait apparemment fait quelque chose qu'elle n'aurait pas dû faire : Harriet l'avait écartée du groupe et semblait être en plein milieu d'un sermon. Mais la jeune femme semblait à peu près supporter les remontrances en restant calme. Lady Frances et Mrs Drake étaient énervées comme des crabes, sans doute cela avait-il un lien avec le sermon ; quant à Luke, il faisait fi de tout le monde, plongé en grande conversation avec le guide.

Et puis, il y avait son misérable frère.

— Oh, Seigneur, murmura Jasper.

Il avait remarqué Jérôme et Bonnie Campbell ensemble à Green Park. Elle n'était pas du tout le type de Jérôme, qui préférait les fragiles beautés blondes, et Jasper savait bien que cet idiot ne faisait que se montrer agréable.

Mais Jérôme était beaucoup trop familier, et ne faisait pas de distinction assez méticuleuse entre les jeunes filles moins respectables avec lesquelles il adorait passer du temps, et les douces vierges de bonne famille de l'aristocratie. Non pas qu'il y eût quoi que ce soit de très doux à propos de miss Campbell, mais elle était malgré tout une lady. Cet imbécile allait se retrouver piégé dans un mariage qui ne lui conviendrait pas du tout s'il ne faisait pas très attention.

Miss Campbell était exactement le genre de créature joviale, vive et téméraire qui mènerait gaiement son frère à la ruine et au scandale. Il ne doutait pas qu'ils passeraient beaucoup de bon temps en chemin, mais ils compteraient ensuite sans doute sur Jasper pour réparer leurs bêtises et les tirer d'affaire.

Il gémit lorsque miss Campbell poussa un petit cri avant de s'emparer du chapeau de Jérôme. Son écervelé de frère lui courut après en rugissant de rire, louvoyant entre les invités.

— Que le diable l'emporte, marmonna Jasper.

Sa mère se contenta de rire.

— Ils ne font que s'amuser, Jasper, dit-elle en s'amusant de leurs pitreries.

Jasper saisit le bras de son frère alors qu'il passait à côté de lui à toute allure, à la poursuite de sa proie.

— Calmez-vous, gronda-t-il.

Jérôme se contenta de le regarder, éclata de rire, et reprit joyeusement ses activités.

Il croisa le regard de miss Hunt, qui était rempli de compréhension. Elle haussa les épaules d'un air impuissant en souriant. Jasper lui sourit en retour, mais s'aperçut que Mr Burton le regardait en fronçant les sourcils ; Jasper détourna rapidement le regard.

Luke tourna la tête vers lord Saint-Clair qui arrivait à son niveau.

— Avez-vous passé une bonne journée ? demanda Jasper.

Luke était à la traîne, loin derrière le groupe, perdu dans ses pensées. Il avait à peine remarqué que Saint-Clair avait fait demi-tour, ne se rendant compte de sa présence que lorsqu'il était arrivé à ses côtés.

— Tout à fait, répondit Luke avec un sourire.

Il n'avait pas l'air de vouloir partager les tourments qui se bousculaient dans son pauvre cerveau troublé.

— Le château possède une atmosphère merveilleuse, et la compagnie est charmante, ajouta-t-il poliment. Mais je n'aurais pas dû manger autant, sauf qu'il était impossible de s'arrêter. Je pense que le vieux Zeus ici boude d'avoir ce poids supplémentaire.

Il caressa l'encolure de son cheval et Saint-Clair rit.

— On dirait que lady Frances a avalé un essaim d'abeilles, déclara Jasper d'un ton complice.

Luke sursauta, un peu surpris, mais Jasper s'était confié à lui à propos de miss Stanhope, et il pouvait difficilement prétendre ne pas comprendre la remarque.

Il grimaça, il savait qu'il avait été sacrément stupide de prendre un tel risque.

— Elle a failli nous surprendre seuls, Kitty et moi. Sans miss Hunt et miss Stanhope, nous étions faits comme des rats. Oh, et vous étiez là, vous aussi, ajouta-t-il en ressentant une bouffée de culpabilité d'avoir impliqué le comte. Miss Hunt a cité votre nom, puisqu'il semblerait que le sien ne soit —

Jasper hocha la tête pour lui montrer qu'il avait compris, et balaya d'un geste l'inquiétude manifeste de Luke.

— Où étais-je ?

— En haut de la tour sud.

— Eh bien, cela explique pas mal de choses sur l'ambiance qui régnait lorsque je suis revenu, répondit Jasper en riant.

— Je ne sais pas quoi faire, avoua Luke.

Le poids de cette responsabilité l'accablait. Kitty avait beau dire qu'elle était prête à faire face à tout pour lui, que se passerait-il si elle devenait la cible d'un affreux scandale à cause de lui ? Mr Derby *allait* le punir pour sa désobéissance, et il se servirait de Kitty pour cela.

— Dites-moi.

Luke soupira, soulagé, et s'exécuta. Il parla des menaces de Mr Derby, de la semaine qu'il lui avait accordée, de la scène avec lady Frances.

Ils pourraient ruiner la vie de Kitty si facilement, et cette maudite créature les y aiderait, si l'on se fie à ce qu'il s'est passé aujourd'hui.

Non pas qu'il fût au-delà de tout reproche. Il fallait qu'il l'oblige à se comporter de façon raisonnable, au lieu de trottiner joyeusement derrière elle tandis qu'elle s'employait à détruire sa propre réputation. Mais ce désir cinglant d'être seul avec, de l'embrasser… eh bien, cela avait visiblement altéré ses neurones.

— Pourquoi ne pas simplement vous enfuir ? suggéra Jasper.

Luke le dévisagea, bouche bée, et haussa les épaules.

— Une fois que vous êtes mariés, il est trop tard. Le scandale de cette fuite sera minime, puisque personne ne sait encore qui vous êtes. Trevick a pris un tel soin de vous dissimuler au monde, qu'un Mr Baxter épousant une miss Connolly ne fera hausser les sourcils de personne. Une fois que cela sera fait, Mrs Baxter sera parfaitement respectable. Ils se vengeront sûrement d'une autre manière, mais elle sera légalement vôtre et plus personne ne pourra changer cela.

Jasper remarqua le choc de Luke, et lui lança un sourire en coin avant d'ajouter :

— C'est ce que je ferais, dans ces circonstances.

L'idée prit racine, et l'espoir de Luke commença à renaître, son cœur tambourinait d'excitation.

— Elle serait mienne, et personne ne pourrait faire quoi que ce soit, dit Luke en réfléchissant à cette perspective. Pas à elle, en tout cas, et Trevick ne peut pas me déshériter, même s'il était suffisamment en colère pour le faire.

— C'est à peu près cela, acquiesça Jasper. Vous n'auriez que le courroux de lady Frances et le mécontentement de son père à gérer. Bien que cela soit suffisamment intimidant pour que n'importe quel homme y réfléchisse à deux fois. Lady Frances est une jeune femme déterminée, et elle ne prendra pas avec douceur le fait d'être contrecarrée.

— Non, soupira Luke. Cela, c'est certain.

Pourtant, il n'arrivait pas à se laisser abattre par les inconvénients de ce plan : les avantages étaient bien trop importants. Pourquoi n'y avait-il pas pensé tout de suite ? La fuite *était* une source de scandale, mais… Kitty serait enchantée par cette idée, la diablesse.

— Dois-je comprendre que vous approuvez cette idée ? demanda Jasper.

Luke réalisa qu'il souriait comme un fou.

— Oui, dit-il en riant, incapable de maîtriser son excitation. Oui, complètement.

— Excellent. Venez dans mon bureau lorsque vous aurez eu le temps de vous changer et nous dresserons un plan.

— *Nous* ? demanda Luke, stupéfait. Vous ne voulez quand même pas dire que vous désirez vous impliquer dans une entreprise aussi scandaleuse ?

— Oh, si.

Jasper éclata de rire et poussa son cheval au galop.

— Car si je ne le fais pas, ma mère ne me le pardonnera jamais.

Kitty était allongée sur son lit. Elle regardait le plafond. Elle aurait dû être en train de se préparer pour le dîner, mais ses pensées étaient confuses. Une partie d'elle était follement heureuse, mais ce ciel bleu semblait parsemé d'un nombre incroyable de nuages noirs.

Aussi furieuse qu'elle était contre le comte de Trevick et Mr Derby, elle connaissait Luke. C'était un homme décent et honorable, et laisser tomber qui que ce soit le rendrait malheureux, peu importe ses propres désirs. Peut-être n'accordait-il plus d'importance à Trevick et Mr Derby, mais elle savait qu'il aimait Sybil et les autres, et lorsque sa mère découvrirait ce qu'il avait fait, elle serait bonne à enfermer. Kitty ne voulait pas qu'il soit blessé, malheureux ou rongé par le remords, et elle ne voulait certainement pas être celle qui provoquerait cela en lui. Sa mère le rendrait probablement misérable pour le restant de ses jours, d'avoir ainsi laissé passer la chance d'épouser la fille d'un duc.

Mais quelle autre option y avait-il ? Luke l'aimait. En dépit de tout ce qu'elle avait dit à Matilda, elle avait bel et bien eu un doute avant de le revoir, bien sûr qu'elle avait eu un doute. Même si elle se souvenait de l'intensité de leur relation, de leur amour l'un pour l'autre et de sa certitude absolue qu'il perdurerait, ils *étaient* des enfants. Cela faisait si longtemps qu'elle n'avait pas eu de nouvelles de lui, qu'ils avaient été séparés. Ils avaient changé. Tous les deux.

Les secondes qui avaient suivi son apparition de derrière les rideaux cette nuit-là avaient suffi à faire disparaître ce doute. Luke l'avait aussitôt reconnu, et toutes ces années s'étaient évanouies en un instant. Il était si différent du garçon au visage enfantin de ses souvenirs, pourtant, dans ses yeux, elle avait vu la personne qu'elle aimait de tout son cœur. Elle l'avait reconnu, et à présent, lui aussi rayonnait de cette joie d'être enfin réunis. Il n'aurait pas pu le cacher, même s'il avait essayé. Donc maintenant, il fallait trouver un moyen d'être ensemble, un moyen qui lui causerait le moins de tourmentes possible.

Si seulement elle le connaissait.

Kitty leva la tête en entendant des coups frappés à la porte, et descendit du lit. Son expression s'assombrit lorsqu'elle reconnut Harriet, car elle lui avait sonné les cloches plus tôt dans la journée, et elle n'était pas prête à entendre un nouveau sermon.

— Puis-je entrer ? demanda Harriet en remontant ses lunettes sur son nez.

Elle avait l'air un peu mal à l'aise, et Kitty soupira en ouvrant la porte pour elle.

Harriet pénétra dans la pièce, puis hésita tandis que Kitty retournait s'asseoir sur le lit. Elle marcha vers la fenêtre, regarda dehors, revint à sa place, avant de retourner à la fenêtre.

— Quelque chose ne va pas, Harry ? demanda Kitty en espérant ne pas avoir fait autre chose qu'Harriet considère d'inadmissible entre les écuries et sa chambre.

— Non, dit-elle. Oui. Voilà…

Kitty se prépara.

— Je tenais à m'excuser.

— Oh ! s'exclama Kitty.

Son visage s'éclaira, elle était soulagée. Elle fronça ensuite les sourcils avant de demander :

— Mais pour quelle raison ?

— Oh, pour être une amie si affreuse.

Harriet s'avança vers elle et s'assit à ses côtés.

— Je n'avais aucun droit de vous réprimander de la sorte. Vous êtes une adulte, je ne suis même pas votre sœur, et encore moins votre mère. Mais j'ai eu tellement peur pour vous lorsque lady Frances vous a découverte seule en compagnie de Mr Baxter. J'ai été terrifiée de ce qui risquait de vous arriver. Vous êtes tellement plus courageuse que moi, Kitty, mais parfois, les choses que les autres considèrent comme étant courageuses me semblent terriblement imprudentes. Je ne suis pas très douée pour les aventures, admit-elle. En vérité, je *déteste* les aventures. Elles riment inévitablement avec bottes crottées, vêtements détrempés et pas de dîner, grelotter de froid et attraper un rhume… eh bien, je préfère aller au lit avec un livre, conclut-elle d'un ton provocateur.

Kitty s'esclaffa et lui prit la main. Elle la porta à sa joue en déclarant :

— Oh, Harry, espèce d'oie. Vous êtes si drôle.

Harriet soupira, ses épaules s'affaissèrent.

— Non, je ne le suis pas. Je ne suis pas drôle du tout, je suis terne et ennuyeuse et… *studieuse*, ajouta-t-elle en retroussant un peu la lèvre de dédain. Il ne sert à rien de prétendre le contraire, mais je ne peux pas m'en empêcher.

Elle croisa les bras, ses sourcils se rejoignirent tandis qu'elle contemplait ses pieds.

— Les livres sont si faciles à comprendre, même ceux que la plupart des gens jugent ennuyeux et incompréhensibles. Ce sont les autres qui me rendent perplexe. Je ne comprends pas comment vous pouvez *savoir* que vous aimez tellement Mr Baxter que vous seriez prête à risquer absolument tout, votre avenir tout entier, juste pour essayer d'être avec lui. Et si cela n'était qu'une idylle passagère ? Et si vous changiez d'avis ? Et si vous l'épousiez, pour découvrir ensuite qu'il n'est pas l'homme que vous pensiez qu'il était ?

Kitty glissa son bras sous celui d'Harriet et posa le menton sur son épaule.

— C'est facile, Harry, dit-elle d'une voix rassurante. En tout cas, ça l'est pour moi. Lorsque vous aimez quelqu'un, vous le *savez*. Ce n'est pas un mystère, ce n'est pas un algorithme complexe à mettre au point, ni des hiéroglyphes à déchiffrer. C'est un sentiment si puissant qu'il est impossible de se méprendre. Cela fait si longtemps que je l'aime, je sais qu'il en sera toujours ainsi. Que devrais-je faire, sinon tout risquer ? Passer le restant de mes jours sans lui est un risque bien plus grand que tout le reste.

Harriet afficha une expression sceptique, mais resta silencieuse quelques instants. Lorsqu'elle parla enfin, ses mots n'étaient pas du tout ceux auxquels Kitty s'attendait.

— Cela signifie-t-il que vous allez vous enfuir avec lui ?

Kitty la dévisagea avec des yeux ronds.

— Quoi ?

Harriet haussa les épaules, éloigna une boucle châtain de ses yeux et la coinça derrière son oreille.

— Eh bien, c'est la solution logique, non ? déclara-t-elle comme si c'était parfaitement évident. Si vous restez ici, Mr Derby massacrera votre réputation devant toute la bonne société, et la décision de Mr Baxter de s'unir avec vous n'en sera que plus choquante. Une fois que vous serez Mrs Baxter, plus personne ne pourra faire quoi que ce soit, et ce n'est pas comme si votre fuite avec Mr Baxter allait créer un gros scandale : très peu de gens savent qui il est.

Harriet leva la tête et haussa les sourcils en voyant l'expression sur le visage de Kitty.

— Quoi ? demanda-t-elle. Oumph !

Kitty se jeta à son cou avec tant d'enthousiasme qu'elle fit basculer Harriet en arrière sur le lit.

— Oh, Harry, ma chérie, vous êtes un génie. Vous avez raison ! Bien sûr, nous devons nous enfuir !

— Oui, marmonna Harry en essayant de s'échapper de l'étreinte de Kitty. Certainement. Mais pourriez-vous, avant de partir, éviter de m'étouffer jusqu'à ce que mort s'ensuive ?

Chapitre 11

Cher Nate,

Je suis si contente d'apprendre cette nouvelle formidable ! C'est merveilleux de devenir tante. Transmettez à Alice tout mon amour, et dites-lui que je transmettrai la réjouissante nouvelle à nos amis. Je suis si heureuse pour vous, Nate. Quel père merveilleux vous allez faire.

— Extrait d'une lettre de miss Matilda Hunt à son frère, Mr Nathaniel Hunt.

23 août 1814, Demeure de Holbrooke, Sussex.

Luke avait passé une soirée conviviale avec Jasper à planifier sa fuite avec Kitty. Il avait grand-hâte de lui annoncer la nouvelle.

Ils partiraient — en supposant qu'il ne s'était pas complètement trompé sur elle, et qu'elle ne refuse pas cette proposition — le surlendemain.

Avec l'aide de la comtesse dans le rôle de chaperonne, Jasper préparerait un voyage auxquelles il participerait en compagnie de Luke, Kitty, miss Stanhope, et miss Hunt. Le reste des invités serait occupé par des divertissements variés, et ne remarquerait pas que les affaires de Kitty et de Luke étaient emballées et emmenées.

Leurs bagages seraient amenés à la ville de taille correcte la plus proche, où il leur serait possible de louer un carrosse sans trop attirer l'attention.

Bien que Jasper soit tout à fait disposé à apporter son aide, il ne pouvait pas se faire remarquer en train d'aider à organiser une fuite ; la location d'un véhicule était donc obligatoire pour la première partie du voyage.

Ils quitteraient le groupe tôt dans la matinée, non pas en direction de l'Écosse, destination à laquelle Luke avait aussitôt pensé, mais pour le Warwickshire. Jasper et les autres continueraient leur voyage, et retourneraient à Holbrooke bien après l'heure du dîner. Donc personne ne remarquerait l'absence de Luke et Kitty avant le matin suivant, et il serait impossible à Mr Derby d'intercepter le couple avant qu'ils n'atteignent Stratford-Upon-Avon.

La paroisse de Stratford était celle dans laquelle Luke était né. Ce qui voulait dire que comme Kitty et lui étaient majeurs, ils n'avaient besoin que d'une licence commune pour être aussitôt mariés, un détail en or qui n'était pas venu à l'esprit distrait de Luke, mais que Jasper avait rapidement évoqué.

Stratford n'était également pas très loin du château de Trevick, où le comte régnait sur son propre petit fief comme une grosse araignée sur son énorme toile.

Même si tout cela allait se dérouler sous le nez du comte, ce qui était assurément audacieux, la vieille buse quittait rarement son domaine, et Luke savait que personne ne les remarquerait. Le vieux démon tenace avait tenu la bride si serrée à Luke durant ces années qu'il avait rarement été autorisé à sortir dans les environs.

Personne ne saurait qui il était.

Pour une fois, les plans machiavéliques de Trevick et Derby se retournaient contre eux.

Ce plan leur ferait passer une nuit à Aylesbury, où Jasper avait récemment hérité d'une demeure. La maison faisait l'objet de restaurations, mais son état n'était pas si mauvais qu'elle ne puisse leur fournir une nuit confortable à l'aller et au retour. De là, Jasper leur fournirait une voiture privée pour les derniers kilomètres qui les séparaient de Stratford, où ils se marieraient.

À la grande surprise de Jasper, Luke lui avait annoncé qu'ils retourneraient aussitôt à la demeure de Holbrooke pour que Kitty puisse célébrer l'événement avec ses amies, et que Luke puisse faire face à Mr Derby. Il préférait en finir avec cela le plus tôt possible.

Cependant, même une perspective aussi lugubre que d'affronter le courroux de Derby ne parvenait pas à entamer son bonheur. Dans peu de temps, ils seraient mariés, et Luke ne ressentait rien d'autre que l'impatience de commencer leur vie ensemble. Cela serait comme lorsqu'ils étaient enfants, sauf qu'ils ne seraient pas obligés de rentrer à la maison à la fin de la journée.

Comment allait-il supporter de passer une nuit seul avec Kitty avant leur mariage en réussissant à se comporter comme un gentleman, il n'en avait pas la moindre idée, mais il s'en soucierait le moment venu. Il avait défendu Kitty devant Mr Derby et lady Frances, en soutenant qu'elle était une véritable lady, qu'il soit maudit s'il ne parvenait pas à la traiter avec le respect qu'elle méritait. Le problème, c'était que Kitty ne risquait pas d'accorder la moindre importance à ce genre de choses alors qu'ils étaient sur le point de se marier. Il préférait ne pas y penser… pas tout de suite.

Il n'avait pas rejoint les autres une fois que le plan avait été finalisé, et — pour la première fois depuis… eh bien, depuis que Mr Derby avait annoncé ses fiançailles imminentes à lady Frances — Luke passa une bonne nuit et se réveilla de bonne humeur. Il se dirigeait vers la salle à manger lorsque Kitty l'accosta.

— Luke ! s'exclama-t-elle.

Elle se précipita vers lui et lui attrapa la main.

— Kitty, répondit Luke en jetant un coup d'œil autour de lui pour être sûr que personne ne les observait.

— Où étiez-vous hier soir ? demanda-t-elle, ses yeux sombres brillants d'impatience. J'avais tant de choses à vous dire, et Saint-Clair et vous n'êtes pas venus dîner. Lorsque le repas s'est terminé et que j'ai finalement retrouvé le comte, il m'a dit que vous étiez parti vous coucher ! Comment avez-vous pu ? Je brûlais d'envie de vous parler.

Luke s'esclaffa, il ne se souvenait que trop bien de ses accès de colère lorsqu'elle était contrariée. Il semblait qu'en dépit des années qu'elle avait passées à l'attendre, elle n'avait pas réussi à changer cela : lorsqu'elle désirait quelque chose, il fallait que cela arrive tout de suite. Sa bouche devint sèche lorsqu'il réalisa ce que cela pouvait signifier pour la nuit qui précéderait leur union.

— Êtes-vous en train de rougir ? demanda-t-elle en le regardant attentivement, le nez plissé.

— Pas du tout, dit-il en se raclant la gorge. Qu'aviez-vous de si urgent à me dire, chaton ?

Il la regarda, amusé, regarder furtivement autour d'elle avant de se pencher pour lui murmurer à l'oreille :

— Nous devons fuir !

Son haleine chaude lui chatouilla la peau et le fit frissonner.

Il y avait un éclair triomphant dans ses yeux lorsqu'elle se redressa. La diablesse avait l'air si joyeuse et si fière que Luke avait envie d'éclater de rire. Au lieu de cela, il prit son meilleur air Trevick, ajusta ses manchettes, et déclara d'une voix ennuyée :

— Eh bien, c'est évident, chaton. Il n'y a pas besoin d'un tel débordement d'émotions. Nous partirons demain matin.

Kitty le regarda bouche bée, dans un silence ébahi, avant de pousser un cri de bonheur. Elle jeta ses bras autour de son cou et l'embrassa.

Aussi charmé qu'il fût de la tenir dans ses bras, Luke ne pouvait pas prendre le risque qu'on les surprenne alors qu'ils étaient si près de la liberté.

— Contenez-vous, mon amour, dit-il en détachant ses bras de son cou. Je suis sérieux, il faut arrêter cela. Pour le reste de la journée, vous ne devez pas vous retrouver seule avec moi ni donner à qui que ce soit une raison de suspecter notre plan.

Kitty fit aussitôt un pas en arrière et hocha la tête.

— Oh, bien sûr, vous avez raison. Je serais prudente, je vous le promets, dit-elle solennellement, avant de faire un petit saut de joie et de danser sur place en tapant des mains.

Luke ricana et leva les yeux au ciel.

— Que le ciel me vienne en aide, Kitty. Vous n'avez pas changé d'un poil.

Elle lui adressa un sourire impénitent, et il lui présenta son bras pour l'accompagner vers la salle où était servi le petit déjeuner.

— Il y a quelque chose que vous devez faire pour moi avant que nous partions, Kitty, dit-il en se rappelant son envie d'aider Jasper. Mais vous devez me jurer d'être discrète, ajouta-t-il en lui lançant un regard féroce tout en se demandant si elle pouvait réussir à faire une chose.

Le regard de Kitty était tellement rempli d'amour qu'il sentit ses joues brûler de plaisir, et ce qu'il avait l'intention de dire se dissolut dans la bouillie qu'elle venait de faire de son cerveau.

— Tout ce que vous voudrez, Luke.

Luke s'éclaircit la gorge, et essaya de mettre de côté le fait qu'elle serait bientôt sa femme, il se concentra sur la dette qu'il avait envers Saint-Clair.

— Je suis sérieux, Kitty. Saint-Clair a demandé mon aide, et je ne veux pas qu'il se sente embarrassé. J'ai passé la plus grande partie de la nuit avec lui, et il s'est donné beaucoup de mal pour planifier notre fuite. Nous lui sommes redevables, donc vous devrez agir avec prudence.

Les yeux de Kitty s'écarquillèrent.

— Comme c'est gentil de sa part, dit-elle, surprise. Je ferai tout ce qui est en mon pouvoir pour lui, Luke, bien entendu.

— Brave fille, dit-il.

Il aurait aimé pouvoir l'embrasser, et s'obligea à ne pas regarder sa bouche. Il baissa le ton.

— Eh bien, voyez-vous, le pauvre homme est désespérément amoureux —

— Oh, oui, répliqua aussitôt Kitty. D'Harriet.

Luke s'arrêta net, et laissa échapper un petit rire.

— Eh bien, je suis impressionné. Mais je lui avais dit qu'il était probable que vous l'ayez déjà deviné. Vous êtes une fine observatrice.

Kitty haussa les épaules.

— Pas aussi fine que Matilda. Cela fait des siècles qu'elle le sait, je pense.

— En avez-vous parlé à qui que ce soit d'autre ?

Kitty secoua la tête.

— Non, et je n'en ai pas l'intention. Mais, Luke, ce n'est pas si difficile à deviner. Il a peut-être l'impression qu'il cache ses sentiments, mais il suffit d'être en leur compagnie un petit moment pour se rendre compte de la tension qui règne entre eux.

Elle ne le supporte pas et ne s'en cache pas, et lui… le pauvre homme.

Luke hocha la tête en ressentant une vague de compassion pour Jasper. Comme il devait être terrible d'aimer une femme qui ne supportait pas de vous voir.

— Le problème, chaton, c'est qu'elle ne l'a pas toujours détesté. De ce que j'ai pu comprendre, cela remonte à quelques années, quand elle avait seize ans.

— Ah ? fit Kitty, intéressée. Savez-vous ce qu'il s'est passé ?

Luke secoua la tête.

— Non, et le pauvre Jasper non plus. Il m'a dit qu'il l'avait embrassée et… qu'elle n'était absolument pas réticente, mais… lorsqu'il l'a rencontrée la fois suivante, elle était froide comme la glace. Il a tenté de s'excuser, de savoir s'il avait dépassé les bornes, ou s'il avait considéré trop de choses comme étant acquises, ou quoi que ce soit qu'il ait fait, mais elle n'a pas voulu lui expliquer. Elle ne veut rien savoir de lui.

Kitty garda le silence quelques instants, et Luke ralentit : ils approchaient de la salle du petit déjeuner.

— Harry pense que l'intérêt que lui montre Saint-Clair n'est motivé que par le fait qu'il n'arrive pas à la charmer. Elle dit que si elle agissait comme si elle l'aimait, elle perdrait aussitôt tout intérêt à ses yeux, mais qu'elle ne le fera pas, car elle refuse de lui donner cette satisfaction.

— Je ne pense pas que cela soit la vérité, déclara Luke en s'arrêtant pour la regarder.

— Non.

Kitty secoua la tête, pensive. Elle reprit :

— Moi non plus, mais il faut l'admettre, avec sa réputation, n'importe quelle personne sensée se dirait que son argument est valable. Ce n'est pas un libertin à proprement parler, mais —

— Il n'en est pas loin, finit Luke à sa place.

Il ne pouvait pas nier cela.

— Eh bien, déclara Kitty en s'animant. Je ferai de mon mieux pour éclaircir ce mystère, mais pour l'instant, je veux mon petit déjeuner. Je meurs de faim.

🎩 🎩 🎩

— J'ai la plus merveilleuse des nouvelles, murmura Matilda à Harriet et Prue, qui était assise de part et d'autre d'elle. La condition d'Alice est très *intéressante*.

— Oh ! s'exclama Harriet avec un grand sourire.

— Je le savais, dit Prue d'un air triomphant. Ne l'avais-je pas dit ?

Matilda s'esclaffa et hocha la tête.

— Eh bien, je ne pense pas que cela soit la plus surprenante des nouvelles, mais il est certain qu'elle est merveilleuse. Je vais devenir tante !

Elle refusait de s'attarder sur le fait qu'elle s'était réveillée aux aurores, et avait pleuré. Elle se sentait horrible d'avoir réagi comme cela. Le bonheur qu'elle ressentait face à la nouvelle qu'apportaient Nate et Alice était sincère et vrai, mais… elle avait le sombre pressentiment que le temps lui était compté.

Dans quelques courtes semaines, Matilda aurait vingt-six ans, et sa situation ne s'était pas améliorée. Elle avait cru qu'elle serait capable, non pas de se résigner à rester vieille fille, mais au moins de ne pas affronter l'idée en étant complètement terrifiée. Ce qu'elle avait ressenti pendant ces heures solitaires entre minuit et les premières lueurs du soleil lui avait prouvé qu'elle avait eu complètement tort.

Et si vous ne vous mariiez jamais ? demandait la voix stridente dans sa tête. *Et si vous étiez trop vieille pour avoir des enfants, même si vous trouvez un époux ?*

Elle avait l'impression d'avoir à l'intérieur d'elle une horloge en colère qui comptait les minutes, les tic-tac incessants devenant de plus en plus fort au fur et à mesure des jours qui passaient, faisant remonter la panique, engloutissant le moindre argument raisonnable qu'elle invoquait pour tenter de se calmer.

Mr Burton, dit la voix d'un ton urgent, *vous devez épouser Mr Burton. Il est votre dernier espoir d'avoir un mari et des enfants, d'avoir la sécurité et la respectabilité.*

Le sentiment de panique refit surface, mais cette fois, c'était à l'idée d'épouser Mr Burton. Mais pourquoi ? C'était une bonne personne, quelqu'un de gentil. Elle pourrait sûrement éprouver quelque bonheur avec un homme comme celui-là. Il était évident qu'il ferait un mari aimant… mais c'était en partie le problème.

Elle trouvait sa dévotion étouffante, tout en sachant qu'elle n'aurait pas dû penser cela d'un homme qu'elle envisageait d'épouser.

Mais qu'est-ce qui ne tournait pas rond chez elle ?

Quelque chose clochait chez elle, et c'était terrible : cela l'empêchait d'apprécier le charme de Mr Burton et de remercier sa bonne étoile qu'il l'ait, non seulement remarquée, mais également qu'il lui ait fait une proposition respectable. Elle avait reçu suffisamment de propositions passablement indécentes pour apprécier la valeur de l'intérêt de Mr Burton.

Malgré elle, le visage d'un autre homme flotta dans son esprit, et elle se maudit d'être aussi stupide. Voilà ce qui n'allait pas, voilà la partie d'elle qu'elle enverrait au diable avec joie. Elle ne la laisserait *pas* gagner. C'était l'œuvre de ses plus bas instincts, rien de plus, une pulsion animale qui la faisait désirer un homme qui ne la respectait pas plus qu'une catin attitrée.

— Qu'en pensez-vous ?

Matilda sursauta lorsque la voix de Prue atteignit son subconscient. Elle rougit en réalisant quel chemin son train de pensées avait pris. Elle se réintégra à la conversation avec difficulté alors que Prue déposait son pain grillé avec une expression soupçonneuse qui fit frémir Matilda.

— Vous n'avez pas entendu le moindre mot de ce que j'ai dit, n'est-ce pas ?

— Je — je… bégaya Matilda. Non. Veuillez m'excuser. J'étais en train de rêvasser, j'imaginais à quoi l'enfant de Nate et Alice pourrait ressembler, dit-elle en improvisant sauvagement.

Prue ricana.

— Et je suis celle qui suit censée avoir de l'imagination. Vous ne pensiez à rien de cela. Lorsqu'on rougit à ce point, c'est que l'on pense à des choses indécentes, cela n'a rien à voir avec les bébés. Enfin… ajouta-t-elle avec un sourire en remuant les sourcils.

Matilda ressentit un soulagement intense : elle fut sauvée par lady Saint-Clair qui annonça un concours de tir à l'arc dans les jardins qui aurait lieu plus tard dans la journée.

— Harry, vous êtes avec moi, cria Jérôme du bout de la table, avant que sa mère ne puisse finir ses explications.

Il sourit, l'air content de lui et Harriet se leva les yeux au ciel.

— Démon ! s'exclama sa mère en riant. À présent, vous êtes sûr de gagner.

Matilda jeta un coup d'œil à lord Saint-Clair, et le vit en train d'attaquer assez férocement une tranche de bacon.

— Harriet est la meilleure tireuse parmi nous. Enfin, jusqu'à présent, lança Jérôme à la ronde.

Il se pencha en avant pour interroger Harriet.

— Dites-moi que votre talent insolent ne s'est pas amoindri au fil des années, Harry.

— Comment le saurais-je ? répondit Harriet en regardant Jérôme avec un air amusé. Je n'ai pas tiré de flèche depuis… oh, je ne sais pas combien de temps.

— Huit ans, dit lord Saint-Clair.

Il ne leva pas les yeux, mais Matilda vit Harriet se raidir à ses mots.

— Seigneur, cela fait si longtemps ? dit Jérôme, un peu moins sûr de lui à présent. Eh bien, le plus doué l'emportera, j'imagine. Que dites-vous d'un petit entraînement maintenant ?

Harriet reposa sa tranche de pain grillé à moitié mangée, s'essuya les doigts, avant de lui lancer un regard indulgent, du genre de ceux qu'on lance à un petit garçon de cinq ans impatient.

— Eh bien, je n'aurai pas la paix si je refuse, donc allons-y, dit-elle — mais elle avait le regard rieur.

Elle se leva, et Jérôme l'imita pour la suivre.

— Je viens aussi, dit Kitty. Je veux voir ce talent insolent en action.

Matilda les regarda partir, jusqu'à ce que la voix de Bonnie attire son attention.

— Si Jérôme a jeté son dévolu sur Harriet, je prends lord Saint-Clair, dit-elle en ignorant joyeusement le regard outré de Matilda face à son audace.

Elle fut contrariée de remarquer que lady Frances et Mrs Drake échangeaient un regard qui en disait long sur ce qu'elles pensaient des manières de Bonnie.

— Avec grand plaisir, miss Campbell, répondit poliment Saint-Clair en récoltant un sourire victorieux de la diablesse. Mais je ne me porte pas garant de la pertinence de ce choix. En vérité, je crois que je vais aller m'entraîner aussi, dans l'espoir de ne pas me ridiculiser.

Il se leva, s'excusa, et quitta la pièce à grands pas.

— Miss Hunt, puis-je vous demander d'être ma partenaire pour cette épreuve ?

Matilda regarda de l'autre côté de la table, où Mr Burton, depuis déjà dix bonnes minutes, essayait d'attirer son attention.

— Bien sûr, Mr Burton, dit-elle en affichant ce qu'elle espéra être un sourire heureux. J'en serais ravie.

Chapitre 12

Très cher Papa,

Oui, le voyage vers le Sussex a été incroyablement confortable dans le nouveau carrosse. La pauvre Bonnie ne supporte pas toujours très bien les déplacements, et elle était excessivement heureuse de ne pas ressentir la moindre nausée, donc vous pouvez vous féliciter d'avoir fait un excellent choix.

La demeure de Holbrooke est aussi ancienne que vous le supposiez, mais je ne pense pas que Saint-Clair prendrait plaisir à la reconstruire comme vous l'avez suggéré. Il y a peut-être des courants d'air en hiver, mais l'endroit est magnifique, et son histoire est terriblement romantique. La famille y est très attachée, donc si jamais vous rencontriez le comte, je n'évoquerais pas le sujet à votre place. Il pourrait s'en offusquer, quelles que soient la pertinence et la générosité de vos conseils.

— Extrait d'une lettre de miss Ruth Stone à son père, Mr George Stone.

23 août 1814, Demeure de Holbrooke, Sussex.

— Je ne me doutais pas que vous possédiez un talent si mortel, déclara Kitty avec admiration alors qu'Harriet envoyait une autre flèche se ficher en plein centre de la cible en paille avec un bruit sourd. Qui vous a appris ?

Harriet plissa les yeux en examinant l'autre bout du champ de tir, pour voir où avait atterri sa flèche. Elle remonta les lunettes sur son nez avant de répondre.

— Lord Saint-Clair.

— Quand cela ? insista Kitty.

Elle n'était pas surprise de cette réponse et espérait qu'elle lui permette d'aborder le sujet relatif à sa mission.

— Oh, il y a des années, répondit la jeune femme avec un haussement d'épaules, tout en choisissant une nouvelle flèche.

— Était-ce un professeur patient ?

Un grognement dédaigneux retentit.

— Du haut de ses douze ans ? Je ne crois pas. J'ai eu de la chance de ne pas me retrouver attachée à la cible.

Jérôme éclata de rire et prit la place d'Harriet, qui fit un pas sur le côté.

— Jasper adorait tourmenter la pauvre Harry, dit-il en levant son arc et en visant. Il y mettait toute son énergie. Je suis sûr que l'ardeur qu'elle a manifestée à s'entraîner aussi dur était motivée par le désir de le surpasser, ou peut-être l'envie de lui tirer dessus si l'occasion s'en présentait. Les deux hypothèses sont tout aussi valables.

— Malheureusement, l'occasion ne s'est jamais présentée, rétorqua Harriet. Trop de témoins.

Les deux femmes contemplèrent le tableau qu'offrait le jeune frère du comte, avec ses épaules larges et son physique athlétique. Un léger soupir se fit entendre, et Kitty se tourna au moment où Jérôme décochait la flèche : Bonnie les avait rejointes et contemplait Jérôme avec un air que Kitty reconnut. Elle sourit lorsque Bonnie, réalisant qu'on l'observait, devint écarlate.

— Quoi ? demanda Bonnie, sur la défensive.

Le bruit sourd de la flèche frappant la cible se fit entendre, attirant de nouveau leur attention.

— Argh, bon sang ! s'exclama Jérôme, écœuré de voir que sa flèche, même si elle avait touché la cible, était très loin du centre. Quel mauvais tireur je fais !

Kitty voulut prendre sa place, mais Jérôme secoua la tête en lui faisant signe de partir.

— Non, non, je suis désolé, miss Connolly. Cela n'est tout simplement pas possible. Je refuse de me faire battre par une bande de filles.

— Je suis dans votre équipe, Jerry, remarqua Harriet sèchement.

Jérôme lui lança un regard irrité.

— C'est complètement hors propos, et vous le savez, répliqua-t-il.

Il visa à nouveau. La flèche fusa vers la cible. Elle ne frappa pas le centre, mais n'en était éloignée que de quelques centimètres sur la droite.

— Hum, fit Jérôme, toujours mécontent. C'est mieux, je suppose.

— Eh bien, nous sommes ici pour nous entraîner, dit Kitty en souriant, tandis que Luke et Jasper arrivaient ensemble.

Elle sentit son cœur bondir à la vue du jeune homme dont les cheveux roux brillaient au soleil. Il était si beau. Se dire que dans quelques jours, il deviendrait son époux provoquait une sensation bizarre et enivrante qui remontait en elle comme des bulles de champagne. Cette émotion voulait déborder, jaillir d'elle dans un éclat de rire sauvage, mais elle ne pouvait pas faire cela, trop consciente qu'il ne fallait pas qu'elle attire l'attention sur eux.

Le regard de Luke croisa le sien, et il lui sourit ; un sourire qui fit faire à son cœur une petite danse ridicule dans sa poitrine jusqu'à ce qu'il détourne le regard. *Bientôt, bientôt,* disait-il en bondissant comme un lièvre fou. *Bientôt, il sera tout à vous.*

Kitty se détourna et fit de son mieux pour réprimer cet air idiot qui menaçait de surgir et de révéler à tous qu'elle était folle d'amour pour Luke.

Ils tirèrent encore une heure, puis lady Saint-Clair vint interrompre l'entraînement et annonça que la vraie compétition démarrerait après une courte pause. Pendant qu'ils s'entraînaient, les domestiques s'étaient chargés d'installer des sièges à l'ombre d'un vieux chêne, pour ceux qui attendraient leur tour et également ceux qui avaient choisi de regarder la compétition confortablement installés.

L'on avait également dressé une table avec des rafraîchissements, et tous allèrent se chercher un verre de limonade avant le début de l'épreuve.

Harriet s'était assise dans l'herbe à l'écart des autres, sous un hêtre, et semblait plongée dans un livre. Luke croisa le regard de Kitty, qui venait de regarder Harriet, et lui fit un signe frénétique de la main.

Kitty ricana et partit s'asseoir à côté de son amie en lui prenant un verre de limonade.

— Que lisez-vous ? demanda-t-elle en regardant avec appréhension le volume sur les cuisses d'Harriet.

— Platon, répondit-elle sans lever les yeux.

— Oh, répondit Kitty, impressionnée.

Elle tendit le verre de limonade à Harriet et prit une gorgée du sien.

— *La république*, ajouta Harriet en se tournant pour regarder Kitty de ses grands yeux qui ressemblaient à ceux d'une chouette derrière ses lunettes. Je suis en train de lire *l'Allégorie de la caverne* en ce moment. La connaissez-vous ?

Kitty secoua la tête.

— Est-ce la raison pour laquelle vous ne vous entendez pas avec Saint-Clair ? demanda Kitty en bifurquant vers leur précédent sujet de conversation.

Elle n'avait pas beaucoup de temps, et il valait mieux qu'elle entre tout de suite dans le vif du sujet.

Harriet cligna des yeux, manifestement surprise.

— Parce que les gens ne peuvent voir que son ombre ? demanda-t-elle d'un air profondément intéressé.

— Quoi ? fit Kitty, déconcertée. Non, parce qu'il vous tourmentait lorsque vous étiez enfants.

— Oh.

Harriet poussa un petit soupir déçu en mettant le livre de côté. Elle expliqua :

— Non, bien sûr que non. C'était un garçon, les garçons sont odieux. Ils ne peuvent pas s'en empêcher ; c'est leur raison d'être.

— Alors qu'a-t-il fait ?

Harriet soupira. Elle regarda Kitty et répondit :

— Pourquoi êtes-vous toutes si curieuses de le savoir ? Il n'est pas obligatoire d'aimer tout le monde, vous savez. Saint-Clair et moi sommes deux personnes très différentes. Comme le jour et la nuit, fit-elle en se désignant. C'est tout aussi simple que cela.

Kitty la dévisagea et Harriet soutint son regard pendant un long moment avant de rougir et de détourner les yeux.

— Non, ce n'est pas aussi simple que cela. N'est-ce pas, Harry ?

Harriet soupira et commença à arracher des brins d'herbe un à un, et à les mettre en pièces en commençant par la racine.

— Il n'est… qu'apparences. Superficiel, dit-elle en fronçant les sourcils devant la petite pile de morceaux d'herbe qu'elle avait faite. J'ai cru pendant un moment que ce n'était pas le cas, qu'il y avait un homme sérieux qui se cachait là-dessous, qui ressentait les choses profondément, qui se souciait des autres… mais non, il ne se soucie de presque rien. Oh, superficiellement, si, mais vous n'avez pas à gratter très profondément pour découvrir qu'il n'y a rien sous ce vernis. Nous voyons l'ombre qu'il projette, et non pas la réalité de ce qu'il est.

Kitty tenta de mettre en lien ce discours avec ce qu'elle avait vu de Saint-Clair.

— Ce n'est pas l'homme que j'ai appris à connaître, et cela ne correspond pas non plus à tout ce que Luke m'a dit. Il a tant fait pour moi, pour nous deux. Ils n'avaient pas besoin de s'impliquer dans notre petite histoire, mais il l'a fait. Il me semble être un homme solide, ni superficiel, ni juste une ombre.

Le visage d'Harriet s'assombrit, et elle haussa les épaules.

— Je n'ai jamais dit qu'il était mauvais, Kitty. Il est plus que capable de se montrer gentil et attentif, mais c'est là le danger, ne voyez-vous pas ? Il fait ces choses, et vous croyez que cela veut dire quelque chose… mais c'est faux. Pas vraiment. Pas autant que pour… la personne avec laquelle il s'est montré gentil. Il vous laissera tomber la seconde d'après sans même s'en rendre compte.

Harriet se leva et frotta sa jupe, avant de se pencher pour attraper son livre. Kitty saisit son poignet et la força à la regarder dans les yeux.

— J'ai l'impression qu'il vous a fait du mal, dit-elle doucement, ignorant le fait qu'Harriet s'était raidie, ignorant le regard de pierre derrière les lunettes. Je pense qu'il vous a fait beaucoup de mal, mais je crois qu'il n'a pas la moindre idée de ce qu'il a fait pour causer cela. Vous lui devez une explication, Harriet. Ce n'est pas juste de punir quelqu'un éternellement sans même lui laisser la chance de réparer ses erreurs. Vous avez dit vous-même que les garçons sont odieux — qu'ils ne peuvent pas s'en empêcher — mais ce n'est plus un garçon, Harry, c'est un homme, et je ne crois pas que vous réalisiez à quel point votre comportement de glace le blesse.

— Avez-vous fini ? demanda Harriet d'une voix faible.

Elle avait légèrement tourné son visage, mais Kitty voyait la couleur briller sur ses joues, elle pouvait sentir le désir de son amie de libérer son poignet.

— Non. Vous m'avez réprimandée, et vous aviez raison sur la plupart des choses que vous avez dites, je l'ai accepté, et à présent c'est à vous d'accepter ce que je vous dis. Promettez-moi au moins que vous allez y penser. Vous êtes une femme intelligente, gouvernée par la logique — c'est ce que vous dîtes — mais votre comportement envers le comte n'a aucun sens. Si vous prenez le temps d'y réfléchir, au lieu de continuer à vous montrer désagréable par habitude, vous vous en rendrez compte.

Harriet resta immobile pendant un long moment avant de croiser le regard de Kitty. Cette dernière y lut quelque chose qui ressemblait à de la surprise, et se demanda si elle n'avait pas réussi à toucher quelque chose chez son amie.

— Très bien, je réfléchirai à vos paroles.

— Promettez-le-moi, insista Kitty.

Elle regarda Harriet prendre une profonde inspiration, puis soupirer à nouveau, sans doute pour ne pas s'énerver. Kitty avait l'habitude de cette réaction, et ne s'en offensa pas.

— Je vous le promets.

Kitty sourit et bondit sur ses pieds, avant d'étreindre Harriet avec force. La jeune femme resta raide et inflexible pendant un instant, avant de se détendre légèrement et de tapoter le dos de Kitty un peu maladroitement.

— Venez, dit-elle en remontant les lunettes sur son nez. Sinon ils commenceront sans nous.

Matilda souffla, frustrée, lorsque sa flèche s'enterra profondément dans l'herbe devant la cible.

— Ce n'est rien, déclara Mr Burton en souriant.

Il décocha une flèche nonchalamment et la regarda se planter à peine à quelques centimètres du centre.

— C'est facile pour vous de dire cela, remarqua Matilda. Nous allons essuyer une cuisante défaite, en dépit de vos talents, et je me sentirais malheureuse.

— C'est absurde, déclara Mr Burton en riant tandis qu'il laissait sa place au suivant. L'important, c'est de participer. Je me fiche comme d'une guigne que nous gagnions ou perdions.

— C'est faux, n'est-ce pas ? répondit Matilda en souriant. Je croyais que tous les hommes avaient un esprit de compétition terrible.

Mr Burton haussa les épaules.

— Cela dépend de ce qui est en jeu. En affaires, je vous l'assure, il vaut mieux ne pas nuire à mes projets, tout comme… s'il y a quelque chose que je désire profondément. Alors… je me battrai jusqu'à la mort.

Il fit un petit geste théâtral pour agrémenter ses propos avec la flèche qu'il venait de saisir, s'en servant comme s'il s'agissait d'une épée, avant de lui lancer un sourire enfantin qui était très attachant sur ses traits profondément masculins.

Elle rit, amusée de ses pitreries, et l'expression enfantine disparut ; une lueur différente brillait dans ses yeux à présent.

— Vous êtes si belle, miss Hunt, dit-il d'une voix suffisamment basse pour que personne ne l'entende. Je ne peux pas m'empêcher de penser à vous. Je vous veux férocement, vous savez.

Matilda sentit son cœur battre dans sa poitrine, une sensation lourde et pas tout à fait plaisante.

— Je sais.

Elle ne voulait pas tourmenter l'homme en jouant avec lui. Dans sa tête, la voix qui l'avait empêchée de dormir et qui l'avait menée aux larmes aux petites heures du jour se mit à hurler — *le temps presse, le temps presse. Vieille fille ! Vieille fille !*

— Avez-vous réfléchi à —

— Oui, répondit précipitamment Matilda.

Elle avait tout à coup trop chaud, elle manquait d'air et se sentait nauséeuse. La sensation de panique enfla, enfla, et elle craignit de faire quelque chose d'aussi ridicule que de s'évanouir.

— Oui, j'y ai réfléchi, mais… mais je…

Elle tangua légèrement, et posa une main sur sa poitrine pour calmer le tonnerre de son cœur.

— Ma chère, s'exclama aussitôt Mr Burton avec une expression inquiète en prenant son bras. Allez-vous vous évanouir ? Vous êtes toute blanche. Venez, ne restons pas au soleil, il est de plus en plus fort.

Il la conduisit vers les sièges en lui jetant des coups d'œil anxieux.

— Pardonnez-moi, miss Hunt. Je n'aurais pas dû vous importuner. Je ne suis qu'un misérable idiot, je le sais…

— Oh, non, répondit Matilda.

C'était elle, l'idiote, elle le savait pertinemment.

— Ce n'est pas vrai du tout, continua-t-elle. Vous n'avez eu que gentillesse à mon égard.

Il attendit d'avoir installé Matilda dans une chaise et d'être allé lui chercher un verre de limonade avant de répondre :

— Non. Je ne me suis pas montré gentil le moins du monde. Je me suis montré impatient. Je *suis* impatient, mais si vous répondez à cette simple question, je vous jure de vous accorder tout le temps que vous désirerez. Est-ce sans espoir, miss Hunt, ou… ou ai-je une chance ?

Matilda but une gorgée de limonade en tâchant de réprimer son besoin grandissant de fuir comme une enfant. Elle n'était plus une enfant, loin de là. C'était là le problème. Elle ne pouvait ignorer le fait que le temps passait, en emportant avec lui les opportunités.

— Ce n'est pas sans espoir, Mr Burton.

Elle essaya d'afficher un sourire qui lui parut raide et absolument pas naturel. Le visage de Mr Burton s'éclaira en entendant ces mots, un tel bonheur se lut sur ses traits que Matilda ressentit une bouffée d'affection envers lui, et son sourire devint sincère. Peut-être pouvait-elle faire cela ; peut-être ne serait-ce pas si terrible.

— Vous ne savez pas à quel point je suis heureux d'entendre cela, dit-il.

Il tendit la main pour saisir la sienne qu'il leva jusqu'à ses lèvres, déposa un baiser sur ses doigts.

— Mr Burton, le réprimanda Matilda en jetant un coup d'œil autour d'elle pour voir si quelqu'un les avait vus.

— Pardonnez-moi…

Il rit, sans éprouver le moindre regret.

— … Pardonnez-moi, je n'ai pas pu résister.

Matilda lui adressa un petit sourire tendu et détourna le regard. Elle ressentait une douleur dans la gorge. Le contact de ses lèvres sur sa peau avait été suffisamment agréable, elle ne ressentait assurément aucune répulsion devant ses attentions, mais… mais son cœur ne s'affolait pas, elle ne ressentait aucune excitation à la pensée de ces lèvres sur les siennes, de ces mains posées sur elle. Elle ressentait… une complète indifférence.

Elle avait le souvenir d'un autre homme, de la façon dont le plus petit effleurement du doigt avait affolé ses nerfs, chaque fibre de son corps ayant conscience de lui, se réveillant et vibrant pour lui… remplie de désir pour lui.

Idiote.

— Miss Hunt, Mr Burton.

Ils se retournèrent tous les deux en entendant Jérôme les appeler et leur faire signe que c'était à leur tour de jouer.

— Il est temps de retourner dans l'arène, dit Matilda d'un ton gai.

Elle s'était efforcée de paraître guillerette et heureuse, comme une femme se faisant courtiser par un bon parti séduisant… ce qu'elle aurait dû ressentir s'il y avait eu une once de bon sens dans son stupide cœur.

Jasper se tenait à côté de la table des rafraîchissements. Il sirotait un verre de limonade tout en regrettant de ne pas avoir quelque chose de beaucoup plus fort. Il observait avec un malaise grandissant Jérôme et miss Campbell rire ensemble et se taquiner. Ils étaient tous les deux aussi gentils que des chiots, leur joie était contagieuse, et leur amitié était simple et naturelle. Pourtant, ce n'était absolument pas simple.

Jérôme était toujours ainsi : la plupart du temps il était agréable et facile à vivre, jusqu'à ce qu'il perde son sang-froid. Il était vrai que cela arrivait rarement, mais le sens du bien et du mal était exacerbé chez lui, et si vous aviez tort, il vous le disait avec en général avec un manque de tact effrayant. Malheureusement, sa conception du bien et du mal ne coïncidait que très rarement avec celle de la société.

Par exemple, il ne voyait aucune raison de ne pas profiter de son amitié naissante avec miss Campbell. Sauf que la société — ainsi que Jasper, en cet instant — pouvait se rendre compte des problèmes éventuels.

Miss Campbell n'était personne, elle était issue d'une famille très loin d'être illustre. Lorsque ses parents étaient morts, elle était devenue la pupille du comte de Morven, et s'était vu attribuer une dot, sinon généreuse, plutôt convenable. Non pas que Jasper eût l'intention de se dresser contre son frère s'il tombait fou amoureux d'elle, ce n'était quand même pas un monstre. Mais le problème, c'était que Jérôme n'était *pas* amoureux de miss Campbell, et il y avait peu de chances qu'il le devienne. Jérôme était un romantique. Il tombait amoureux de demoiselles en détresse, habituellement de fragiles blondes aux grands yeux avec une tendance à s'évanouir à la moindre chute de chapeau.

Miss Campbell était… robuste.

Elle avait une silhouette généreuse, toute en courbes, un caractère franc qui la poussait à s'exprimer lorsqu'elle aurait mieux fait de se taire ; Jasper pouvait voir que Jérôme la regardait de la même manière qu'il regardait ses amis masculins. Elle était une personne avec laquelle il pouvait rire et plaisanter ; quelqu'un qui ne se vexerait pas mais apprécierait ses boutades. C'était rare chez une femme, et Jasper comprenait l'attrait. Il comprenait aussi très bien la nature du regard de miss Campbell, un regard auquel Jérôme était complètement aveugle.

Ce bougre d'idiot.

Ce qui voudrait dire qu'il faudrait que Jasper intervienne pour lui expliquer un certain nombre de choses ; Jérôme serait alors remonté contre lui et l'enverrait paître. Enfin, il avait l'habitude de cette réaction avec Harriet, mieux valait-il s'y faire.

— C'était un excellent tir, monsieur.

Jasper tourna la tête. Lady Frances s'était déplacée pour se mettre à côté de lui. Elle accepta un verre de limonade de la part d'un valet de pied, tout en contemplant Mr Burton qui s'avançait pour tirer.

— Merci, répondit Jasper. J'avais l'habitude de tirer tout le temps, mais cela fait un moment que ce n'est pas arrivé. Je suis soulagé de constater que je n'ai pas perdu mon talent.

— De toute évidence ; je suis très impressionnée.

Jasper lui jeta un coup d'œil et elle détourna le regard en baissant timidement les cils. Un signal d'alarme se déclencha. Il regarda furtivement tout autour de lui dans l'espoir de croiser le regard de quelqu'un pour pouvoir subtilement indiquer qu'il était en danger, mais en vain.

À présent que Luke avait rendu ses intentions claires, elle allait reporter son intérêt sur lui, réalisa Jasper avec un soupir. Même si Mr Derby avait été très clair sur le fait que le mariage *aurait quand même lieu*, en dépit de ce que Luke pouvait en penser, Jasper ne doutait pas que la fierté de la jeune femme en avait pris un coup, et qu'il représentait pour elle une conquête des plus acceptables. Comme il serait satisfaisant pour elle de se tourner vers Luke et Mr Derby pour leur annoncer qu'elle n'avait plus besoin d'eux. N'importe quel comte ferait l'affaire, semblait-il, bien qu'elle ait déjà souligné son intérêt envers lui de manière assez claire auparavant.

Jasper regarda autour de lui et vit Mr Derby et sa fille, Sybil, assis en compagnie de sa mère, de Mrs Drake et de Nell, la tante d'Harriet. Derby acquiesçait à quelque chose qu'était en train de dire la mère de Jasper, mais ce dernier doutait qu'il soit très attentif à la conversation : ses yeux étaient rivés sur Luke et miss Connolly. Heureusement, ces deux-là se comportaient de façon tout à fait convenable… peut-être un peu trop convenable, étant donné que tout le monde savait ce qu'ils éprouvaient l'un pour l'autre. Plus tôt ils seraient partis, mieux cela serait. Il espérait que les plans qu'il avait échafaudés avec Luke la nuit dernière se révéleraient efficaces.

Il soupira en réalisant qu'il les enviait, à s'enfuir ainsi pour être ensemble en dépit de l'adversité. C'était une chose pour laquelle il valait la peine de se battre. Grand Dieu, il devait se ressaisir ou il finirait par se laisser pousser les cheveux, porter des tours de cou ridicules et écrire des poèmes douteux.

— J'ai admiré la galerie de tableaux hier soir, dit lady Frances en récupérant l'attention de Jasper.

Il savait qu'il s'était montré grossier en l'ignorant et en restant silencieux si longtemps, mais il était à court d'idées de conversation, et ne souhaitait pas faire l'effort de chercher. Quel homme misérable il devenait.

Sa voix était douce et mélodieuse : le timbre maîtrisé d'une parfaite jeune lady.

— Ah oui ? Je ne suis pas un grand connaisseur d'art, contrairement à mon père, dit-il en faisant de son mieux pour être un hôte agréable sans encourager ses tentatives de séduction. Mais même un pauvre diable ignorant comme moi peut remarquer qu'il y a des peintures incroyables ici.

— Oh, il y en a, mais je refuse de croire que vous soyez le moins du monde ignorant. Vous plaisantez, Monsieur, je le sais. Je dois dire que le portrait de votre père peint par Reynold est remarquable. Cela doit être sa meilleure œuvre, je crois. J'ai passé beaucoup de temps à l'étudier. Il y a une forte ressemblance entre vous deux.

— Vraiment ? demanda Jasper, sincèrement surpris. Je dois admettre que je n'en ai jamais trouvé la moindre, et j'ai cherché. Jérôme et moi ressemblons à notre mère.

— Oh, oui, certainement, dit lady Frances, ses yeux bleus sérieux. Mais lorsque l'on regarde attentivement, vous ressemblez à votre père aussi. C'est dans votre façon de vous tenir, dans la largeur de vos épaules, et un…

Un sourire se dessina sur ses lèvres en boutons de rose, et elle lui lança un autre regard hésitant.

— Un petit je-ne-sais-quoi.

— Je sais de quoi il s'agit, déclara Harriet en faisant sursauter Jasper.

Elle se tenait derrière eux et se servait un verre de limonade. Pour une fois, il ne l'avait pas entendue arriver.

— Oh ? répondit lady Frances.

Elle ouvrit son éventail d'un coup sec et lança un regard glacial à Harriet derrière ce dernier.

— Oui, dit Harriet en buvant une gorgée de limonade tout en regardant l'assortiment de gâteaux et de biscuits disposés pour les invités. J'étais là, lorsqu'il l'a peint.

Jasper la regarda examiner le vaste assortiment. *Gingembre*, pensa-t-il. Il sourit en la voyant tendre la main vers le gâteau épicé.

— Ne vous souvenez-vous pas ?

Elle avait surpris de nouveau Jasper en s'adressant directement à lui.

— … Il avait mangé beaucoup trop de compote de rhubarbe et souffrait d'une indigestion terrible. Je lui avais préparé du thé à la menthe, mais il a fallu des jours avant qu'il ne se sente mieux. J'ai toujours pensé que Reynolds avait capturé cette expression un peu pincée. J'ai remarqué l'autre soir que vous aviez vous-même un faible pour la rhubarbe. Vous avez sans doute hérité de la même constitution que celle de votre père, et lady Frances a su remarquer votre expression d'inconfort.

Elle croqua le biscuit et soupira de plaisir avant d'ajouter :

— Vous devriez essayer l'un de ceux-là, monsieur. Le gingembre facilite la digestion.

Harriet s'éloigna nonchalamment, biscuit en main, et Jasper la regarda longuement partir dans un silence ébahi, avant d'éclater de rire.

— Eh bien, déclara lady Frances, qui paraissait outrée. Comment ose-t-elle dire de telles choses sur vous ? Je n'ai jamais rien entendu d'aussi insultant de toute ma vie.

Jasper la regarda avec un air incrédule.

— Vraiment ? demanda-t-il, incapable de dissimuler son amusement. N'avez-vous pas fait attention ? Elle ne cesse de m'insulter depuis qu'elle est arrivée. Je dois admettre que celle-ci était excellente, mais elle peut faire bien mieux lorsque je l'ennuie, je vous l'assure.

Elle le dévisagea ; visiblement, elle ne comprenait pas l'humour de Jasper, mais celui-ci s'en moquait.

— Mais elle a insulté votre père également, sans parler de ce magnifique tableau.

Jasper fronça les sourcils.

— Non. Elle adorait mon père. Ce qu'elle a dit est tout à fait vrai. Si mon père était là, il serait ravi. Il a toujours eu un faible pour sa langue aiguisée, dit-il en s'autorisant un sourire nostalgique.

Il gratifia lady Frances d'un hochement de tête amusé en remarquant sa perplexité absolue, et s'éloigna en souriant.

Qu'elle l'ait fait exprès ou non, Harriet l'avait sauvé de lady Frances, et Jasper était d'excellente humeur.

Chapitre 13

Cher père,

J'ai reçu votre lettre, je comprends que vos recherches vous gardent un peu plus longtemps à l'étranger. En revanche, ne nous est-il pas possible de retourner à la maison ? Je sais que les travaux sur cette bâtisse se sont révélés plus importants que ce à quoi vous vous attendiez, et que tout n'est pas terminé, mais sans doute la maison n'est pas entièrement réduite à l'état de gravats.

Ce n'est pas qu'il me déplaise de rester avec Saint-Clair jusqu'à la fin de l'été, et cela ne le dérangera certainement pas, mais Harriet n'est pas à l'aise ici et cette nouvelle risque de ne pas lui plaire. Vous savez à quel point elle devient insupportable lorsque quelque chose l'irrite.

Puis-je respectueusement vous demander de reconsidérer la question ?

— Extrait d'une lettre de Mr Henry Stanhope à son père, Mr William Stanhope.

23 août 1814, Demeure de Holbrooke, Sussex.

Luke éclata de rire en voyant Henry grogner et lever les yeux au ciel lorsqu'ils annoncèrent les vainqueurs. Non pas que les résultats fussent surprenants. Miss Stanhope et Jérôme avaient remporté la coupe sans difficulté. Jasper et miss Campbell avaient la seconde place, miss Stone et Henry la troisième, tandis que Kitty et lui finissaient ex aequo avec Mr Burton et Matilda à la dernière place.

Luke était étonné d'avoir réussi à planter une flèche dans la cible, pour être honnête. Toute son attention avait été accaparée par Kitty, même s'il s'était forcé à ne pas la regarder de trop près ni trop souvent. Il avait simplement conscience de sa présence, la même conscience qu'il avait des battements de son propre cœur ; il n'avait pas à le sentir battre pour savoir qu'il le faisait, mais s'il venait à s'arrêter, il le saurait bien assez tôt.

Des vagues de nostalgie l'envahirent lorsqu'il s'autorisa à la regarder quelques instants. Sa chevelure noire et épaisse s'échappait de ses épingles, et de plus en plus de mèches se libéraient au fil des heures. Il lui démangeait de toucher ses cheveux, se rappelant leur sensation soyeuse, leur allure lorsqu'ils étaient détachés et libres comme dans leur enfance. Ils l'avaient fasciné lorsqu'il était plus jeune, il avait enroulé ses mèches autour de son doigt à de nombreuses reprises, tirant dessus et les regardant rebondir autour de son visage comme par magie.

Dès le départ, elle avait semblé être une créature sauvage, une fée espiègle venue pour le convaincre de le suivre dans son royaume, où il serait gardé prisonnier pour le restant de ses jours. C'était exactement ce qu'elle avait fait, pensa-t-il en souriant. Il lui avait appartenu dès la première minute, envoûté par ces yeux noirs et le contact de sa main sur sa joue.

— *Je vous ai trouvé, et vous m'avez trouvée, et donc… nous sommes ensemble, et nous ne serons plus jamais seuls.*

Les mots de Kitty résonnèrent en lui et il sentit son cœur se serrer. Ils étaient restés seuls beaucoup trop longtemps, mais cela n'avait pas été de la faute de la jeune femme. Elle l'avait cherché, elle avait attendu alors qu'il avait cru sa vie perdue et qu'il avait baissé les bras, écrasé par le pouvoir de la famille qui s'était emparée de lui.

Kitty n'aurait jamais été écrasée, se dit-il en ressentant à la fois de la fierté et de la culpabilité à cette pensée. Il s'était montré faible en permettant aux autres de piétiner ses rêves, mais il ne le serait plus. Il s'était engagé et avait fait des promesses à Mr Derby et Trevick, mais ils les lui avaient arrachées lorsqu'il n'était qu'un enfant, ils l'avaient tyrannisé jusqu'à sa soumission, et l'avaient ensuite moulé selon l'image qu'ils se faisaient du parfait héritier. Eh bien, il avait appris la leçon. Il avait appris à être comme eux, et même s'il n'avait pas l'intention de leur ressembler, il savait qu'il était assez fort pour les défier à présent. Il se servirait de leurs enseignements pour jouer selon leurs règles, c'est-à-dire avec ses propres intérêts en tête.

Avec Kitty à ses côtés, il avait l'impression d'être un chevalier lancé dans une quête, comme lorsqu'ils étaient enfants et qu'ils planifiaient leur prochaine grande aventure. Maintenant, la plus grande des aventures les attendait, et Luke trépignait d'impatience. À présent que la liberté était à portée de main, il prenait conscience qu'il avait été un prisonnier tout ce temps-là. Son destin, qui s'était profilé à l'horizon comme une énorme bête affamée prête à le dévorer, ressemblait à présent à un champ d'opportunités. Le poids qu'il avait senti peser sur ses épaules s'était envolé, et il était aussi optimiste et enthousiaste que lorsqu'il était enfant, avant que Derby ne lui vole sa vie, ses espoirs et ne l'enferme dans une cage façonnée pour le dernier héritier Trevick vivant.

Tous les rêves d'enfant de Luke lui avaient été rendus, mais il n'était plus un enfant. Il avait une raison de se battre, quelque chose en quoi croire. À présent, Trevick ne pourrait concevoir aucune prison capable de le retenir.

Après la remise des trophées, il y eut des félicitations et des mots de compassion, et Luke s'éloigna un petit moment. S'il restait, la tentation d'emporter Kitty avec lui serait trop forte et il ne voulait pas prendre ce risque.

— Luke.

Le jeune homme sentit son cœur sombrer en entendant Mr Derby l'appeler. Le satané bonhomme l'avait attrapé juste avant qu'il n'entre dans la maison. Il le força à s'arrêter.

— Pour l'amour du ciel, qu'avez-vous cru au juste ? demanda-t-il férocement à voix basse en tirant le bras de Luke. Dire à lady Frances que vous ne comptiez pas lui faire de demande ? J'ai fait de mon mieux pour la rassurer, mais elle est déjà en train de recommencer à courir après Saint-Clair. Si vous n'êtes pas très prudent, vous allez brûler vos vaisseaux.

— Je crois avoir choisi moi-même d'y mettre le feu, Mr Derby, répondit Luke avec un calme apparent bien que son cœur tambourinât dans sa poitrine.

Il n'était plus effrayé, mais il ne laisserait absolument rien contrecarrer ses plans. Il n'allait pas mentir — cela n'aurait pas été très honorable — mais il ne fallait pas qu'il se trahisse et éveille le moindre soupçon chez Mr Derby.

— Je n'épouserai pas lady Frances, dit-il en soutenant le regard de Mr Derby sans sourciller.

— Vous comptez toujours épouser cette idiote, alors ? demanda Derby d'un ton méprisant.

Luke se figea et réfléchit à ses options. D'un côté, il avait très envie de casser le nez de Mr Derby. De l'autre, il s'enfuyait demain avec Kitty pour l'épouser, en ne laissant personne l'arrêter. Attaquer Mr Derby serait une réaction, certes, satisfaisante, mais qui n'apporterait rien de bon.

— Je ne suis pas sûr d'être prêt à me marier *tout de suite*, commença-t-il prudemment.

Ce n'était pas un mensonge, il n'avait pas fait ses bagages. S'il rendait ses intentions trop évidentes, Derby pourrait deviner ce qu'ils prévoyaient de faire.

— … Pas *tout de suite*, mais je ne peux pas mettre de côté les sentiments que j'éprouve envers Kitty, cela c'est certain.

Mr Derby prit une inspiration. Peut-être pensait-il avoir une chance d'arranger la situation.

— Vous êtes encore jeune, dit-il.

L'expression de l'oncle jovial apparut brièvement sur son visage, mais de façon peu convaincante. Il poursuivit :

— Peut-être avons-nous été trop rapides. Pourquoi ne pas mettre de côté ces discussions sur le mariage pendant quelques mois ? Je suis sûr que je pourrais persuader Trevick et Lymington de se montrer un peu plus patients avec vous, si vous faites des efforts. Ne vous ridiculisez pas pour votre beauté irlandaise. Fricotez avec elle, mais soyez discret. Ainsi, si vous changez d'avis… vous n'aurez fait aucun dégât.

Luke regarda Mr Derby. Il n'avait pas le moindre doute de ce qui allait suivre : dès la fin de ce séjour à la demeure de Holbrooke, on le jetterait devant le comte et on le forcerait à se soumettre. Avant, lorsque tout lui était égal, cela aurait marché. Ignorant avec difficulté les idées fort peu polies que Mr Derby évoquait sur la façon de traiter Kitty, Luke acquiesça de manière crispée.

— Je vais y penser, monsieur, je ne peux pas promettre plus que cela.

— C'est tout ce que je demande, déclara Mr Derby en acquiesçant solennellement. Personne n'en exigerait plus.

Luke s'obligea à ne pas grimacer et disparut aussi vite qu'il le put. Eh bien, au moins, il avait pu s'échapper sans éveiller les soupçons de Mr Derby. Ce n'était pas rien.

Matilda prit le bras de Bonnie alors qu'elles retournaient d'un pas tranquille vers la maison. Elle aurait aimé ne pas avoir l'impression d'être une telle rabat-joie alors qu'elle essayait de faire entendre raison à la jeune femme.

— Je sais qu'il est très amusant, mais vraiment, vous devez essayer de —

— Me comporter de façon plus distinguée, oui, je sais, termina Bonnie d'un ton si maussade que Matilda se sentit encore plus coupable.

Cela semblait si injuste de réprimer la joie de vivre de la jeune femme, mais si elle ne faisait pas attention, elle s'attirerait beaucoup d'ennuis.

— Mr Cadogan est très séduisant et très charmant, mais —

— Mais il n'épouserait jamais une fille comme moi, dit Bonnie d'un ton sec en retirant sa main du bras de Matilda.

Elle jeta un regard provocateur à Matilda, mais prit une profonde inspiration, et son visage se décomposa.

— Je suis désolée, soupira-t-elle. Simplement, ce n'est pas comme si je ne le savais pas, et vous n'êtes pas la première personne à me le dire.

— Alors pourquoi — ?

— Parce que je suis condamnée, déclara Bonnie en levant les mains au ciel. Je n'ai pas assez d'argent pour qu'un homme ferme les yeux sur ma langue bien pendue et mes manières, mais plutôt mourir que de prétendre être quelqu'un que je ne suis pas. Comme il serait terrible qu'un pauvre homme me pense douce et docile, pour finalement découvrir —

Elle s'interrompit, car sa voix commençait à trembler légèrement.

— Pour découvrir que vous êtes pétillante, que vous avez l'esprit vif, que vous êtes drôle et pleine de joie, dit Matilda en reprenant son bras.

Bonnie poussa un petit rire sarcastique.

— Si vous le dîtes.

— Je le dis.

— Mon délai est presque écoulé, dit Bonnie d'une voix faible. D'ici Noël, je serais mariée à Gordon Anderson, et bannie dans un recoin isolé de l'Écosse, et je ne verrai plus jamais aucune d'entre vous. J'aurai une douzaine d'enfants, je deviendrai grasse et ennuyeuse, et c'est tout ce que je peux espérer.

Elle se tourna vers Matilda, le visage triste.

— Je veux simplement m'amuser un peu avant qu'il ne soit trop tard, Matilda. Est-ce si mal ?

Matilda avait mal au cœur pour la jeune femme, la culpabilité lui pesait au creux de l'estomac. Ses craintes concernant le fait d'épouser Mr Burton n'étaient-elles pas ridicules en comparaison à un tel destin ? Elle aurait dû être en train de remercier sa bonne étoile au lieu de pleurnicher sur le fait qu'elle ne l'aimait pas et ne ressentait aucune étincelle entre eux. La pauvre Bonnie n'avait pas son mot à dire sur sa propre destinée, à moins qu'elle arrive à convaincre un bon parti de l'épouser. Matilda tendit le bras vers elle, lui caressa la joue.

— Non, ma chérie. Pas du tout. C'est simplement que je me fais du souci pour vous.

Bonnie acquiesça et sourit.

— Mère poule, dit-elle en prenant la main qui était contre sa joue et lui serrant les doigts.

Elles marchèrent en silence pendant un petit moment, et Bonnie s'arrêta à nouveau en fronçant les sourcils.

— De quoi parlent-ils, à votre avis ?

Matilda regarda autour d'elle tandis qu'Harriet les rejoignait.

— Est-ce que cela ressemble à des messes basses ? demanda Bonnie en désignant les jardins.

Matilda et Harriet regardèrent la scène qui se déroulait à une certaine distance d'elles. Mr Derby, lady Frances et Mrs Drake semblaient avoir un entretien privé. Ils se tenaient sous l'ombre d'un grand arbre, presque entièrement dissimulés ; ils n'étaient visibles que depuis l'exact endroit où elles se trouvaient en cet instant précis.

— Oui, ça m'en a tout l'air, dit Harriet. Ils complotent quelque chose.

— Ils vont essayer de séparer Mr Baxter et Kitty, murmura Bonnie d'un ton dur.

— Il est possible qu'ils ne fassent que parler, déclara Matilda.

Mais elle aussi pouvait voir qu'il y avait quelque chose de clandestin dans ce rassemblement, un air furtif dans la façon dont ils se tenaient, les regards qu'ils lançaient autour d'eux à la dérobée.

— Non, dit Harriet en remontant ses lunettes. Bonnie a raison. Ils pensent que Mr Baxter s'apprête à épouser Kitty, et ils veulent l'en empêcher.

— Comment Mr Baxter compte-t-il faire cela ? demanda Bonnie en regardant Harriet. Harry, êtes-vous au courant de quelque chose ?

Harriet haussa les épaules.

— Je sais beaucoup de choses, mais non, il n'y a rien que je puisse vous dire. Mais je reconnais les ennuis quand j'en vois. Il faut surveiller de près ces trois-là.

— Oooh, souffla Bonnie avec délice. Une intrigue. Comme c'est excitant.

Harriet leva les yeux au ciel, avant de se tourner vers ses amies.

— Nous devons nous préparer pour le dîner aussi vite que possible. Je surveillerai lady Frances. Bonnie, vous chargerez de Mr Derby. Matilda, vous observerez Mrs Drake. Peu importe ce qu'ils ont prévu de faire, nous devons les en empêcher.

Kitty passa le reste de la soirée sur des charbons ardents. Elle n'avait pas parlé à ses amies de sa fuite, même si elle soupçonnait Harriet d'avoir deviné, puisqu'elle l'avait suggérée elle-même. Elle ne leur dirait rien avant leur départ — officiellement, pour leur petite sortie —, ainsi, il serait trop tard pour que quelqu'un divulgue accidentellement l'information, ou ne tente de l'en dissuader.

Elle ignorait si l'une d'entre elles s'y essayerait. Harriet aurait été la plus susceptible de le faire, mais cela avait été son idée. Cela ne plairait pas à Matilda, se dit Kitty. Elle s'inquiéterait, bénie soit-elle. Kitty sourit. Chère Matilda, elle s'inquiétait pour chacune d'entre elles, mais elle ferait mieux de se concentrer sur elle-même. Kitty avait espéré que son amie serait heureuse de se faire courtiser par Mr Burton, qui ne se privait pas de le faire, avec ou sans l'accord de Matilda. Mais Kitty ne voyait pas de bonheur dans ses yeux. Toute étincelle de vie semblait l'avoir quittée, et elle était morne et apathique.

Kitty était parvenue à assister au dîner et à monter dans sa chambre sans incident. Elle s'était retirée bien plus tôt qu'à l'accoutumée, sans rester pour boire de thé et attendre que les hommes reviennent après leur porto ; elle avait prétendu que le concours de tir à l'arc l'avait épuisée… comme si !

À présent elle était étendue sur le lit, et contemplait le plafond. Elle passerait la nuit suivante avec Luke, ainsi que la nuit qui suivrait, et toutes les nuits à venir. Un sourire se dessina sur son visage, elle avait envie de rire tant elle était heureuse.

Elle se sentait sereine, avec un agréable frisson d'anticipation qui bourdonnait dans les veines. Cela lui rappelait tant de nuits de son enfance. Elle restait éveillée pendant des heures, trop excitée pour dormir, car ayant échafaudé des plans pour une grande aventure avec Luke, et le lendemain n'arrivait pas assez tôt.

Un souvenir d'un de ces jours-là surgit. Ils s'étaient rencontrés peu après l'aube, une douce brume flottait encore au-dessus de la campagne, et le soleil brillait à travers elle comme la flamme d'une bougie derrière un voile de soie. Le monde était éclairé en rose et or, l'on se serait cru au pays des fées. Elle avait fait rire Luke en proposant qu'ils partent à la recherche d'une licorne, car il devait sûrement y en avoir dans un endroit si enchanteur. Luke, beaucoup plus prosaïque, avait suggéré qu'ils cherchent des tritons à la place, une proie plus accessible, et ils s'étaient dirigés vers la rivière.

Ils avaient passé des heures à patauger dans l'eau en attrapant des épinoches, couchés sur le ventre à la recherche de tritons et de grenouilles. Des libellules aux couleurs chatoyantes virevoltaient dans tous les sens, leurs ailes vrombissant et claquant comme si elles étaient faites de papier.

Ils avaient pique-niqué avec ce qu'ils avaient chipé dans les cuisines : d'épaisses tranches de pain, un gros morceau de fromage et une part de tarte à la pomme, ainsi que des myrtilles, ramassées en chemin. Après le repas, le pauvre Luke était tombé dans la rivière en essayant de récupérer le chapeau de Kitty, qui s'était envolé avec le vent. C'était incroyable de penser qu'elle en avait pris un. D'habitude, elle n'en mettait pas, car elle les trouvait gênants, mais sûrement pas aussi gênants que celui-ci l'avait été pour Luke.

Il avait pataugé hors de la rivière, trempé jusqu'aux os et recouvert d'algues d'un vert vif.

— Kitty Connolly, petite diablesse, avait-il dit avec un regard noir en tenant le chapeau déchiré par les rubans. Pourquoi est-ce toujours moi qui finis trempé jusqu'aux os ?

Kitty avait couru vers lui et lui avait embrassé la joue.

— Parce que vous êtes mon preux chevalier, avait-elle répondu en riant. Et vous ne me laissez jamais tomber.

Luke avait ri, sa mauvaise humeur aussitôt envolée, et ils s'étaient allongés au soleil en attendant qu'il sèche, jusqu'à ce qu'il soit l'heure de rentrer à la maison.

Kitty ferma les yeux en revivant ce souvenir et tant d'autres semblables. Leurs vies s'entremêlaient comme les fils d'une tapisserie, toutes les couleurs et les textures de leurs aventures se croisant dessus et dessous pour former l'image qu'elle avait vue dans son cœur : celle où ils seraient ensemble pour toujours.

— Harry, Tilda, regardez, murmura Bonnie alors que lady Frances et Mrs Drake s'apprêtaient à prendre congé.

Kitty aussi s'était retirée anormalement tôt. Il y avait le plus étrange sentiment d'anticipation dans l'air, se disait Matilda. Elle n'arrivait pas à mettre le doigt sur ce que c'était, mais quelque chose se tramait. Malgré elle, elle fut parcourue par un frisson d'excitation.

— Faut-il les suivre ? demanda-t-elle.

Harriet hocha la tête.

Même la sérieuse Harry semblait tout aussi joyeuse que Matilda qui savait que son amie était contente de jouer les détectives.

— Oui, dès qu'elles auront quitté la pièce. Mais il faut se dépêcher, nous risquons de les perdre. Bonnie, restez ici et gardez un œil sur Mr Derby.

Bonnie maugréa de se voir ainsi abandonnée, mais elle pouvait difficilement partir à la recherche de Mr Derby, donc elle acquiesça. Matilda regarda les deux femmes passer la porte avant d'emboîter le pas à Harriet et de les suivre. Lady Saint-Clair se détourna de sa conversation avec miss Derby et la tante d'Harriet, et parut quelque peu perplexe de voir que tous ses invités avaient choisi de se coucher tôt, mais elle les laissa partir sans poser de questions.

Elles avaient pris le thé dans le salon bleu, qui était connecté à une suite de pièces d'une telle splendeur qu'il était impossible de tout appréhender en une seule fois. Juste après le salon bleu, elles étaient passées par la salle romaine, nommée ainsi d'après les incroyables peintures tout autour d'elles, représentant des scènes célèbres de l'histoire de cette civilisation. Sur le plafond, des créatures mythologiques et des bêtes regardaient vers le bas. L'ampleur de la salle, et les puissantes déités et les monstres qui s'y trouvaient faisaient se sentir insignifiant n'importe quel visiteur.

Une fois hors du salon, Harriet posa un doigt sur ses lèvres, indiquant à Matilda d'attendre en silence. Elles pouvaient entendre le faible murmure des voix et le bruissement du tissu dans la pièce à côté, et elles restèrent immobiles jusqu'à ce que le bruit s'éloigne. Harriet se mit en mouvement d'un pas rapide jusqu'à l'extrémité de la salle romaine. Elle jeta un coup d'œil dans la pièce qui suivait.

— Comme l'air est étouffant, les hommes ont choisi de boire leur porto sur la terrasse ce soir, murmura-t-elle à Matilda en revenant dans la salle. Donc je pense qu'ils retourneront directement au salon bleu en passant par les portes vitrées extérieures, ou que quelques-uns iront à la salle de billard.

Matilda savait que la salle de billard était un peu plus loin dans cette rangée de pièces, mais elle n'était pas tout à fait certaine de son emplacement exact.

— Que croyez-vous qu'ils complotent ?

Matilda avait posé la question avec encore plus d'enthousiasme qu'avant. Elle avait le cœur qui battait, le souffle court. C'était exaltant.

— Lady Frances a essayé de ruiner la réputation de Kitty, mais cela n'a pas marché, car nous sommes arrivées à temps, dit pensivement Harriet. Mais si elle faisait l'inverse ? Si un homme était surpris avec la fille d'un duc, dans une situation compromettante ?

— Oh, mais Mr Baxter ne ferait jamais —

— Non, l'interrompit Harriet d'un ton impatient. Mais il n'aurait pas à le faire. Il suffirait simplement que quelqu'un *le voie*, pour que cela soit une situation compromettante.

— Oh ! déclara Matilda avec des yeux écarquillés. Il serait obligé de l'épouser. Il ne pourrait pas refuser, s'il y avait des témoins. Mon Dieu, Harry. Où cela ?

Harriet se mordit la lèvre, son expression sérieuse se fit intense. Elle connaissait ce bâtiment gigantesque et déconcertant mieux que la plupart des gens. Lady Saint-Clair avait même dit qu'Harriet le connaissait mieux qu'elle, et Matilda n'avait pas de mal à la croire.

— Le salon jaune, dit-elle finalement. C'est l'une des pièces favorites de la famille, parce qu'elle est plus petite que les autres et plus chaleureuse. Elle n'est pas très loin, et c'est l'endroit parfait pour une scène de séduction, car avec les invités ici, elle est vide, et l'on n'a à traverser aucune autre pièce pour y parvenir. Il y a aussi un passage secret qui y mène, ajouta-t-elle avec un gloussement de plaisir.

Elle attrapa la main de Matilda et l'entraîna à sa suite.

— Venez, dit-elle. Nous devons nous hâter.

Luke se pencha par-dessus le balcon qui surplombait un domaine immense, tout ceci appartenant à la bâtisse monstrueuse devant laquelle ils se tenaient. Le quartier de lune n'éclairait pas beaucoup le ciel, mais la nuit n'était pas entièrement tombée et l'on voyait se découper les silhouettes immobiles et noires de la forêt et des collines. Il se demanda s'il préférait ce domaine à celui de Trevick, mais ne ressentit aucune attirance ou répulsion pour l'un ou l'autre choix. Trevick était tout aussi majestueux, bien que le domaine soit plus vieux, plus venteux et moins pratique.

Il ne parvenait pas à s'imaginer propriétaire de Trevick, en dépit des nombreuses années passées à le préparer à son rôle de comte. Cela lui semblait toujours absurde, comme s'il était pris au piège d'une histoire folle que Kitty aurait inventée et dans laquelle il se serait laissé emporter. Mais si c'était une histoire de son invention, elle devait voler à sa rescousse. Un sourire se dessina sur son visage lorsqu'il réalisa que c'était exactement ce qu'elle avait fait.

— Luke.

Luke se retourna en entendant Mr Derby l'appeler.

— Saint-Clair a défié Mr Burton à une partie de billard. Je vais avec eux pour y assister. Voudriez-vous faire une partie avec moi lorsqu'ils auront fini ?

Son visage s'assombrit, ses sourcils se rapprochèrent lorsqu'il les fronça.

— Je sais que nous avons été en désaccord ces derniers temps, mais… j'ai toujours apprécié nos parties d'après-dîner et, eh bien, je suppose que je vous dois des excuses pour… pour les choses que j'ai dites à propos de miss Connolly. Vous avez perturbé tous mes plans, mon garçon, et c'est difficile à accepter, mais je n'aurais pas dû parler si durement.

Mr Derby lui tendit la main, et Luke la contempla. Un frisson de méfiance remonta le long de sa nuque, mais il n'arrivait pas à comprendre ce que le vieux diable pouvait avoir à gagner à lui présenter ainsi des excuses, ou lui proposer cette partie de billard. Qu'il ait accepté de passer du temps avec Mr Burton était également étrange, puisqu'il faisait partie de la classe des champignons envahissants à ses yeux.

Luke désigna son verre de porto.

— Je n'ai pas encore fini, et —

— Oh, rien ne presse. Je pense que Saint-Clair et Mr Burton sont tous deux de fins joueurs, et de même niveau. Je pense qu'assister à leur partie sera intéressant. Viendrez-vous lorsque vous aurez fini ?

Il tendit à nouveau sa main, et même si Luke savait que quelque chose clochait, il ne semblait pas convenable de refuser.

— Très bien, dit-il en serrant la main de Mr Derby. Je serai là dans un instant.

Il regarda Mr Derby partir vers l'entrée principale. Il n'avait pas voulu passer par le salon où se trouvaient les dames, pour ne pas prendre le risque d'être intercepté et se retrouver obligé de boire du thé. Le chemin qu'il avait choisi était plus long, mais comportait moins de risques d'embuscades. Luke termina son verre, et le suivi quelques instants après. Il n'avait aucune raison d'aller voir les dames, puisque Kitty devait déjà être partie se coucher depuis longtemps. Il l'imagina allongée sur le lit, complètement éveillée, attendant le début de leur aventure avec son impatience habituelle. Luke rit tout seul, et pénétra dans le bâtiment en direction de la salle de billard.

— Oh, Mr Baxter, Mr Baxter, Dieu merci !

Luke fit volte-face, effrayé par la panique dans cette voix qui résonnait dans le hall d'entrée.

— Mrs Drake… qu'est-ce que — ?

— Je crois qu'elle est morte ! hurla la femme en s'accrochant à sa chemise et en le secouant. Lady F-Frances… elle s'est évanouie et je-je n-n'arrive pas à la réveiller, elle est morte… oh, oh…

La femme commença à pousser des sanglots hystériques.

— Où ? demanda Luke, horrifié.

Une jeune femme en pleine santé ne pouvait tout de même pas tomber raide morte, si ?

— Là-d-dedans…, sanglota Mrs Drake.

Elle s'effondra sur le sol dans un tourbillon de jupons de soie, mit sa tête entre ses mains et gémit.

Luke n'attendit pas de voir si elle allait s'évanouir, Mrs Drake, au moins, respirait. Il se précipita à travers la porte qu'elle lui avait indiquée. La pièce était à peine éclairée, un simple candélabre apportait un peu de lumière dans cet espace sombre, mais il y avait assurément une silhouette immobile étendue sur une méridienne.

— Lady Frances ? dit Luke en se dépêchant de la rejoindre.

Elle ne bougea pas, elle ne semblait pas respirer. Il s'agenouilla à ses côtés et lui tapota les joues. Rien. Il la secoua légèrement, mais elle demeura immobile.

— Lady Frances ? répéta-t-il, à présent paniqué.

Aussi réticent était-il à l'épouser, il ne lui voulait pas de mal, et mourir de la sorte…

Il baissa la tête, plaça l'oreille contre sa poitrine, où le bruit régulier d'un battement de cœur était audible. Des mains se glissèrent dans ses cheveux et s'enroulèrent autour de son cou au moment où des voix se faisaient entendre derrière lui. Les voix de Mr Derby et Mr Burton…

Luke bondit en arrière, mais lady Frances s'agrippa à lui avec une force remarquable. La porte s'ouvrit et —

— *Luke* !

La voix horrifiée de Mr Derby résonna tandis qu'il s'éloignait en trébuchant, juste à temps pour voir le salaud le regarder avec un air de reproche, sous le regard étonné de Mr Burton et de Lord Saint-Clair.

— Oh, s'exclama lady Frances, haletante, en portant la main à sa bouche. Oh, Luke, je savais que nous n'aurions pas dû nous rencontrer seuls…

L'espace d'un instant, Luke sentit le sol s'incliner sous ses pieds. Il était malade, il avait à la fois chaud et froid. Un piège, lui lança son cerveau idiot, même si son cœur battait si fort qu'il n'arrivait plus à penser clairement, son esprit était désorienté, il était si… si fichtrement en colère. Il ouvrit la bouche pour se déchaîner contre eux pour lui avoir fait cela, mais c'est alors que—

— Mais vous n'étiez pas seuls, lady Frances.

Il se tourna et vit miss Stanhope et miss Hunt, leurs deux silhouettes près de la cheminée, juste en dehors de la lueur de la chandelle.

Il eut le souffle coupé, pria pour avoir compris correctement ce qu'il venait de se passer.

— Voyez-vous, Mr Baxter, nous avons vu plus tôt dans la journée Mr Derby, lady Frances, et Mrs Drake conspirant comme les sorcières de *Macbeth*, et nous avons su que quelque chose se tramait, déclara miss Stanhope d'une voix froide et détachée. Nous avons donc suivi lady Frances ici, et nous avons vu et entendu tout ce qu'il s'est passé.

— Vous avez utilisé le passage du trou du prêtre ? demanda Jasper d'une voix pleine d'admiration.

Miss Stanhope hocha la tête. Elle prit quelques instants pour enlever ses lunettes et les nettoyer sur un délicat mouchoir en dentelle.

— Nous avons entendu les cris hystériques de Mrs Drake qui disait qu'elle croyait que lady Frances était morte. Nous vous avons vu entrer pour essayer de l'aider, et nous l'avons vue s'agripper à vous et vous maintenir pour donner l'impression que vous vous embrassiez.

Elle se tourna pour lancer un regard sévère à lady Frances. Luke suivit son regard et vit que la jeune femme était raide d'humiliation. Il souffla, si abasourdi et si bougrement reconnaissant qu'il aurait pu embrasser miss Stanhope tellement il était heureux. Pas étonnant que Jasper soit amoureux d'elle — c'était une merveille !

— Quel tissu d'âneries, dit Mr Derby d'un ton dégoûté.

— Je ne pense pas, déclara durement Jasper. Votre histoire d'avoir laissé votre médicament pour le cœur ici était un prétexte bien léger pour nous amener dans cette pièce, et je connais suffisamment les sentiments que Mr Baxter a pour miss Connolly pour savoir qu'il n'aurait jamais, sous aucune circonstance, donné rendez-vous à lady Frances ici sans chaperon. J'ai bien peur que vous vous soyez trompé.

Son expression était sinistre, loin de l'habituelle jovialité que Luke l'avait vu exprimer jusqu'à présent. Jasper continuait :

— C'est sournois, même pour vous. Je ne le tolérerai pas. Je veux que vous soyez parti avant —

— Comment osez-vous ? Comment *osez*-vous ? s'écria Mr Derby, le visage déformé par la rage. Sa bouche s'ouvrit et se ferma, mais aucun son n'en sortit.

Il mit la main sur son cœur, s'agrippa à l'encadrement de la porte en luttant pour respirer.

— Enfer et damnation ! C'est son cœur, dit Luke en se précipitant sur lui.

Jasper et Luke, moitié portant, moitié traînant le bonhomme, amenèrent Mr Derby sur la méridienne que lady Frances avait libérée tandis que miss Hunt se dépêchait de faire sonner la cloche furieusement pour que les domestiques accourent.

Luke défit la cravate de Mr Derby, résistant avec difficulté contre l'envie de l'étrangler avec cette dernière pour finir le travail.

— Vous… vous… ruinez… tout, haleta Derby en s'agrippant au bras de Luke.

— Taisez-vous et dites-moi où se trouve votre traitement, dit-il sèchement.

Il était trop en colère pour ressentir la moindre compassion. Mr Derby désigna la poche intérieure de son manteau, et Luke chercha le petit paquet en papier.

— Apportez de l'eau, dit-il.

Miss Stanhope lui tendit un verre quelques secondes plus tard. Un domestique apparu, et Jasper lui donna l'ordre de faire venir le docteur de famille tout de suite, de convoquer le valet de Mr Derby, et que des valets de pied se préparent à porter l'homme à sa chambre.

Luke versa la poudre dans l'eau et l'agita jusqu'à ce qu'elle se dissolve. Il mit le verre dans la main de Derby.

— Buvez.

Puis il se leva, alla rejoindre miss Stanhope et miss Hunt, remarquant sans surprise que lady Frances avait disparu.

Il se doutait que Jasper tiendrait sa langue, les demoiselles aussi s'il le leur demandait, mais il n'était pas sûr pour Mr Burton. Même s'il était très en colère contre lady Frances, il ne voulait pas voir sa réputation détruite alors qu'il savait qui était l'instigateur de cette petite scène.

— Miss Stanhope, miss Hunt, je… je ne sais pas comment vous remercier pour ce que vous avez fait ce soir. Vous m'avez sauvé de… il laissa échapper un rire soulagé. Je ne peux même pas mettre de mots pour expliquer de quoi vous m'avez sauvé.

Miss Hunt sourit et lui tapota le bras.

— C'était avec grand plaisir, même si je ne peux pas m'en accorder le crédit, j'en ai bien peur. Miss Stanhope ici présente est celle qui avait tout compris.

— Vous avez été grandiose, Harry, dit Jasper avec admiration.

Luke regarda autour de lui et remarqua que Jasper et Mr Burton se tenaient à ses côtés, maintenant que le valet de Derby s'occupait de son maître.

Harriet rougit et poussa ses lunettes en haut de son nez.

— C'est miss Campbell qui a remarqué que quelque chose clochait. Il a été facile de déduire la façon dont ils pouvaient essayer d'imposer une union entre vous deux. Je ne pouvais pas laisser Kitty avoir le cœur brisé à nouveau, pas après tant d'années de séparation.

— C'était réellement très intrépide de votre part, déclara Mr Burton, l'air troublé. Mais je ne peux pas m'empêcher de penser que vous auriez dû venir nous voir, au lieu d'essayer de régler cela vous-même.

— Nous n'avons pas *essayé*, Mr Burton, répliqua miss Hunt d'un ton cassant. Nous avons réussi.

— Oui, oui, bien sûr, répondit-il aussitôt d'un ton apaisant. Il était simplement de mon devoir de vous épargner cette scène affreuse, si j'avais été en mesure de le faire.

— Je n'aurais manqué cela pour rien au monde, déclara miss Stanhope en se tournant vers miss Hunt pour prendre son bras. Avez-vous vu le visage de lady Frances lorsque nous sommes sorties de l'ombre ? J'ai bien cru qu'elle allait s'évanouir pour de vrai.

— Je l'ai vu, répondit miss Hunt avec un sourire triomphant. C'était formidable. Eh bien, nous n'avons rien de plus à faire ici, donc nous allons vous souhaiter, messieurs, une bonne soirée.

— Attendez, dit Luke. Pardonnez-moi de vous retenir, mais… permettez-moi, je vous prie, de vous demander — à tous — de ne pas ébruiter ceci. Je pense que lady Frances est suffisamment humiliée. Je n'aimerais pas voir sa réputation détruite pour avoir pris part à l'un des plans de mauvais goût de Mr Derby.

— Comme vous êtes bon, Mr Baxter, dit miss Hunt d'un air approbateur. Bien sûr, nous n'en soufflerons mot, n'est-ce pas, Mr Burton ?

Mr Burton afficha un sourire légèrement crispé, mais inclina la tête.

— Certainement, Mr Baxter. Vous pouvez compter sur notre discrétion.

Luke poussa un soupir de soulagement. Les demoiselles et Mr Burton prirent congé pour la nuit, et, peu après, l'on emporta Mr Derby dans sa chambre pour attendre le docteur, laissant Jasper et Luke seuls pour savourer un dernier verre bien mérité.

— Il s'en est fallu de peu, déclara Luke tandis que Jasper le conduisait vers son bureau et remplissait un verre.

— Je remercie le ciel que votre Mr Derby ait été aveugle à notre amitié, ou aux capacités d'observation et à la ténacité des membres féminins de notre groupe, déclara Jasper en levant son verre pour porter un toast.

Luke laissa échapper un petit rire.

— Je vais boire à cela.

Il jeta un coup d'œil à l'ours plutôt mal fagoté, et sourit.

— Allez-vous le laisser comme cela ?

Jasper contempla l'ours, qui semblait avoir profité d'une soirée bien plus conviviale que la leur.

— Tout à fait. Du moins, jusqu'à ce que je découvre pourquoi elles ont fait cela.

Le visage de Luke s'éclaira d'un large sourire et il prit une autre gorgée avant d'ajouter :

— Je n'ai aucune idée des raisons qui les y ont poussés, mais je peux vous dire une chose : Kitty est derrière tout cela.

Chapitre 14

Chère mère,

Lorsque vous lirez ces lignes, je serai marié…

**—Extrait d'une lettre de Mr Luke Baxter à
sa mère, laissée à lord Saint-Clair.**

24 août 1814. Demeure de Holbrooke, Sussex.

Le lendemain matin, Luke se leva tôt et s'empressa de
prendre des nouvelles de Mr Derby. Bien qu'il eût désespérément
envie de partir avec Kitty, et ne se sentît pas le moins du monde
obligé d'accorder la moindre considération à ce maudit homme,
Luke ne pourrait pas partir s'il était mourant. Il n'était pas un
salaud insensible. Malgré toutes les magouilles de Trevick et
Derby, toutes leurs tentatives de manipulation et leur
détermination à vouloir le mouler à leur image, il ne deviendrait
pas comme eux. Il était un homme de principe, d'honneur, et
peut-être qu'au cours des dernières années il n'avait pas disposé
d'assez de courage pour agir selon ces principes autant de fois
qu'il l'aurait dû, mais désormais il n'y manquerait plus.

Tandis qu'il se hâtait en direction de la chambre de
Mr Derby, sa cousine Sybil le salua, et il eut la nette impression
qu'elle l'avait attendu.

— Mr Baxter, dit-elle en saisissant ses mains. Je suis si
soulagée de vous trouver. J'étais si inquiète de ne pas réussir à
vous parler seul à seul.

Luke la regarda avec intérêt en prenant conscience du sentiment d'urgence inhabituel qui émanait d'elle. Il aimait beaucoup Sybil. Elle s'était donné du mal pour être une amie pour lui, une sorte de sœur, mais Mr Derby avait compris qu'avoir des compagnons et des amis donneraient de la force à Luke, peut-être même la force de le défier. Peut-être avait-il pensé la même chose de ses filles, en particulier Sybil, car il avait pris soin de les séparer, et elles ne se voyaient que très peu. Néanmoins, Sybil s'était montrée gentille, aussi gentille qu'elle l'avait osé, même si elle ne se permettait toujours pas de l'appeler *Luke*, son père le lui ayant interdit des années auparavant.

Son père avait écrasé le moindre caractère qu'elle avait pu avoir, et elle était à présent une créature effacée, craignant de prendre la parole à moins d'y être obligée, donc sa détermination à vouloir lui parler en privé était inquiétante.

— S'agit-il de votre père ? demanda-t-il. Son état a-t-il empiré ?

— Non, répondit-elle en secouant la tête avec une telle vigueur que l'étonnement de Luke ne fit que s'accroître. Non, père va suffisamment bien, mieux qu'il ne le mérite, et c'est la raison pour laquelle je voulais vous parler.

Luke la dévisagea, étonné. Il ne l'avait jamais entendue dire la moindre critique de son père.

— Je… j'ai entendu papa parler à lady Frances…

Un soupçon de couleur apparut sur ses joues pâles.

— … Et… et j'ai eu l'impression que peut-être, miss Connolly et vous songiez… songiez à vous échapper.

Luke se raidit, elle tendit le bras et attrapa la manche de son manteau.

— *Partez*, dit-elle en secourant son bras avec une force surprenante. Vous l'aimez, et elle vous aime. Si vous ne partez pas, quelqu'un vous en empêchera. Lady Frances, ou peut-être son père si ce n'est pas le mien. Ils feront quelque chose, ils gâcheront tout. Ne vous sentez pas désolé pour lui, ne changez pas vos plans. Partez tout de suite, sans un regard en arrière.

— Sybil.

Il était abasourdi par cet éclat, car même si les mots avaient été dits à voix basse, venant de Sybil, c'était comme s'ils avaient été hurlés du haut d'un toit.

Il était estomaqué.

Elle lui offrit un sourire tremblant.

— Je compte sur vous, Luke. Je compte sur le fait qu'un jour, père et Trevick ne seront plus, et vous nous rendrez notre liberté. Nous avons besoin de vous, Luke, chacune d'entre nous. Vous êtes notre seul espoir d'obtenir la moindre miette de bonheur que nous pourrions avoir dans les années à venir, mais comment pourrions-nous être heureuses si vous avez perdu la femme que vous aimez, la femme que vous aimerez toute votre vie ?

Luke sentit sa gorge se serrer.

— Il sera furieux lorsqu'il le découvrira. Peut-être qu'il —

— Partez, dit-elle.

Son visage était tendu par la détermination, elle avait mis plus de force dans ce simple mot que dans tous ceux qu'elle avait prononcés depuis que Luke la connaissait. Elle poursuivit :

— Père a fait ses choix, a fait son lit… à présent, il y est couché. Il a menti, comploté et manipulé tout le monde, ma mère, vous, mes sœurs et moi. Partez, Luke, allez épouser votre chaton bien-aimé, et je vous défends de perdre une seule seconde à penser à… à ce monstre.

Elle tremblait à présent, les yeux remplis de larmes. Luke se pencha et déposa un baiser sur son front.

— Merci, murmura-t-il en l'étreignant brièvement. Je n'oublierai pas cela, et je veillerai à ce que vous trouviez le bonheur aussi, Sybil. Je vous donne ma parole.

Sybil laissa échapper un petit bruit étouffé, entre le sanglot et le rire, avant d'agiter la main frénétiquement pour lui faire signe de déguerpir. Luke obéit et grimpa les escaliers rapidement.

Le petit déjeuner fut une affaire rondement menée, bien que personne ne l'eût ordonné, mais tout le monde semblait avoir conscience du besoin de sortir de la maison, et rapidement.

Kitty n'était pas au courant de la débâcle de la nuit dernière, c'était évident. Il ne lui raconterait pas, pas encore. Ils auraient le temps pour de telles révélations. Il partait du principe que Jasper n'avait pas raconté l'affaire à sa mère, qui s'était retirée bien avant qu'ils montent se coucher la nuit dernière. Miss Hunt et miss Stanhope lui parlèrent chaleureusement, et il savait qu'elles n'avaient rien dit à personne, comme elles l'avaient promis.

Luke avait légèrement rougi lorsque lady Saint-Clair l'avait salué au petit déjeuner, car il avait conscience qu'elle savait ce qu'il s'apprêtait à faire. Mais la dame se montra gracieuse et ne le taquina pas ; elle se contenta de l'accueillir avec un sourire chaleureux et une expression espiègle sur son beau visage.

À quoi cela ressemblait-il, d'avoir grandi avec une mère comme cela ? se demandait-il. Il était évident que les enfants de lady Saint-Clair étaient la prunelle de ses yeux. D'après ce que les autres invités lui avaient dit, sa nature douce cachait un instinct maternel féroce, et c'était à vos risques et périls que vous critiquiez ses fils chéris. Jasper et Jérôme avaient-ils la moindre idée de la chance qu'ils avaient ?

Ses propres parents l'avaient ignoré. Ils l'avaient envoyé en pension dès que l'occasion s'était présentée, jusqu'à ce qu'éclate le scandale qui les avait fait bannir en Irlande. Jusqu'alors, il ne s'était pas rendu compte de sa chance. Il avait aimé l'école, et s'y était épanoui. Il y avait des règles qu'il comprenait et pouvait suivre, et il avait eu beaucoup d'amis là-bas. Chez lui, rien n'avait de sens et soit ses parents se hurlaient dessus, soit ils s'ignoraient. Il n'avait jamais été très sûr de ce qui était le pire. Les cris n'en finissaient pas, les sanglots de sa mère étaient encore pires, mais être envoyé d'un côté et de l'autre avec des messages cassants, *dites à la créature insipide que j'ai épousée que…* ou *allez dire à votre tyran de père que…* n'était pas beaucoup plus agréable.

Il s'était dit que peut-être, sa mère serait plus heureuse lorsque son père mourut. Elle avait souhaité sa mort bien des fois auparavant, donc c'était une supposition raisonnable. Elle n'avait pas été plus heureuse. Sans personne d'autre que Luke, toute son amertume et sa rancœur avaient été dirigées contre son fils, et les choses étaient devenues insupportables.

Kitty l'avait sauvé. Kitty lui avait dit qu'il était son chevalier errant, et qu'ils vivraient des milliers d'aventures ensemble. Parfois, lorsque Luke se faufilait hors de la maison avant que sa mère ne se réveille et décide qu'il fallait qu'elle lui raconte ô combien la vie l'avait malmenée — pour la dixième fois en dix jours — Luke se disait que ce n'était pas lui, le chevalier, après tout : c'était Kitty. C'était elle qui l'entraînait dans des aventures, il ne faisait que la suivre en humble écuyer. Mais il s'en moquait. Il l'avait suivie à l'époque, et il la suivrait aujourd'hui, peu importe où elle le mènerait… enfin, tant que cela restait à la limite du raisonnable.

Luke sourit en se rendant compte qu'il n'était plus le petit garçon obéissant qu'il avait alors été, loin s'en fallait, mais il ne détruirait jamais le goût de l'aventure de Kitty. C'était la raison pour laquelle il l'aimait tant. En revanche, il s'assurerait que ni l'un ni l'autre ne finisse noyé.

Jasper était à cheval aujourd'hui, tout comme miss Stanhope. Lady Saint-Clair, Kitty, miss Hunt, et Luke étaient dans le barouche. Ils allaient à un pique-nique au prieuré de Mitcham — ou du moins, les autres iraient une fois que Kitty et Luke leur auraient faussé compagnie. C'était un plaisir rare pour eux, car le propriétaire de cet endroit, le baron Rothborn vivait en reclus dans cette construction romantique historique. Il ne tolérait que rarement les visiteurs, mais il était ami avec Jasper, et il l'avait autorisé à venir avec des invités lorsqu'il ne s'y trouvait pas.

Ils étaient partis très tôt, et avançaient à bonne allure, mais l'impatience faisait bouillir le sang de Luke. Il voulait être loin de Holbrooke, loin de Mr Derby et de lady Frances.

— Nous avons tant de chance d'être autorisés à visiter le prieuré, lança miss Hunt en attirant de nouveau son attention sur la conversation.

La jeune femme afficha un sourire plus éclatant que tous ceux que Luke avait vus sur son visage depuis leur arrivée.

— J'en ai tant entendu parler. Il est terriblement ancien, mais lord Rothborn déteste les visiteurs et ne quitte que très rarement les lieux.

— Oui, c'est un personnage assez susceptible, acquiesça lady Saint-Clair. Mais une fois que l'on apprend à le connaître, il n'est pas si mauvais.

— Ne l'appellent-ils pas Solo, parce qu'il préfère sa propre compagnie ? demanda Kitty.

Lady Saint-Clair sourit.

— Ce n'est pas totalement pour cela, dit-elle avec un petit rire. Il s'appelle Solomon, mais il faut dire que c'est tout de même approprié.

— Lord Saint-Clair ?

Luke leva la tête en entendant la voix de miss Stanhope. Elle avait chevauché un peu derrière Jasper depuis leur départ, mais à présent, elle s'était avancée à son niveau.

— Ce n'est pas la route vers le prieuré de Mitcham, déclarat-elle en lui lançant un regard perplexe. Celle-ci nous mène à Tunbridge Wells.

— Ah, fit Jasper en lançant un sourire contrit à Luke. Faut-il que j'explique, ou voudriez-vous le faire ?

Le visage de miss Stanhope s'éclaira.

— Oh ! Vous vous enfuyez *aujourd'hui* ! Oui, dans ce cas, il est logique d'aller à Tunbridge Wells. Vous louerez sans doute une calèche là-bas ?

Luke cligna des yeux. La façon qu'avait eue Harriet d'accepter tout naturellement le plan expliqua peut-être le petit laps de temps avant que miss Hunt ne s'exclame :

— S'enfuir ?

Elle regarda ses compagnons autour d'elle, et une expression indignée prit place sur son joli visage lorsqu'elle réalisa que personne d'autre n'était surpris.

— Oh ! Suis-je donc la seule à ne pas être au courant ?

— Non, répondit calmement miss Stanhope. Mais je suppose que je savais qu'ils le *feraient*… Je ne savais juste pas que cela se produirait maintenant.

— Coupable, déclara lady Saint-Clair qui n'avait pas du tout l'air coupable.

Luke se dit qu'elle avait l'air de bien s'amuser.

Le regard de miss Hunt passa de Luke à Kitty, puis elle se pencha en avant et saisit les mains de la jeune femme.

— Êtes-vous sûre, ma chérie ?

— Vous savez que oui, Tilda, répondit Kitty avec une telle lueur dans les yeux que Luke sentit sa gorge se serrer.

— Oh ! fit miss Hunt en agitant une main devant son visage.

Les larmes roulèrent sur ses joues et tout le monde lui chercha frénétiquement un mouchoir.

— Pardonnez-moi, dit-elle alors que lady Saint-Clair en déposait un dans la main.

Miss Hunt renifla, s'épongea les yeux en pleurant et en riant à la fois.

— Je ne sais pas ce qu'il me prend, mais… mais c'est tellement romantique. Oh, Kitty, ma chérie… je suis si heureuse pour vous.

Elle se jeta au cou de Kitty et la serra, manquant presque de les faire basculer sur le plancher du carrosse. Cela les fit rire toutes les deux, ce qui soulagea tout le monde.

— Donc, nous serons votre alibi ? demanda miss Hunt qui souriait à présent.

Luke hocha la tête. Cette partie du plan le mettait mal à l'aise.

— J'en ai bien peur. J'espère que cela ne causera aucun désarroi ni aucun problème. Mr Derby risque de mal le prendre.

— Quelles sont les nouvelles à son sujet, Mr Baxter ? Était-il remis ce matin ? demanda miss Stanhope, avant de rougir en voyant que Jasper lui faisait non de la tête.

— Remis ? répéta Kitty en regardant Luke, les sourcils froncés.

— Il ne se sentait pas très bien la nuit dernière, répondit précipitamment Luke. Rien d'inquiétant. Miss Derby a dit qu'il allait beaucoup mieux ce matin.

Jasper regarda Luke avec insistance, une expression perplexe dans les yeux, mais ne dit rien.

Miss Hunt ricana et haussa les épaules.

— Eh bien, je suppose qu'il *faut* se réjouir qu'il aille mieux, déclara-t-elle sur un ton sceptique.

Elle jeta un regard malicieux à Luke et ajouta :

— Et je suis sûre que nous trouverons une histoire qui nous fera paraître tout à fait innocents. Qu'il y croie ou non n'a aucune importance.

Luke lui sourit.

— C'est exactement ce que Jasper a dit que vous diriez.

Miss Hunt haussa les sourcils.

— Je ne savais pas que vous me connaissiez si bien, déclara-t-elle en riant, tandis que Jasper posait la main sur son chapeau dans un salut ironique.

Luke qui regardait la scène jeta un coup d'œil à miss Stanhope pour jauger sa réaction. Il y eut le plus léger froncement de sourcils, mais c'était une fille plutôt sérieuse, donc peut-être cela ne voulait-il rien dire. Il se demanda si Kitty avait fait des découvertes sur la raison qui poussait la jeune femme à se montrer si cassante avec le comte, puis il remarqua que lady Saint-Clair était également en train d'étudier miss Stanhope avec une expression avide.

Remarquant qu'elle était elle-même observée, lady Saint-Clair lui adressa un sourire égal et détourna le regard.

La banquette du fiacre se mit en mouvement et la respiration de Kitty s'arrêta. Nous y étions. C'était vraiment en train de se produire.

— Pas de regrets ? lui demanda Luke, le regard grave et inquiet. Cela va provoquer du remue-ménage. Même si tout le monde se fiche qu'un Mr Baxter épouse miss Connolly, vos parents risquent d'avoir une opinion au sujet de cette fugue.

Cela fit rire Kitty qui secoua la tête.

— Oh, Luke, espèce de nigaud. Vous serez le comte de Trevick un jour. Mon père se jettera à vos pieds pour vous remercier de l'avoir libéré de ce fardeau que je suis, puis il vous demandera d'investir dans sa nouvelle usine.

Le visage de Luke s'assombrit.

— Il faudra peut-être attendre des années avant que je ne devienne comte, vous savez. Trevick est bien trop hargneux pour mourir, et Derby a souvent des attaques comme celle de la nuit dernière, mais il se remet toujours, et paraît de nouveau vigoureux et en pleine forme. En attendant, j'ai bien peu à vous offrir. En fait, ajouta-t-il sur un ton penaud en frottant sa nuque, la seule chose qui m'appartienne, c'est cette maison en Irlande. Trevick l'a donnée à mon père lorsqu'il nous a bannis, j'en ai donc hérité, pour ce que cela vaut.

— Vous possédez la maison voisine à la nôtre ? s'exclama Kitty, étonnée.

Luke hocha la tête. Elle poussa un cri de joie et bondit de son siège pour s'asseoir à ses côtés et passer ses bras autour de son cou.

— Oh, c'est parfait ! Nous pouvons rentrer à la maison, et transformer l'endroit comme nous l'avions rêvé.

Il sourit, mais lui lança un regard contrit.

— Oui, elle est à nous. Mais elle n'a pas été habitée depuis notre départ, chaton. Elle sera dans un état déplorable, et je n'ai que très peu d'argent mis de côté. Très loin de la somme qu'il faudrait pour tout ce qu'il y a à faire.

Kitty le contempla, et secoua tristement la tête.

— Vous vous montrez à nouveau nigaud. J'ai une dot généreuse.

Luke prit un air mécontent.

— Je sais, Kitty, mais un homme n'apprécie pas de vivre aux crochets de sa femme, vous savez…

— Oh, sottises ! lança-t-elle avec impatience. Ce n'est pas comme si vous alliez boire et vous amuser avec cet argent. Vous allez investir dans notre maison, notre avenir, et de toute façon, la terre est fertile. Vous pourrez faire pousser du lin et le vendre à mon père.

Luke émit un rire bas et embrassa son nez.

— Vous avez pensé à tout, n'est-ce pas ? dit-il en l'entourant de ses bras. Eh bien, je m'étais rendu compte de cela, mon amour, mais il y aura beaucoup à faire avant de pouvoir cultiver des champs, et il n'y aura aucun revenu tant que la récolte ne sera pas faite. Cela ne se fera pas du jour au lendemain, et nous devrons vivre quelque part.

Kitty leva la tête et plongea le regard dans ces yeux d'un bleu vif dont elle avait rêvé si souvent qu'elle se demandait parfois si elle n'avait pas imaginé l'intensité de leur couleur. Elle ne l'avait pas imaginée.

— Luke Baxter, vous ne croyez quand même pas qu'un peu de dur labeur et quelques araignées, ou même des rats me font peur ? Nous prendrons un chat, nous nous mettrons à l'ouvrage et l'endroit sera propre et net en un rien de temps.

Il la regarda. Elle pouvait connaître ses appréhensions avant même qu'il n'ouvre la bouche. Cher Luke, toujours à se soucier de chaque petit détail. Si elle ne l'avait pas menacé de partir sans lui, toutes ces réflexions l'auraient empêché de participer à bon nombre de ses aventures. Non pas qu'il n'y eût, en quelques occasions, aucune raison de s'inquiéter. Elle devait bien l'admettre, en se remémorant quelques situations pénibles dans lesquelles elle l'avait entraîné.

— Vous ne devriez pas avoir à travailler, Kitty. Je déteste le fait de ne pas subvenir à vos besoins, mais je vous promets que cela ne durera pas, et je ne resterai pas non plus pas assis à attendre que Trevick et Derby rendent l'âme. Je rendrai le domaine viable, je prendrai soin de vous, et vous vivrez comme la lady que vous êtes.

Kitty leva la main et toucha sa joue.

— Seulement si vous me promettez que nous partirons encore à l'aventure. Je n'aimerais pas être une lady si je devais rester sagement assise à la maison à boire du thé et broder des mouchoirs à longueur de journée.

Luke ricana à cette idée.

— Kitty Connolly, vous ne pourriez pas broder même si votre vie était menacée, arrêtez de dire des bêtises. Bien sûr, nous partirons à l'aventure, et nous commencerons par celle-ci, une grande histoire que nous pourrons conter à nos enfants et à nos petits-enfants, et ils pourront s'étonner d'à quel point les vieilles personnes sont scandaleuses.

Elle le regardait, le cœur débordant de bonheur en entendant cela. Elle fit glisser la main qui se trouvait sur sa joue jusqu'à sa nuque, et il ne fallut que la plus légère des pressions pour l'inciter à se pencher vers elle. Les lèvres de Luke rencontrèrent celle de la jeune femme qui soupira en se sentant fondre dans cette étreinte.

— C'est ce qu'il y a de mieux dans le fait d'être adulte, murmura-t-elle tandis qu'il plantait de tendres baisers sur sa peau.

Il embrassa à nouveau son nez, puis ses paupières et ses pommettes avant de retourner sur sa bouche, en lui tenant délicatement la tête, comme si elle était un trésor d'une valeur inestimable. Elle ouvrit les yeux, le contempla, et Luke grogna.

— Ne me regardez pas ainsi, mon amour. Pas avant notre nuit de noces, du moins.

— Quoi ? dit-elle en se redressant. Mais ce soir —

— Ce soir, je vous laisserai aux soins de la gouvernante de Saint-Clair, et je dormirai à l'autre bout de la maison, dit-il d'une voix sombre. Enfin, je doute de réussir à fermer l'œil, mais quand même.

— Oh, mais Luke, protesta Kitty. Notre mariage aura lieu le jour suivant !

— Exactement, dit-il d'un ton un peu sévère. Nous avons patienté jusque-là, et je tiens à respecter les convenances… du moins, celles qui peuvent encore être respectées, compte tenu de notre fuite, ajouta-t-il.

Kitty se renfrogna.

— C'est idiot.

Luke jeta un coup d'œil à son expression boudeuse, et sourit.

— Vous ne savez pas à quel point je suis heureux de vous voir aussi impatiente que moi-même, mais ce n'est pas du tout idiot. Je suis amoureux de vous, Kitty, et je veux faire les choses comme il faut. Cela faisait si longtemps que je ne m'étais pas autorisé à penser à vous, à rêver de vous, mais dans mes rêves, vous étiez toujours mon épouse. Je voudrais pouvoir décider, pour cette fois, de ce que nous allons faire.

Il était impossible de lui en vouloir après cela, donc Kitty abdiqua. Après tout, ce n'était qu'une seule nuit.

— Très bien, alors, dit-elle en faisant mine d'être encore fâchée. Je patienterai, mais… seulement si vous m'embrassez à nouveau.

Elle se mordit les lèvres pour ne pas sourire lorsqu'il émit un claquement de langue désapprobateur.

— T-t-t. Du chantage. J'aurais dû m'en douter. Eh bien, s'il le faut…

— Misérable ! s'exclama-t-elle.

Avant qu'elle ne puisse ajouter quoi que ce soit, il l'avait prise dans ses bras et soudain il n'existait plus rien d'autre que ses lèvres, la caresse chaude et veloutée de sa langue, et ces bras puissants autour d'elle. Il était tellement plus imposant que dans ses souvenirs ; il y avait tellement plus de Luke, et elle se délectait de sa stature et de sa force en se pressant contre lui, demandant plus.

— Je pense qu'il vaut mieux s'arrêter là, dit-il d'une voix rauque.

Mais Kitty soupira et le tira à nouveau contre elle.

Il ne résista pas. Ses mains commencèrent à explorer la jeune femme, ses caresses le conduisirent à un sein qu'il serra au creux de sa paume. Kitty s'arc-bouta en réponse à cette sensation, et entendit un grondement rauque, un son de plaisir masculin qui la fit trembler de désir et d'impatience au plus profond d'elle.

— Arrêtez, dit-il un peu plus fermement.

Mais son regard était descendu sur sa bouche et il l'embrassa de nouveau, désespéré cette fois, de sa bouche chaude et impatiente ; Kitty avait l'impression d'être en feu, comme si l'intérieur de son corps était en fusion, et elle sentit…

Un énorme soubresaut, entendit un craquement tonitruant fendant l'air au son des chevaux qui poussaient un hennissement effroyable… et subitement, le monde bascula.

Luke gémit et posa la main à l'arrière de sa tête. Il grimaça lorsqu'il découvrit une bosse de la taille d'un œuf de poule.

— Kitty ! s'écria-t-il dès qu'il eut repris ses esprits.

Il entendit un son étouffé. Il tâtonna l'intérieur sombre du véhicule jusqu'à sentir quelque chose qui se débattait en poussant des jurons.

— Oh ! s'exclama Kitty en jetant sa pelisse sur le côté.

Elle l'avait retirée au début du voyage, car le carrosse était plutôt étroit et étouffant, et la maudite chose avait dû tomber sur elle.

— Kitty, très chère ? Êtes-vous blessée ?

— Non, non, je vais bien, dit-elle d'un ton parfaitement ordinaire, comme si la situation était tout à fait normale. Je n'aime pas beaucoup être étouffée, voilà tout. Mais je n'ai rien. Enfin, peut-être quelques bleus à certains endroits, mais rien de grave.

Luke poussa un soupir de soulagement et se força à ne pas songer à certains endroits du corps de Kitty pour l'instant.

— Oh, mais vous, Luke ? Vous n'êtes pas blessé ? demanda-t-elle en se mettant à genoux avec difficulté.

Il secoua la tête.

— Non, mais ne bougez pas, Kitty, il y a du verre partout.

— Mr Baxter, monsieur ?

Ils levèrent tous les deux la tête en direction de la fenêtre du carrosse qui se trouvait désormais au-dessus d'eux. Le postillon les regardait, une expression inquiète sur le visage.

— Est-ce que la demoiselle et vous êtes blessés ?

— Non, nous sommes à peu près en un seul morceau. Que diable s'est-il passé ?

— La roue s'est brisée, monsieur. Cette portion de route est dans un état déplorable, cela fait des années que je le dis, mais on n'fait rien. Je ne sais pas à quoi servent les foutus impôts que nous payons, c'est criminel, voilà ce que c'est. Je suis vraiment désolé, monsieur.

— Oh, eh bien, ne vous en faites pas. Ouvrez cette porte et aidez ma femme à grimper.

Il fallut faire des efforts et des contorsions, mais ils furent rapidement sur la terre ferme, et dans le bon sens.

Au grand soulagement de Luke, les chevaux n'avaient rien, et le postillon — qu'ils avaient récupéré à Uxbridge lorsqu'ils avaient changé de chevaux — était, bien que secoué, un homme pragmatique. Il avait jeté un œil suspicieux sur Luke, sans doute étonné de voir un couple aisé voyager sans valet de pied, mais il n'avait pas semblé vouloir enquêter, et n'avait rien dit. Mais il leur avait fait payer une jolie somme, que Luke avait donné sans rechigner, trop impatient pour protester.

À présent, l'homme regardait le carrosse estropié avec un air malheureux.

— Où sommes-nous exactement ? demanda Luke.

Il calculait quelles étaient à présent leurs chances d'atteindre Aylesbury avant la nuit.

— Tatling End, monsieur, répondit le postillon d'une voix amère. Je dois retourner à Uxbridge pour trouver quelqu'un qui puisse réparer ce tas de bois.

— Je ne peux pas attendre que cela soit réparé, s'exclama Luke. Il pourrait bien s'écouler trois ou quatre heures avant votre retour, et cette chose ne serait pas utilisable, avec ces fenêtres brisées. Vous devez nous en faire parvenir un autre immédiatement.

— Oui, et bien, normalement c'est c'que j'ferais, monsieur. Sauf qu'il n'y en a point de disponible aujourd'hui. C'est que la journée a été chargée. Je vous ai dit que vous aviez eu de la chance de m'avoir. Vous avez pensé que je vous facturais plus que nécessaire, je sais, mais il y a du monde : une course est prévue à Newmarket. Cela dure trois jours, il y a une foire et tout le reste. Tout le monde est parti à l'aube ce matin. Sans parler de cette vague de chaleur qui a envoyé tout le beau monde à la campagne. Tous les carrosses sont en service, ainsi que les chevaux.

Luke grommela un juron et luttait pour ne pas lever les yeux au ciel quand des voix lui parvinrent. Il se retourna, et vit Kitty entretenir une conversation animée avec un couple qui menait une charrette tirée par un cheval. Kitty lui fit signe de s'approcher.

— Mr Baxter, quelle chance nous avons ! dit-elle avec un accent irlandais bien plus prononcé que celui qu'elle avait eu depuis qu'il l'avait retrouvée. Voici Mr et Mrs Scripps, oh, et cette adorable créature est maître James, ajouta-t-elle en roucoulant au-dessus du bébé le plus laid que Luke ait jamais vu. Vous ne devinerez jamais, mais Mrs Scripps est née à Ballymena.

— Ah, fit Luke en comprenant la présence de l'accent. Quelle coïncidence de croiser une femme de la campagne de l'île d'émeraude à un tel moment.

— Arh, c'est l'destin, vlà c'que c'est, dit Mrs Scripps avec un sourire placide.

C'était une femme dans la vingtaine, bien en chair, avec l'éclat rose d'une jeune mère bien nourrie, et elle regardait Kitty avec la chaleur affectueuse d'une sœur bien-aimée.

— Et nous avons toutes les deux épousé des Anglais, aussi, ajouta-t-elle avec un éclat de rire en tapant dans le dos de son mari d'un geste jovial.

Mr Scripps jeta un coup d'œil à Luke, du moins, c'est ce qu'il crut, car l'homme tourna la tête dans sa direction. Il avait des sourcils broussailleux si proéminents qu'ils semblaient tirer son large front vers le bas, à proximité de son nez. Luke supposa la présence d'yeux, mais ils n'étaient pas visibles pour l'instant.

— Où allons-nous, mon garçon ? demanda le bonhomme avec un soupir, décidant visiblement de ne pas tourner autour du pot.

— C'est très aimable de votre part, Mr Scripps, répondit Luke en jetant un coup d'œil à la charrette avec un peu d'appréhension.

C'était un véhicule plus fonctionnel qu'élégant, et certainement pas conçu pour le confort de ses passagers. La charrette contenait des caisses de poulets et de canards et sentait très mauvais.

— Nous étions en chemin vers Aylesbury, mais si vous pouviez nous amener un endroit où nous pourrions louer un autre véhicule, nous vous en serions extrêmement reconnaissants.

— Ooooh, fit Mrs Scripps en se penchant vers Kitty comme si Luke n'était pas là. Un vlai gentleman ç'ui là, n'est-ce pas ?

Kitty sourit et prit son bras.

— Pour sûr, Mrs Scripps. Nous allons voir sa pauvre maman, malade qu'elle est, sans âme autre que les servants pour s'occuper d'elle. Son frère aîné est l'héritier, mais il aime un peu trop… *la bouteille*, souffla-t-elle derrière sa main, dans un murmure que les habitants d'Uxbridge avaient probablement entendu. Il ne se soucie de rien à part dépenser l'héritage, et mon pauvre cher mari n'obtiendra même pas un sou, mais c'est lui, que sa maman aime de tout son cœur. Obadiah, j'ai dit — c'est son nom, voyez-vous — Obadiah… nous devons nous occuper d'elle nous-mêmes, c'est notre devoir de chrétien.

Luke dévisagea Kitty, réalisant avec le calme fataliste de celui qui est déjà passé par là de nombreuses fois, qu'elle les emportait dans une de ses aventures.

Une demi-heure plus tard, doté d'un passé sordide dont il n'avait jusque-là jamais heureusement eu conscience, incluant un père crapuleux, un frère dévergondé, une mère à deux doigts de la mort, et une grand-mère sénile, ils étaient en chemin. Ils avaient entassé leurs bagages au milieu de la volaille malheureuse, et étaient assis à l'arrière de la charrette, les jambes pendant au-dessus de la route qui craquetait sous les roues du véhicule.

— Monstre, murmura-t-il tandis que Kitty tournait vers lui des yeux noirs impénitents. Obadiah, bien sûr.

Elle leva le menton et haussa les épaules.

— Eh bien, au moins, nous avons encore une chance d'atteindre Aylesbury aujourd'hui. Je remercierais ma bonne étoile si j'étais vous.

— Oui, mais je dois alors rejoindre ma pauvre maman qui part doucement de ce monde, et gérer mon horrible frère qui ne manquera pas de me tuer d'un coup de fusil dès qu'il posera les yeux sur moi. Enfin, si ma grand-mère sénile ne décide pas de me trancher la gorge pendant mon sommeil ce soir, dit-il avec un lourd soupir.

Kitty ricana, et s'appuya contre lui.

— Eh bien, c'est le moins que je pouvais faire pour les remercier de leur gentillesse, puisqu'ils ne veulent pas d'argent. À présent, Mrs Scripps aura une belle histoire à raconter à toutes ses amies lorsqu'elle rentrera.

Luke lui lança un regard sévère.

— Ne me prenez pas pour un idiot…

Il connaissait bien trop sa bien-aimée pour la croire.

— … Vous avez commencé cette histoire avant même de savoir s'ils allaient nous prendre, ne parlons même pas de savoir s'ils allaient accepter de l'argent en échange.

— Eh bien, ils n'auraient jamais montré autant d'entrain à prendre les bons vieux monsieur et madame *Ennui,* de *Inintéressant-ville*, jusqu'au bourg d'*Insipide*, rétorqua-t-elle.

— Nous ne sommes pas le moins du monde ennuyeux, répliqua Luke, vexé. Nous sommes des amoureux d'enfance, réunis après des années de séparation par un grand méchant comte, *et* nous avons pris la fuite pour nous marier !

Kitty glissa son bras sous le sien, et lui lança un regard qui lui donna l'impression d'être un roi, en dépit du fait d'être assis à l'arrière d'une charrette nauséabonde et de se faire picorer la manche par un poulet.

— Oui, c'est ce que nous faisons, dit-elle avec un soupir heureux.

Un large sourire éclaira le visage de Luke.

Chapitre 15

Lord Saint-Clair,

Nous sommes arrivés sains et saufs au manoir de Chesson, après un voyage que je vous raconterai à notre prochaine rencontre. Je me contenterai de dire qu'il y a eu une foule de personnages intéressants, qui, je le sais, vous divertiront beaucoup, même si l'on ne fait pas mention du crocodile.

—Extrait d'une lettre de Mr Luke Baxter au très honorable comte de Saint-Clair.

24 août 1814, Amersham.

Après des adieux déchirants lors desquels Kitty et Mrs Scripps s'étreignirent et s'essuyèrent les yeux pendant un laps de temps bien plus long que Luke et Mr Scripps semblèrent juger nécessaire, ils se séparèrent de leurs braves compagnons. Mrs Scripps agita le petit poing potelé de bébé James dans leur direction en signe d'adieu tandis que la charrette s'éloignait, et implora Luke de se méfier de son méchant frère.

Luke soupira et conduisit Kitty à l'intérieur du Saracen's Head, à Amersham. Ils avaient entreposé leur bagage là, et feraient une halte pour manger avant d'essayer de trouver un moyen de locomotion pour aller à Aylesbury. Amersham était une petite ville marchande animée, à une vingtaine de kilomètres d'Aylesbury. Les pièces privées étaient déjà occupées, cela faisait longtemps que midi avait sonné. Donc ils s'installèrent dans la salle à manger commune et se régalèrent d'un splendide repas de côtelettes et de pommes de terre rôties, puis de fruits et de fromage, accompagné d'une bière brassée sur place qui était d'une telle qualité que Luke se sentit satisfait de la vie.

— Bon, je vais me renseigner à propos des fiacres, dit-il en reposant sa chope vide avec regret.

Il était tentant de passer la nuit ici, mais chaque retard signifiait d'attendre une nuit supplémentaire avant que Kitty ne devienne sa femme, et cela augmentait les chances que Mr Derby soit suffisamment rétabli pour se lancer à la poursuite. Il lança un regard d'avertissement à Kitty.

— Ne faites pas de bêtises en mon absence, dit-il en regardant son air innocent avec inquiétude.

— Comme si j'allais faire cela, dit-elle avec un petit reniflement et en croisant les bras, comme si elle était offensée par cette idée.

Luke gloussa et la laissa seule à table pour aller parler au gérant.

Dix courtes et frustrantes minutes plus tard, il entendit la phrase que lui avait dite le postillon, à savoir, que tout le monde était parti, ou était en chemin vers Newmarket. Apparemment, ils allaient devoir passer la nuit ici après tout.

Agacé par ce contretemps, Luke se dépêcha de retourner à leur table et ne fut pas entièrement surpris de découvrir Kitty en pleine conversation avec deux femmes d'âge moyen. Bien que l'une soit plus imposante — sous tous aspects — que l'autre, il était évident qu'elles étaient sœurs.

— Oh, le voici, déclara Kitty en lui lançant un grand sourire. Mr Derby, voici miss Anne Quick, et miss Sarah Quick. Mesdames, mon mari, Mr Derby.

Mr Derby ?

Les deux femmes hochèrent poliment la tête, et la plus ample et la plus vieille des deux s'adressa à lui :

— Eh bien, Mr Derby, c'est un plaisir de vous rencontrer. J'ai cru comprendre que vous étiez un missionnaire tout juste revenu d'Afrique ?

Luke demeura interdit pendant quelques instants. Il rassembla ses esprits et afficha un sourire sur son visage avant de répondre avec un calme remarquable :

— Je le confesse, madame.

Les deux femmes gloussèrent.

Il jeta un coup d'œil à Kitty, qui se mordait la lèvre et contemplait ses mains avec une expression figée, refusant de croiser son regard. Oh, il allait le lui faire payer.

— Votre femme nous a dit que vous étiez en route vers Aylesbury pour prendre soin de votre pauvre maman, déclara miss maigrichonne Quick — comme il l'avait mentalement surnommée — avec un sourire compatissant.

— En effet, mais cela ne sera pas sans embûches, car ma chère maman *déteste* ma femme, dit-il en prenant la main de Kitty et en la serrant un peu trop fort. Elle ne m'a jamais pardonné de vous avoir épousée, n'est-ce pas mon amour ? Elle a toujours pensé que vous me mèneriez vers le démon, et me voici aujourd'hui, *missionnaire*.

Kitty leva les yeux vers lui. Luke sut qu'elle avait très bien compris qu'il allait l'étriper.

— Oui, déclara Kitty en affichant un air aussi innocent que la jeune femme qu'elle était lorsqu'elle dirigea ses yeux sombres et envoûtants vers les deux femmes. Mais papa l'aurait tué s'il ne l'avait pas fait, alors que cela faisait *si* longtemps que nous nous voyions en secret…

Elle baissa les cils timidement, et les deux sœurs jetèrent à Luke un regard sévère et désapprobateur.

Luke rougit. Bon sang, elle était douée.

— Oui, et bien, cela avait toujours été mon intention, dit précipitamment Luke. C'est simplement que maman ne voulait pas que je choisisse une épouse de si basse condition. Elle était persuadée que vous dépenseriez tout mon argent et me mèneriez à la ruine.

Miss rondelette Quick et miss maigrichonne Quick étaient toutes les deux captivées par cet échange, et Luke ne fut pas surpris lorsqu'elles proposèrent de les emmener jusqu'à Walton Turnpike.

— Comme c'est aimable à vous, mesdames, déclara Luke avec un sourire bienveillant. Le bon Dieu nous sourit aujourd'hui, c'est certain !

Les deux sœurs lui sourirent.

Kitty remercia les femmes avec chaleur et enthousiasme lorsqu'elles les déposèrent, et leur fit signe avec son mouchoir, avant de se préparer à croiser le regard de Luke.

Lorsque le carrosse des Quick bifurqua et disparut de leur champ de vision, elle se tourna vers son fiancé avec l'expression la plus suppliante dont elle disposait.

— Luke, dit-elle en observant la lueur dans ses yeux avec inquiétude. Admettez que nous ne serions pas ici, mais toujours coincés à Amersham, si je ne nous avais pas assuré une place dans leur voiture.

— En effet, chaton, acquiesça-t-il d'un ton assez aimable. Je l'admets. En revanche, je ne vois pas pourquoi il était nécessaire de faire de moi un missionnaire revenant d'*Afrique*. J'ai envie de vous tordre le cou, dit-il avec émotion. Je me suis trituré les méninges pour retrouver la moindre information que j'avais sur cet endroit, et je suis sûr que la moitié des choses que j'ai dites sont fausses. Heureusement pour nous, je ne pense pas qu'elles auraient fait la différence entre Afrique et Australie et n'en savaient pas plus que moi.

— Oh, mais l'histoire avec le crocodile était captivante, dit-elle en saisissant son bras et en le regardant avec émerveillement. J'étais moi-même complètement fascinée, alors que je savais qu'il s'agissait d'un mensonge.

— Cessez d'essayer de m'amadouer, espèce d'odieuse créature, gronda-t-il. Même si, en effet, *c'était* une histoire assez merveilleuse, admit-il en se détendant légèrement.

— Oh, oui, et la partie où vous avez sauvé le petit chien de ses mâchoires claquantes ! Je voulais pleurer et applaudir en même temps.

Luke ricana en levant les yeux au ciel.

— Est-ce donc à cela que ressemblera notre vie de couple ? demanda-t-il avec un léger sourire qui faisait frémir le coin de ses lèvres. Je m'émerveille d'avoir désespérément voulu vous revoir, si j'avais eu la moindre once de bon sens, j'aurais dû fuir dès l'instant où je vous ai aperçue.

— Oh, Luke ! s'écria Kitty, horrifiée. Ne dites pas cela. Je promets que je ne vous taquinerai plus, je serai sage, c'est juré.

Luke fronça les sourcils et regarda autour de lui pour être sûr que personne ne les regardait.

— Vous n'avez pas intérêt, murmura-t-il avant de lui donner un baiser rapide. Je m'amuse comme un fou. Votre folie bien particulière m'a manqué beaucoup plus que je ne saurais le dire.

Elle soupira de soulagement et prit sa main. Elle la pressa contre sa joue en murmurant :

— Je vous aime.

— Je vous aime aussi, petite diablesse, même si vous me donnez le tournis avec toutes vos manigances. Mais nous ne sommes pas si loin d'Aylesbury, donc je me demande quelle sera votre prochaine invention pour nous amener jusqu'à la maison de Saint-Clair.

Kitty résista à l'envie de le serrer dans ses bras, et décida d'être magnanime.

— Je pense que c'est à votre tour, déclara-t-elle. Après tout, il faut se montrer équitable.

Au plus grand soulagement de Luke, un fiacre arriva devant eux quelques instants plus tard. Le cocher revenait d'Aylesbury après avoir déposé ses derniers clients, et les emmena avec plaisir. Le carrosse était plutôt vieux et branlant et un ressort lui rentrait dans la cuisse, mais il était Mr Luke Baxter, voyageant avec sa femme, sans aucune mention de frère sinistre, de grand-mère folle ou autre personnage haut en couleur pour pimenter leur voyage.

Mais il s'était montré sincère avec Kitty : même s'il avait été catapulté la tête première dans ses histoires, il s'était amusé. C'était ridicule, affreux et profondément scandaleux, et cela faisait des années qu'il ne s'était pas senti aussi vivant. Néanmoins, il était beaucoup plus reposant de simplement se contenter de cette fugue scandaleuse, événement qui semblait parfaitement ordinaire avec Kitty à ses côtés.

Enfin, ils parvinrent à Aylesbury et la maison de Saint-Clair. C'était un beau manoir Tudor qui comprenait des jardins magnifiques, et Kitty poussa une exclamation ravie lorsque Luke l'aida à descendre de la voiture.

— C'est tellement ravissant ! dit-elle en regardant autour d'elle.

La gouvernante, Mrs Worth, les attendait et les accueillit chaleureusement.

— J'ai bien peur que nous arrivions plus tard que prévu, déclara Luke. Nous avons eu quelques ennuis avec le fiacre que nous avions loué, et notre voyage a pris… un peu plus de temps.

— Eh bien, vous êtes ici à présent, monsieur, et vous êtes le bienvenu, déclara Mrs Worth avec un sourire. Monsieur a veillé à ce que vous soyez reçu avec égards, donc dites-moi ce que je peux faire de plus, je vous prie. J'ai préparé de l'eau pour les bains, et le dîner sera servi à votre convenance. Si vous voulez bien me suivre, je vais vous montrer vos chambres.

Mrs Worth s'excusa pour l'état de la maison, et le fait que de nombreuses pièces soient inaccessibles, mais le comte était au milieu de sérieux travaux de rénovation et avait mis l'endroit sens dessus dessous.

Luke, qui était simplement soulagé d'avoir atteint leur destination, la remercia, et l'autorisa à amener Kitty à sa chambre. Ce que Jasper avait raconté quant à la nature de leur relation, il l'ignorait, mais la femme se comportait de manière chaleureuse et ne semblait pas désapprobatrice, donc soit elle était au courant et c'était une romantique, soit elle pensait qu'ils étaient déjà mariés. Luke s'en moquait, tant que l'on ne mettait pas Kitty mal à l'aise.

Avec un soupir, il se laissa tomber sur le lit pour attendre le valet de pied qui devait l'aider à se préparer pour la soirée, et s'endormit aussitôt.

Le dîner était une affaire intime, chose que Luke appréciait et redoutait à la fois, car une fois que le repas fut fini, on se retira discrètement pour les laisser seuls, un fait dont il n'avait que trop conscience.

Kitty était particulièrement ravissante ce soir, dans une robe émeraude qui lui rappelait chez eux, en Irlande. Étrange, peut-être, qu'il considère cet endroit comme chez lui, car il n'était pas né là-bas et n'y avait pas remis les pieds depuis que Mr Derby l'avait emmené. C'était le seul endroit qui avait été chez lui, l'endroit où se trouvait Kitty.

Le ciel était noir à présent, et la lueur des bougies se reflétait sur les fenêtres. C'était une nuit chaude, et elles étaient encore ouvertes, les rideaux n'avaient pas été tirés. Les papillons de nuit virevoltaient avec une détermination suicidaire en direction des flammes, et Luke se demanda quelles étaient les chances qu'il parvienne à tenir sa promesse ce soir.

Le désir vibrait sous sa peau. Savoir que demain, elle serait sa femme ne diminuait en rien l'envie de la toucher, de la prendre dans ses bras, et de faire d'elle sienne. Il s'obligea à rester assis au lieu d'aller vers elle, même s'il mourait d'envie de l'entourer de ses bras. Elle était silencieuse à présent. Debout, elle regardait la grille en fronçant les sourcils, avec une expression quelque peu troublée. Il craignit qu'elle ne soit pas aussi enthousiaste à propos de cette aventure qu'il l'avait cru.

— Qu'est-ce qui ne va pas, chaton ?

Il regarda ces yeux sombres se poser sur lui et sa respiration se bloqua.

Les souvenirs affluaient devant ses yeux — des centaines de souvenirs, des milliers — de toutes les fois où il avait posé les yeux sur ce visage en ressentant ce bonheur lui serrer la poitrine. Ce visage, mais pas tout à fait ; pas le visage doux d'une enfant, mais celui d'une femme. Elle n'était devenue que plus belle, tellement belle que la douleur serrait son cœur lorsqu'il posait les yeux sur elle tant il l'aimait.

— Oh, dit-elle tandis qu'une lueur incertaine voilait son regard quelques instants. Rien, vraiment. Je suis juste idiote.

— Dites-moi, dit Luke qui, malgré ses résolutions, tendit la main vers elle.

Elle s'approcha aussitôt de lui et Luke retint son souffle lorsqu'elle s'assit sur ses genoux sans avoir besoin du moindre encouragement et sans la moindre trace d'embarras. C'était simplement la chose la plus naturelle au monde pour elle, et lorsqu'elle l'entoura de ses bras en pressant son visage dans son cou, il eut désespérément envie de l'étreindre également.

— Il y a un fantôme, dit-elle.

— Oh, Kitty, déclara Luke en essayant de ne pas rire. Vous n'êtes pas encore allée écouter les ragots des domestiques ?

Kitty hocha la tête en se mordant la lèvre.

— Eh bien, cette maison est tellement vieille, je me suis dit qu'il devait y avoir un fantôme, cela m'intéressait.

Luke fit un bruit étouffé et posa la tête sur le dossier de sa chaise.

— C'est comme cette fois-ci vous m'avez fait passer la nuit dans cette maison abandonnée, dit-il. J'étais bigrement terrifié, mais je l'ai fait parce que vous aviez insisté. Vous avez passé toute la nuit à me raconter des histoires à glacer le sang, et bien que nous n'ayons rien vu ou entendu tout le temps que nous y sommes restés, vous avez fait des cauchemars toute la semaine, et vous avez soutenu que c'était ma faute !

— Eh bien, c'était le cas, répondit-elle, indignée. Si vous n'aviez pas cru à toutes ces histoires, je ne me serais pas fait bêtement peur toute seule. Vous étiez censé rire et dire, *ne soyez pas ridicule, chaton, les fantômes n'existent pas*, mais vous ne l'avez pas fait !

— Eh bien, à présent, je vais le faire, rétorqua-t-il. Ne soyez pas ridicule, chaton, les fantômes n'existent pas.

Il s'interrompit quelques instants, puis demanda :

— Où donc ce fantôme est-il supposé errer ?

— Dans le hall, dit Kitty d'une petite voix en jetant un coup d'œil vers la porte.

— Le, er…

Luke s'éclaircit la gorge.

— … Le hall ?

La jeune femme acquiesça.

— Un grand homme qui boite. La bonne m'a dit qu'on pouvait l'entendre trainer son pied. Elle m'a dit qu'elle n'était pas là depuis longtemps, mais que la plupart des domestiques l'avaient déjà entendu.

Luke fronça les sourcils.

— Des bêtises, dit-il avec vigueur en mettant de côté son frisson de malaise. La demeure de Holbrooke est, elle aussi, supposée être hantée, et je n'ai jamais vu ou entendu quoi que ce soit là-bas.

— Moi non plus, déclara Kitty qui n'avait absolument pas l'air rassurée. Harry m'a parlé du fantôme de Holbrooke ; elle veut partir à la chasse au fantôme pour réfuter son existence. Elle dit que ce n'est pas scientifique, mais de toute façon, il y a toujours du monde à Holbrooke, alors qu'ici…

Ici, ils se sentaient très seuls.

— Luke, dit Kitty d'une voix un peu tremblante. Je vous en prie, puis-je rester avec vous cette nuit ?

Luke déglutit. Son cœur venait de remonter dans sa gorge et il vibrait d'impatience, tous ses sens en éveil. Le poids chaud de Kitty sur ses genoux, son charmant postérieur posé contre son aine n'aidait en rien. Il avait courageusement essayé de ne pas y prêter attention, surtout que Kitty était en détresse, mais à présent…

Il fronça les sourcils.

— Attendez une minute. Ne serait-ce pas une ruse pour —

— Luke ! s'exclama Kitty en lui lançant un regard noir. J'ai accepté de faire selon vos souhaits et d'attendre notre nuit de noces.

Luke ricana, peu convaincu.

— C'était avant que le carrosse ne me tombe sur la tête. Sans cela, votre vertu se serait probablement envolée sur la route d'Aylesbury.

Kitty éclata de rire, visiblement enchantée devant son indignation.

Il soupira, attendit qu'elle se calme avant de réessayer :

— Avez-vous vraiment peur du fantôme, chaton ?

Elle lui lança un regard qu'aucun chaton en détresse ayant vu le jour n'aurait pu surpasser, et il sut qu'il avait perdu.

— Très bien, déclara-t-il en espérant avoir l'air sévère. Vous pouvez dormir dans ma chambre. Je prendrai le fauteuil.

— Oh, mais Luke —

— Le fauteuil, Kitty, sinon vous allez dormir dans votre propre lit.

Kitty fit la moue, et Luke se résigna à passer une nuit blanche.

Luke s'agitait dans le fauteuil. Il s'était débarrassé de son manteau, mais n'osait pas se déshabiller davantage. À présent, il tirait sur sa cravate qui l'étranglait. Son cou lui faisait mal, et peu importe la position qu'il prenait, ce n'était pas confortable. Il avait aperçu Kitty dans sa chemise de nuit d'une blancheur virginale. Savoir qu'elle était pelotonnée dans le grand lit à quelques pas de lui n'arrangeait rien à son malaise. D'autant plus que la misérable créature lui avait clairement dit qu'il était le bienvenu à ses côtés s'il changeait d'avis.

Eh bien, il avait changé d'avis, et ce au moins une douzaine de fois en deux heures, depuis qu'ils étaient partis se coucher. Il grogna, frotta son visage et se demanda s'il ne ferait pas mieux de dormir par terre, lorsqu'un son étrange le fit sursauter.

— Qu'est-ce que c'était ? couina Kitty en se redressant aussitôt dans le lit.

Luke tenta de calmer son cœur, car elle avait failli le faire mourir de peur.

— Je croyais que vous étiez endormie, murmura-t-il d'un ton fâché.

— Ne soyez pas ridicule, c'est impossible avec vous qui gigotez là-bas. Je n'arrêtais pas de penser que vous vous leviez pour me rejoindre. J'en meurs d'impatience depuis le début de la nuit.

— Franchement, chaton, commença-t-il.

Il se figea lorsque le bruit se fit à nouveau entendre.

— Luke ?

Luke déglutit et se leva. Il tâtonna pour trouver la boîte à amadou. Il lui fallut s'y reprendre à plusieurs fois pour allumer cette satanée chose, mais enfin, la mèche de la chandelle s'enflamma et il la leva en se tournant vers le lit.

— Restez ici, dit-il d'une voix ferme bien qu'il eût la chair de poule.

Maudites soient Kitty et ses fichues histoires de fantômes.

— Jamais de la vie ! cria Kitty en rejetant les couvertures et en se dépêchant de le rejoindre.

Elle agrippa le dos de son veston. Luke savait qu'il était inutile de protester, et se contenta d'avancer vers la porte, son ombre ravissante le suivant sans bruit.

Luke ouvrit la porte. Il grimaça lorsqu'elle grinça légèrement en brisant le lourd silence.

Le bruit se fit de nouveau entendre, un gémissement grave qui fit gémir Kitty qui enfouit sa tête dans son dos.

— Bon sang, qu'est-ce que cela peut bien être ? Cela ne peut pas être un fantôme, je refuse de croire, déclara-t-il, aussi bien pour se convaincre lui-même que pour rassurer Kitty.

— Et si c'était l'homme qui boitait ? chuchota-t-elle en enroulant ses bras autour de sa taille.

La chaleur de sa poitrine pressée contre son dos était probablement la seule chose qui aurait pu le distraire dans ces circonstances.

— Il n'y a *pas* de fantôme qui boite, déclara Luke d'un ton ferme. Suivez-moi.

Il longea le couloir en regardant de haut en bas sans apercevoir quoi que ce soit qui ressemblait à un cadavre sans tête ni à la créature qui était supposée errer dans la maison la nuit. Rassuré, il se dirigea vers les escaliers ; Kitty, telle une patelle, était toujours accrochée à son gilet.

Il avait posé un pied sur les marches lorsqu'ils l'entendirent à nouveau. Les premières fois, cela avait été un long gémissement qui avait résonné dans les murs, comme l'âme d'un être mort depuis longtemps. Cette fois… Luke fronça les sourcils. Cela n'avait pas sonné de manière aussi fantomatique et lugubre qu'avant.

Un tantinet plus confiant, il poursuivit.

— Cela vient d'en bas, c'est certain, dit-il en tenant la bougie haut, et en regardant par-dessus la rampe en descendant.

Kitty se précipita à sa suite en couinant doucement tandis que Luke suivait la direction qui menait au bruit. Il partit dans l'aile ouest de la maison, qui était encore en pleine rénovation. Il s'arrêta lorsque quelque chose remua, quelque chose… *gratta*.

— Ce-Cela vient de là, bégaya Kitty en désignant la porte devant eux.

Luke hocha la tête et s'en approcha. Il hésita, prit une profonde inspiration et l'ouvrit d'un seul coup. Il bondit hors du chemin lorsqu'un cri de colère et un feulement retentirent, et que quelque chose de petit et poilu passa à toute vitesse devant eux.

— Jésus, Marie, Joseph ! cria Kitty en trébuchant en arrière.

Elle tomba sur les fesses dans un tourbillon de coton blanc.

— Q-Qu'est-ce… q-qu'est-ce que c'était ?

— Un chat, dit Luke en faisant de son mieux pour avoir l'air suffisant, et non terrifié comme s'il venait de voir sa vie passer devant ses yeux. Vous voyez, je vous l'avais dit. Pas de fantôme. À moins qu'il s'agisse du fantôme d'un chat, je suppose que c'est possible.

Il regarda Kitty, assise sur le sol dans ses vêtements froissés. Il vit sa lèvre trembler et elle éclata en sanglots.

— Chaton ! s'exclama-t-il.

Il avait l'impression d'être une brute de la pire espèce de s'être moqué d'elle. Il l'aida à se relever et la prit dans ses bras en la rassurant doucement.

— Pardonnez-moi, mon amour. Je suis désolé. Vous voyez, tout va bien, il n'y a pas besoin de pleurer.

Kitty renifla en s'accrochant à lui.

— Je suis d-désolée, marmonna-t-elle. Ce stupide ch-chat a failli me faire mourir de peur.

Luke sourit et soupira en embrassant ses boucles noires sauvages.

— Pour être honnête, il m'a glacé le sang aussi, dit-il en se reculant légèrement pour lui adresser un sourire penaud.

— C'est v-vrai ?

Luke acquiesça en lui caressant la joue et en essuyant les dernières larmes qui s'y trouvaient avec son pouce.

— J'étais à deux doigts de crier comme une fille. C'est ce que j'aurais fait si vous n'aviez pas été là, en m'obligeant à me conduire comme un homme.

La bouche de Kitty frémit tandis qu'elle le dévisageait.

— C'est une bonne chose que j'ai été là alors, dit-elle en le regardant avec ses grands yeux noirs.

— Une très bonne chose, murmura-t-il.

Avant d'avoir eu le temps de se souvenir qu'il ferait mieux de ne pas prendre le risque de la toucher ce soir-là, il l'embrassa. Elle soupira, toute la tension quitta son corps tandis qu'elle se lovait contre lui, chaude, enthousiaste et douce, tout ce qu'il avait toujours désiré. La chemise de nuit était fine et transparente, et la chaleur de sa peau rayonnait à travers en enflammant Luke aussi sûrement que s'il avait enlacé une flamme brute.

Dix années d'attente, à regretter son absence et la désirer, le choc de l'amour et de la passion, et la joie de la revoir parcoururent ses veines comme une traînée de poudre.

Le résultat fut incendiaire.

Luke la plaqua contre le mur en l'embrassant de plus en plus passionnément tandis qu'elle s'agrippait à ses cheveux en se serrant contre lui, si consentante qu'il crut qu'il allait mourir de désir.

— Chaton, murmura-t-il contre son cou.

Ses mains entourèrent ses seins, trouvèrent les mamelons durcis. Il les pinça légèrement, elle haleta en basculant la tête en arrière.

— Oui, dit-elle. Oh, oui.

Luke attrapa le tissu qui la recouvrait d'une main et le souleva jusqu'à ce que sa main puisse se glisser en dessous.

— Dites-moi d'arrêter, dit-il d'une voix dure en se souvenant de ce qu'il avait voulu pour elle, pour tous les deux. Dites-moi d'attendre.

— N'arrêtez pas, n'attendez pas…

Il grogna et l'embrassa à nouveau tout en faisant glisser la paume de sa main de haut en bas, contre sa peau chaude et douce comme la soie, contre la chair tendre de l'intérieur de ses cuisses, jusqu'à atteindre le triangle de boucles duveteuses qu'il caressa avec le dos d'un doigt.

— Luke, murmura-t-elle en prononçant son nom avec une telle stupeur. Oh… oh, *Luke*.

Il la caressa avec une douceur exquise, l'effleurant délicatement. La respiration de la jeune femme était de plus en plus erratique. Le cœur de Luke voulait exploser d'impatience, son corps brûlait douloureusement du désir d'être en elle… mais il lui avait fait une promesse, il leur avait fait une promesse à tous les deux.

— Je vous en prie, le supplia-t-elle en levant les yeux vers lui.

— Je vous aime, murmura-t-il.

Il trouva la perle cachée de son intimité qu'il caressa avec de lents mouvements circulaires ; Kitty s'agrippait à lui et il l'embrassa plus durement, plus profondément, l'excitation de la jeune femme le menant au bord du supportable alors qu'il résistait à l'envie de la prendre.

Elle s'immobilisa quelques secondes, bouche bée, le souffle coupé en lui lançant un regard émerveillé, puis ses paupières se fermèrent et elle cria. Il étouffa le bruit de son plaisir avec sa bouche, serré contre la jeune femme qui tremblait, secouée de spasmes, avant de finalement s'apaiser dans ses bras, molle et rassasiée.

Luke la tint contre lui et lui caressa le dos avec de longs mouvements apaisants, jusqu'à ce que sa respiration se calme.

— Venez, mon amour, dit-il d'une voix rauque. Retournons nous coucher.

Elle marmonna quelque chose d'incompréhensible et trébucha sur l'ourlet de sa chemise de nuit. Il gloussa, il était content bien que douloureusement frustré. Il la souleva dans ses bras. Elle s'était endormie avant même qu'il n'ait atteint sa chambre. Luke la borda, déposa un baiser sur son front, et retourna d'un pas résolu dans sa propre chambre.

Chapitre 16

Très chers maman et papa,

Vous n'allez pas croire ce que je viens de faire…

— Extrait d'une lettre de Mrs Kitty Baxter à ses parents.

25 août 1814, Stratford-upon-Avon.

Kitty regarda son mari, à l'autre extrémité de l'autel. Son *mari* !

Elle avait envie de danser sur place, de hurler de joie, de rire et de rire… mais le vicaire les regardait déjà d'un air suffisamment désapprobateur, et elle ne voulait pas mettre Luke mal à l'aise. Mais lui aussi arborait un large sourire, si heureux qu'elle décida qu'elle se moquait bien de ce que le vicaire penserait, et se jeta à son cou.

Luke rit et l'attrapa en la faisant tourner dans les airs.

— Si vous voulez bien vous donner la peine de signer le registre d'abord, Mr Baxter ? murmura le vicaire d'un air un peu irrité.

Kitty fit semblant d'être embarrassée, mais tira la langue au vieux schnock dès qu'il eut le dos tourné. Luke gloussa et signa, avant de tendre le livre à Kitty pour qu'elle fasse de même.

Une fois que tous les papiers furent remplis et que Luke eut payé et remercié les témoins qu'ils avaient convaincus d'assister à leur mariage, ils furent libres, et se dépêchèrent de sortir de l'église. Dans l'agitation de la ville, ils se regardèrent avec un air émerveillé.

— Eh bien, dit-elle en étant parfaitement incapable d'effacer le sourire idiot qui s'étalait sur son visage. Vous l'avez fait, à présent. Vous ne pourrez plus jamais vous débarrasser de moi.

Luke prit une respiration longue et lente en la regardant d'une telle manière qu'elle en ressentit le plaisir jusqu'au bout des orteils.

— Je remercie le ciel de cela.

Kitty rit et se mordit la lèvre, consciente de la teneur de son regard. Elle se souvenait de la façon dont il l'avait touchée la nuit précédente. Elle rougit, mais ne détourna pas les yeux.

Luke prit sa main et la porta à ses lèvres.

— Venez, Mrs Baxter, je crois qu'il est temps de mettre fin aux souffrances de votre pauvre mari.

Une lueur espiègle brillait dans le bleu de ses yeux, et Kitty cessa de respirer. Non pas qu'elle se sentît le moins du monde anxieuse. C'était Luke — son bien-aimé Luke, le garçon qu'elle avait aimé presque toute sa vie — et il n'y avait rien à craindre lorsqu'elle était avec lui, et certainement pas lui, ni ce qui allait arriver.

Il serra la main de la jeune femme et l'entraîna en courant. Elle rit en tenant son chapeau qui avait failli s'envoler de sa tête alors qu'ils se précipitaient parmi la foule. Les gens poussaient des exclamations, claquaient la langue d'un air désapprobateur et les dévisageaient. Ils se précipitèrent dans l'auberge sans se soucier ni l'un ni l'autre des regards et des exclamations ; trop impatients de se retrouver seuls, trop pressés de sceller cette promesse dont ils avaient tant rêvé.

Ils arrivèrent au White Swan essoufflés et rouges. Malgré elle, Kitty s'empourpra lorsque les employés les regardèrent avec curiosité. Ils avaient réservé la chambre au nom de Mr et Mrs Baxter, et désormais ils *étaient* Mr et Mrs Baxter, donc il paraissait insensé qu'elle se sente à présent timide alors qu'elle n'avait ressenti aucune gêne auparavant, mais cela semblait sans importance.

Luke remarqua son malaise et gloussa. Il se dépêcha de l'emmener en haut de l'escalier et s'arrêta devant la porte de leur chambre. Il regarda autour de lui pour être sûr que personne ne les regardait, puis la souleva dans ses bras pour passer le seuil de la porte.

Kitty poussa un petit cri et rit, tandis que Luke fermait la porte d'un coup de pied. Elle jeta son chapeau sur le sol, les yeux rivés sur lui, le souffle coupé dans l'anticipation de ce qui allait arriver. Il la posa par terre, et ils restèrent là, à se contempler, ivres de bonheur, un sourire idiot sur le visage.

Il vit les yeux de Kitty s'écarquiller en voyant le lit.

— Nom d'un chien ! s'exclama-t-elle en levant la tête encore et encore plus haut, pour contempler le gigantesque et ancien lit, sur lequel était posée une montagne de matelas.

— C'est la meilleure chambre, dit-il en riant un peu. Je me suis assuré que nous ayons le lit le plus confortable de Stratford.

Kitty rougit, et il sourit en s'approchant d'elle. Il glissa les bras autour de sa taille en murmurant, d'une voix à peine audible :

— Enfin.

Il laissa échapper un long soupir en la regardant.

— Enfin, dit-elle en lui caressant la joue.

Ses yeux bleus se posèrent sur le sol, sérieux à présent.

— Je ne vous ai jamais remerciée, dit-il. Je ne vous ai jamais dit combien… combien je vous étais reconnaissant, combien vous vous étiez montrée courageuse. Vous m'avez attendu, Kitty.

Vous n'aviez aucune raison de le faire, aucune raison de croire en moi, mais vous l'avez fait et…

Sa voix trembla, puis il rit en baissant la tête.

— Je vous aime tellement. Je vous ai aimé tout ce temps-là. Je n'ai jamais cessé de vous aimer, chaton. Pas un seul instant.

Le souffle coupé, Kitty fit courir son doigt le long de sa mâchoire, en souriant à ce visage si familier et si différent de celui du garçon qu'elle avait aimé.

— J'avais une bonne raison. Je vous connaissais. Je connaissais votre cœur et votre âme, et je savais que si vous ne pouviez pas venir à moi, si vous ne pouviez pas me dire où vous étiez et ce qui était arrivé, alors, quelqu'un devait vous en empêcher. Je savais qu'un jour le destin nous rassemblerait à nouveau. Il *fallait* que j'y croie, Luke. Sinon, je serais morte de chagrin.

— Plus rien ni personne ne pourra nous séparer à présent, dit-il.

Elle sentit la chaleur de son souffle sur sa peau lorsqu'il se pencha pour l'embrasser et, oh, quel baiser.

Il était doux au début, comme les baisers qu'ils avaient souvent échangés après leur mariage dans le verger, mais petit à petit il s'accentua et devint plus profond, il la serra plus fort, l'incita de ses lèvres à ouvrir la bouche. Kitty s'ouvrit à lui, au contact de ses lèvres, à ce baiser qui semblait à la fois n'être qu'un et mille baisers enchevêtrés ensemble, envahissant son être, la rendant ivre de désir.

Il finit par reculer et la regarda. Dans ses yeux brillait une lueur possessive qui la fit frémir d'impatience.

— Trop de vêtements, annonça-t-il avec un petit sourire malicieux.

Elle essaya de prendre un ton sévère, comme si elle n'était pas en train de trembler de l'intérieur.

— Eh bien, vous feriez mieux de les enlever, dans ce cas. Je n'ai pas de bonne pour m'aider.

Luke leva les yeux au ciel.

— Oh, eh bien, si je *dois* le faire. Je ne sais pas, cela ne fait même pas cinq minutes que nous sommes mariés, et elle me donne déjà des ordres.

Kitty souffla et s'obligea à prendre un air sévère, bien que ses lèvres frémissent de façon incontrôlable. Elle essaya de ne pas remuer alors qu'il commençait à enlever, délacer et retirer les couches de tissu. Il l'aida à se défaire de sa robe et de ses jupons, et passa ce qui lui sembla être une éternité à retirer les épingles de sa coiffure, jusqu'à ce que ses cheveux tombent librement sur ses épaules.

— J'ai voulu retirer ces épingles à la minute où vous avez refait surface dans ma vie, dit-il.

Ses mots caressèrent la nuque de la jeune femme, comme les boucles noires soyeuses lorsqu'elles furent libérées.

— Je voulais voir vos cheveux détachés, comme lorsque nous étions ensemble en Irlande. Je crois que nous étions à peine apprivoisés, vous et moi, mais vous… mon Dieu, Kitty, avec vos pieds nus, vos cheveux emmêlés, vos jupons relevés et maculés de boue. Je vous aimais si… je vous aime si…

Il déposa un baiser dans le bas de sa nuque et Kitty frissonna de plaisir alors qu'il l'entourait de ses bras. Elle ferma les yeux, posa ses mains sur les siennes et sourit en se rappelant — tout comme lui — l'idylle qui avait jailli de leurs vies chaotiques. Elle soupira lorsqu'il la relâcha et reporta son attention sur ses vêtements.

Lorsqu'il ne lui resta que sa chemise longue et ses bas, Kitty découvrit qu'elle était juste un tout petit peu nerveuse. Il se tenait encore derrière elle, et elle contemplait le tapis épais sous ses pieds. Elle le sentit se déplacer plus qu'elle ne le vit, et décida qu'elle ne pouvait plus supporter d'examiner ce tapis une minute de plus. Elle leva la tête.

Il la regardait avec un sourire dans les yeux qui fit s'envoler le moindre de ses doutes.

— La première fois que je vous ai vue, j'ai cru que vous étiez peut-être une princesse Sidhe, dit-il en tendant la main pour enrouler une boucle épaisse et sombre autour de son doigt. Une créature de ce peuple rusé dont les bonnes m'avaient parlé ; j'ai cru que vous m'inciteriez à vous suivre jusqu'à votre château enchanté pour m'y garder pour l'éternité.

Elle lui sourit, enchantée par cet aveu.

— Vraiment ? Pourquoi ne vous êtes-vous pas enfui alors ?

— Cela m'était égal, je voulais rester à vos côtés pour l'éternité. Je le veux encore.

Kitty rit. Il se mit à genoux devant elle, ses larges mains s'enroulèrent autour de sa cheville. Il lui leva le pied, caressa la courbe de sa plante avant de le poser sur sa cuisse. Ses mains montèrent, montèrent au-dessus de son mollet, de son genou, jusqu'à ce qu'il atteigne la jarretière. Il la dénoua, mais cela lui prit un certain temps et elle se rendit compte que ses mains tremblaient. *Elle* tremblait sous ses caresses, non pas de peur ou d'anxiété, mais du plaisir de sentir ses mains sur elle.

D'un geste lent, si lent, il descendit le bas le long de sa jambe jusqu'à ce qu'il arrive sous son genou. Alors il remonta la chemise de la jeune femme.

— Un si joli genou, dit-il en déposant un baiser sur celui-ci.

La respiration de Kitty s'arrêta. Il continua d'enlever lentement le bas, déposa un baiser sur son mollet nu, puis sur sa cheville et enfin sur son pied en se penchant si bas qu'on aurait dit qu'il la vénérait, jusqu'à ce que le vêtement soit complètement retiré ; puis il recommença avec le second.

Lorsque les deux bas furent enfin jetés sur le côté, il glissa ses mains sous sa chemise une fois de plus, en remontant le tissu léger à mesure que ses paumes chaudes caressaient ses jambes. Il se pencha et embrassa l'intérieur de ses cuisses. Le contact de sa bouche était si intime et si délicieux que Kitty frissonna et soupira. Elle ferma les yeux en s'abandonnant à son toucher.

— Avez-vous aimé la façon dont je vous ai caressée la nuit dernière ? demanda-t-il.

Elle sentit le souffle de ces mots contre sa peau, tandis qu'il continuait à déposer de légers baisers humides de plus en plus haut.

— … Avez-vous aimé ce que cela vous a fait ?

— Oui, répondit-elle en vacillant presque de plaisir. Vous savez que j'ai aimé.

— Avez-vous aimé sentir mes mains à cet endroit ?

Sa respiration eut un raté lorsque ses doigts effleurèrent les boucles entre ses cuisses et une sensation de chaleur emplit son bas-ventre.

— Oui, répéta-t-elle.

Sa voix était devenue rauque et sa respiration était si rapide qu'elle en avait le tournis.

— Bien, dit-il d'un ton incroyablement suffisant. Alors vous aimerez cela encore plus…

Kitty haleta, ses yeux s'ouvrirent aussitôt lorsqu'elle comprit qu'il avait l'intention de l'embrasser là… mais soudain sa bouche était sur elle et sa langue chaude jouait avec sa féminité. Elle poussa une exclamation qui s'estompa en un gémissement. Elle tendit le bras pour attraper un des piliers du lit pour empêcher ses genoux de flancher.

Luke recula en riant légèrement avant de se redresser et de la prendre dans ses bras.

— Peut-être feriez-vous mieux de vous allonger pour ceci, dit-il d'un ton amusé en tirant sur le nœud qui maintenait la chemise de Kitty.

Il fit descendre le vêtement qui tomba en petit tas autour de ses chevilles.

Il resta alors immobile, se contentant d'effleurer la peau de la jeune femme qui frissonna en sentant son doigt descendre de son cou jusqu'à sa poitrine.

— Je ne peux pas croire que vous soyez mienne, Kitty. Après vous avoir désirée si longtemps…

Il enveloppa son sein d'une main, baissa la tête et chercha le mamelon de sa bouche.

Kitty cria en s'agrippant à lui, en le tenant contre lui tandis qu'il l'aspirait et l'embrassait, elle avait le corps qui bouillonnait de l'intérieur. Il tourmenta ses deux seins avec la même dévotion jusqu'à ce qu'elle se sente chaude et liquide, possédée par le désir.

— Venez dans le lit, dit-il d'une voix rauque et tremblante.

Le brasier qu'elle voyait dans ses yeux la faisait fondre de l'intérieur. Elle se tourna, impatiente de lui obéir, mais resta immobile, à contempler le lit et sa montagne de matelas.

— Comment ? demanda-t-elle en se tournant vers lui, soudainement inquiète.

Les lèvres de Luke tressaillirent et il prit sa main.

— Il y a des marches.

Elle le suivit jusqu'à ces dernières et grimpa la première, consciente du poids de son regard. Elle rebondit sur le matelas en s'y allongeant. Elle se déplaça jusqu'au bord du matelas, regarda par-dessus et sourit lorsqu'il se pencha pour l'embrasser.

— Ne bougez pas, l'avertit-il en commençant à se déshabiller.

— Je n'oserais pas, murmura-t-elle.

Elle était trop curieuse de voir ce qui se cachait sous les couches de vêtements qu'il enlevait à toute vitesse. Elle avait pu voir qu'il était devenu un homme athlétique et bien fait en jugeant sa silhouette à travers les vêtements. Il était évident qu'il était également un cavalier émérite, et elle admirait son habileté en selle et la façon dont ses culottes soulignaient ses cuisses musclées alors qu'il contrôlait son cheval avec facilité et élégance.

Mais les attributs de gentleman finirent par tomber, le corps qui se trouvait dessous lui apparut et elle sentit sa respiration devenir erratique tant elle était impatiente de poser les mains sur lui.

— Dépêchez-vous, le pressa-t-elle alors qu'il enlevait fébrilement les boutons de ses culottes. Oh, dépêchez-vous !

Il leva la tête et éclata de rire avant de pousser pantalons et sous-vêtements d'un seul mouvement et de s'en dépêtrer en bougeant les pieds.

— Oui, Kitty, tout de suite, dit-il d'une voix grave.

Mais on pouvait lire l'amusement dans ses yeux.

Il grimpa sur le lit et la fit s'allonger en l'embrassant durement sans lui laisser l'occasion de le toucher. Il écarta ses jambes et descendit le long de son corps puis s'employa à continuer la tâche machiavélique qu'il avait commencée avec sa bouche un peu plus tôt.

Kitty était transcendée, noyée dans le plaisir et juste un peu choquée que la bouche de Luke devienne à ce point familière avec une partie si intime d'elle-même, mais il murmurait des mots affectueux, chuchotait des encouragements, si clairement enchanté qu'elle en oublia d'être gênée. Elle voulait une aventure avec lui, toute une vie d'aventures.

Pour une fois, c'est lui qui avait choisi le chemin, et c'était l'escapade la plus délicieuse qu'ils avaient jamais faite ensemble. Sa bouche était chaude et diabolique et au-delà de tout ce dont elle avait pu rêver. Le plaisir qu'il lui avait fait connaître la nuit précédente commença à monter une fois de plus, à l'entraîner vers cet exquis tourbillon. Elle s'y précipita, presque en riant alors qu'il l'emmenait dans un monde scintillant et qu'une joie si absolue l'envahissait qu'elle aurait voulu que ce sentiment ne s'estompe jamais. Elle soupira alors que la sensation refluait et s'estompait, la laissant satisfaite et détendue dans un nuage délicieux.

Luke s'assit, content de lui en regardant la silhouette lascive de sa femme, étalée au sommet d'une douzaine de matelas dans la meilleure chambre de l'auberge The Swan. Elle avait l'air hébétée, ses yeux sombres le regardaient sans le voir. Elle cligna des yeux en retrouvant son chemin à travers la brume du plaisir.

— Oh la la, dit-elle avec un soupir heureux. Oh la la.

— Comment trouvez-vous la vie de femme mariée, Mrs Baxter ? demanda-t-il en ayant conscience du sourire arrogant qu'il affichait en la regardant.

— Merveilleuse, ronronna-t-elle en s'étirant dans un mouvement lent et sensuel qui fit battre son sang dans les oreilles de Luke.

Il décida qu'il avait atteint les limites de son endurance et se plaça au-dessus d'elle. Il s'installa entre ses jambes et sourit en la voyant haleter lorsqu'elle sentit sa virilité glisser contre elle de façon si intime.

— Oh, dit-elle en se cabrant alors qu'il glissait d'avant en arrière. *Oh* !

— Kitty, dit-il envahit par une soudaine émotion qui lui serra le cœur. Oh, Kitty, je remercie le ciel, je remercie le ciel que vous soyez là… je me sentais mourir sans vous.

Elle s'enroula autour de lui, le serrant contre elle avec ses bras, et faisant passer ses jambes au-dessus de celle de Luke tandis qu'il la pénétrait.

Kitty gémit face à cette soudaine invasion et il hésita, mais elle leva les hanches en le serrant plus fort contre elle et il ne put s'empêcher de s'enfoncer plus loin. Il poussa un grognement alors qu'elle reprenait sa respiration avant de rire, parce qu'il s'agissait de Kitty, et bien sûr qu'elle rirait dans un moment pareil.

Il la contempla, vit la joie dans ses yeux, et il fut perdu et retrouvé à la fois. Elle était l'aventure sauvage et le confort du chez-soi mélangé, et il n'avait pas la moindre idée de la façon dont il avait pu supporter toutes ces années séparé d'elle.

— Je vous aime, dit-il, incapable de faire autre chose que de l'aimer alors que son corps se mouvait en elle. Je vous ai toujours aimée, et je vous aimerai toujours.

— Oui, dit-elle en attirant sa tête pour l'embrasser. Oui, et oui, et mille fois oui, mon Luke, mon époux.

Elle rit à nouveau et il s'imprégna de ce son en l'embrassant, goûtant ce bonheur qu'il avait tant désiré et enfin trouvé, avec elle.

Chapitre 17

29 août 1814, Goose Green.

— Je n'arrive pas à croire que vous ne me l'ayez pas dit ! s'exclama Kitty pour la troisième fois alors que le fiacre parcourait la dernière partie du trajet de retour vers Holbrooke.

Ils avaient passé deux nuits merveilleuses au White Swan, avant de retourner dans la maison de Jasper à Aylesbury pour une nuit. La gouvernante les avait accueillis aussi chaleureusement qu'à l'accoutumée et leur avait montré leur chambre — commune, pas les chambres séparées qu'on leur avait données à l'aller. En dehors de cela, elle ne montra aucun signe révélant qu'elle savait qu'ils s'étaient enfuis pour se marier ni qu'elle en avait quelque chose à faire. Luke comptait bien féliciter Saint-Clair sur la qualité et la discrétion de son personnel.

À présent, en revanche, alors qu'ils étaient à deux doigts de faire face à tout ce qu'ils avaient fui, Luke s'était montré incapable de garder pour lui plus longtemps les événements de la nuit qui avait précédé leur départ.

— Oh ! Je pourrais tordre son joli cou, s'emporta Kitty, les joues rouges de colère. Comment ose-t-elle ? Comment *ose-t-*elle ?

Luke mit un bras autour d'elle.

— Allons, chaton. Tout est bien qui finit bien. Vos amies miss Stanhope et miss Hunt ont sauvé la situation. Nous leur devons une fière chandelle.

— Oh.

Elle le regarda, visiblement partagée entre l'envie de lancer des choses et celle et de rire, un sentiment loin d'être inhabituel chez Kitty.

— Remercions le ciel qu'elles aient été là. Je ne pourrais jamais assez les remercier. L'intelligente, si intelligente Harriet, et Matilda… toujours à veiller sur moi. Oh, je leur dois tant. Je ne pourrai jamais les remercier assez de vous avoir sauvé de cette femme odieuse, vile et *perfide*. Jamais.

— Ne soyez pas trop dure envers lady Frances, chaton. Contrairement à vous, je comprends la pression qu'elle subit, le poids des attentes de son père pour qu'elle fasse un bon mariage. Et avec Mr Derby lui murmurant des machinations de la sorte au creux de l'oreille… eh bien, cela ne l'excuse pas, mais peut-être pouvons-nous le lui pardonner ?

— Jamais, murmura Kitty en croisant les bras, une lueur belliqueuse dans le regard. Pas même si je vis jusqu'à cent ans.

Luke sourit et embrassa ses boucles brunes.

— Comme il vous plaira, mon amour.

Elle soupira. Il saisit son menton et tourna son visage vers le sien, avant de l'embrasser violemment et passionnément. Elle résista une fraction de seconde, avant de fondre et de se laisser emporter, puis posa la tête sur son épaule en soupirant.

— Je dois également remercier Sybil. Elle a fait preuve d'une grande bravoure en vous incitant à partir comme elle l'a fait, alors que son père la terrifie. Nous la ferons venir rester avec nous à Armoy lorsque la maison sera rénovée, même s'il faut la kidnapper pour réussir à l'éloigner de cet homme détestable.

— Oui, il le faut. Elle et ses sœurs, mais puis-je vous garder juste pour moi quelque temps avant cela ?

Kitty lui jeta un coup d'œil.

— T-t-t, fit-elle d'un air désapprobateur. Comme si vous aviez besoin de le demander.

Mais elle souriait, et se blottit contre lui.

Ils atteignirent Holbrooke en fin d'après-midi, et trouvèrent un comité de bienvenue qui les attendait. Dès l'instant où ils descendirent du carrosse, des exclamations de joie et des félicitations retentirent, et ils furent arrosés de riz.

Kitty poussa une exclamation de surprise et se précipita vers Harriet. Elle la serra si fort qu'elle faillit les faire basculer toutes les deux ; Harriet trébucha sur le bas de sa robe, Saint-Clair la rattrapa et l'aida à retrouver son équilibre. Harriet rougit et parut bouleversée.

— Oh, Harriet, déclara Kitty en luttant pour empêcher les larmes de couler. Luke vient de me dire ce que vous avez fait pour lui, pour nous. Oh, et vous aussi, Matilda.

— Et moi ! s'exclama Bonnie d'un air un peu indigné. C'est moi qui les ai vu comploter.

— Oh, et vous aussi, Bonnie ! dit Kitty en les étreignant l'une après l'autre et en les embrassant.

— J'en déduis que tout s'est passé comme prévu ? demanda Jasper.

Il s'avança pour serrer la main de Luke, pendant que les femmes riaient et cherchaient des mouchoirs pour une Kitty de plus en plus émue. Luke éclata de rire.

— En compagnie de Kitty ? dit-il en secouant la tête. Impossible, mais nous avons fini par y arriver.

— Félicitations, dit Jasper avec une expression si chaleureuse que Luke sentit sa gorge se serrer. Je ne pourrais pas me sentir plus heureux pour vous.

Luke attrapa le bras de Jasper.

— Je vous suis grandement redevable, et je m'acquitterai de cette dette si je le peux, déclara-t-il avec sincérité. Je n'oublierai certainement pas ce que vous avez fait. Vous pouvez compter sur moi, sur mon amitié, si jamais vous en avez besoin un jour.

— Ah, et bien, dit Jasper en haussant les épaules. L'espoir fait vivre. Mais, pour en revenir à d'autres sujets, j'ai un marché à vous proposer concernant les événements qui ont suivi votre départ. Avant tout, venez à l'intérieur. Mère a préparé une petite fête, et elle a hâte de vous la montrer.

La petite fête se composait d'un somptueux gâteau de mariage recouvert d'un épais glaçage blanc, et d'une quantité importante de champagne. Il y avait des fleurs partout, et Luke ressentit un élan de gratitude envers lady Saint-Clair, qui offrait à Kitty ce qu'elle avait raté en s'enfuyant de la sorte pour se marier avec lui.

— Lady Frances est partie peu après notre départ ce matin-là, déclara Jasper lorsqu'il obtint de nouveau l'attention de Luke. Elle n'a rien dit à personne, et s'est contentée de partir la tête haute. Elle a du culot, il faut lui accorder cela.

Luke haussa les épaules. Il avait pitié de la femme, en dépit de tout ce qui s'était passé.

— C'est la fille d'un duc.

Il fronça les sourcils. Il ne voulait pas gâcher la journée en parlant de choses déplaisantes, mais il ne pouvait pas les ignorer.

— Et Mr Derby ?

— Ah, dit Jasper avec une expression grave. Miss Derby a fait transporter son père il y a de cela deux jours. Elle a loué une maison proche de celle du docteur pour l'instant. En fait, elle devrait être ici…

Temple, son majordome, attira son attention et il se retourna. Luke vit arriver Sybil qui marchait derrière le domestique.

— Miss Sybil Derby, monsieur, annonça Temple, avant de reporter son attention sur la distribution généreuse du champagne.

Sybil tendit les mains en direction de Luke et se précipita vers lui.

— Oh, félicitations, Mr Baxter.

Luke n'avait jamais vu un tel sourire s'afficher sur son visage. La jeune femme continua :

— Je suis tellement, tellement heureuse pour vous. Puis-je féliciter la mariée ?

— Vous feriez mieux, déclara Luke en riant. Mais prenez garde, à ses yeux, vous êtes quasiment une sainte, et elle a déjà bu beaucoup de champagne.

Sybil s'esclaffa et Luke sentit son cœur se serrer. Il aiderait cette femme comme il le lui avait promis, ainsi que toutes les femmes de la lignée Trevick, qui avaient été opprimées et enfermées depuis bien trop longtemps.

Comme il l'avait prédit, Kitty étreignit sa cousine comme s'il s'agissait d'une sœur perdue de vue soudainement retrouvée. Sybil, qui n'avait pas l'habitude de recevoir de telles démonstrations d'affection, rougit et bégaya. Très vite, elle se détendit devant le désir évident de Kitty de se lier d'amitié avec elle. Elle était envoûtée par la jeune femme d'origine irlandaise, comme tout le monde, charmée par son mélange d'exubérance bouillonnante et sa détermination tranquille à vouloir que tout le monde soit aussi heureux qu'elle.

— Comment va votre père ? demanda Luke une fois que les deux femmes furent installées.

Elles se jetaient des regards heureux, et il pressentait qu'elles deviendraient très vite d'excellentes amies.

Le visage de Sybil s'assombrit, et il vit la culpabilité obscurcir son regard.

— Promettez-moi que vous ne serez pas en colère contre moi, Mr Baxter.

Luke haussa les sourcils.

— En colère contre vous ? répéta-t-il, perplexe. La seule chose qui risquerait de me mettre en colère, ce serait de vous voir continuer à m'appeler *Mr Baxter*, c'est insensé. Vous êtes ma cousine, et mon amie chère. Je m'appelle Luke, et j'aimerais que vous utilisiez mon prénom.

Sybil laissa échapper un soupir et sourit, mais son expression était plutôt triste.

— Luke, dit-elle doucement. Je… j'ai peur de vous avoir raconté un mensonge. L'attaque dont a souffert mon père la nuit précédant votre départ… a été suivie par une seconde attaque, bien, bien plus sérieuse. Il… il est toujours en vie, mais n'est plus que l'ombre de lui-même. Il ne peut pas parler, il ne peut pas se nourrir, il… il n'y a aucun espoir.

Luke la dévisageait.

— Mais, pourquoi… ?

— Parce que je ne voulais pas qu'il gâche encore votre vie, dit-elle en relevant le menton et en le regardant avec une telle détermination qu'il fut profondément choqué. Ni la mienne, ajouta-t-elle. Je prendrai soin de lui, puisque je suis sa fille et que c'est mon devoir de chrétienne. Mais je ne le pleurerai pas. J'ai passé trop de temps à pleurer sur le père que j'aurais aimé avoir. Je ne gaspillai pas une seconde de plus pour lui. Oh, je porterai le noir, dit-elle, son visage s'assombrissant. Je ne suis pas assez courageuse pour aller à l'encontre des conventions, mais je ne simulerai pas une affection que je ne ressens pas, et je vous interdis de vous sentir coupable une seule seconde, Luke.

— Mais… commença Luke qui sentit malgré tout une chape de culpabilité s'abattre sur lui.

Seigneur, il avait frappé l'homme à peine quelques jours plus tôt. Ils s'étaient disputés, et…

— Mais rien du tout.

La voix de Sybil était puissante, la poigne avec laquelle elle lui serrait le bras l'était davantage, et elle le secoua légèrement.

— Il a volé votre vie, la mienne, et celle de mes sœurs. Il nous a brutalisés, s'est servi de nous, a rendu ma pauvre mère misérable. Vous lui avez tenu tête, Luke, et je suis fière de vous pour cela.

— Elle a raison, Luke, déclara Kitty en saisissant sa main.

Il plongea le regard dans ses yeux noirs et sentit le monde se stabiliser autour de lui, le sol redevint solide sous ses pieds. Son épouse poursuivit :

— C'était un homme malheureux qui ne vivait que pour l'ambition. Il a manipulé tout le monde autour de lui pour parvenir à ses fins, vous plus que quiconque. Vous ne lui devez rien.

Luke n'était pas entièrement certain que cela soit vrai. Oui, il avait détesté cet homme, détesté ce qu'il avait fait de sa vie, mais grâce à lui, il était désormais en mesure d'assumer le rôle de comte de Trevick. Peut-être pas exactement comme Mr Derby l'aurait espéré, mais Luke avait quand même appris ce que cela voulait dire d'être un homme, de diriger, en étudiant toutes les manières qu'il ne voulait *pas* utiliser.

— Il y a autre chose, Luke, dit Sybil d'une voix douce.

Luke se tourna vers elle et elle lui sourit.

— Trevick est mort. Nous avons appris la nouvelle ce matin.

Luke la dévisagea, incrédule. Même si cela faisait des années que l'homme était malade, cela lui semblait encore impossible. Il avait cru que l'individu était trop vindicatif et trop vil pour faire quelque chose d'aussi humain que mourir.

— Cela faisait plus d'un an qu'il était alité, déclara Sybil en le surprenant davantage. Père a veillé à ce que personne ne le sache. Je crois qu'il s'est dit qu'en entendant la nouvelle, vous pourriez avoir de l'espoir et vous sentir plus enclin à le défier…

Elle eut un rire amer.

— … Toutes ces années, il s'est senti déchiré entre le fait de vouloir que son frère reste en vie pour qu'ils puissent garder le contrôle sur vous, et souhaiter sa mort pour récupérer le titre, et à présent c'est lui, Trevick, et il ne le sait pas parce que son esprit n'est plus là.

— Je ne sais pas quoi dire, déclara Luke en secouant la tête.

— Ne dites rien du tout, répondit Sybil en lui adressant un sourire si tranquille qu'il fut obligé de lui adresser le même. Je ne pense pas que père sera des nôtres encore très longtemps. Le docteur lui a donné six mois, un an peut-être. Bientôt, vous deviendrez Trevick, et nous aurons besoin de vous, Luke. Il y a tant de choses qui requièrent votre attention, tant de choses qui ont été négligées, et beaucoup trop d'entre nous ne savent pas comment vivre sans être sans cesse contrôlées. Nous aurons bientôt besoin de vous, mais pas tout de suite. Donc amusez-vous, mon cher cousin. La nouvelle n'a pas encore été rendue publique, donc prenez du bon temps au bal de demain, et ne songez même pas à porter du noir. Profitez de la vie et vivez-la pleinement, car vous aurez des responsabilités bien assez tôt.

Luke se tourna pour regarder Kitty. Il réalisait soudainement ce qu'il venait de lui faire. Elle serait sa comtesse, et ces responsabilités seraient aussi les siennes.

— Ne vous en faites pas, dit-elle en mettant la main de Luke entre les siennes. Cessez d'avoir l'air si terrifié. J'aurais balayé avec joie les araignées d'un tas de ruines en Irlande, mais j'irai à Trevick pour balayer les brutes et les lèche-bottes en votre compagnie à la place.

Luke s'esclaffa, et il entendit l'écho de son rire : Sybil était également hilare, enchantée par Kitty.

— Je comprends pourquoi vous l'avez fidèlement aimée toutes ces années, Luke, dit-elle en regardant Kitty avec une admiration évidente. Et j'ai hâte que nous soyons tous ensemble à Trevick, mais… pour l'instant, soyez heureux.

Luke et Kitty la regardèrent partir. Luke serra les doigts de sa femme et sourit.

— Je crois que nous pouvons réussir à faire cela, déclara-t-il.

Chapitre 18

J'ai tellement peur de prendre la mauvaise décision, ou de prendre la bonne décision pour les mauvaises raisons. J'ai tellement peur d'être seule et je suis terrifiée de me retrouver prisonnière d'un mariage qui ne me rendra jamais heureuse. Comme il est cruel de ma part d'épouser un homme que je ne peux aimer, cependant, je crois qu'il me voit lui-même comme un objet, une jolie chose que l'on prend plaisir à posséder. Je voudrais que quelqu'un me dise ce que je dois faire, car mon cœur ne m'est d'aucune utilité.

— Extrait du journal de miss Matilda Hunt.

30 août 1814, Demeure de Holbrooke.

— Je suis si excitée, s'exclama Bonnie alors que les jeunes femmes se rassemblaient dans la chambre de Matilda.

C'était la soirée du somptueux bal où tous les personnages importants à des kilomètres à la ronde seraient présents. Tous les bons partis et les jeunes femmes de l'aristocratie seraient là ; les riches et les puissants se rassemblaient lors d'une fête où ils pourraient voir et être vus.

Matilda se tourna vers ses petits poussins et leur sourit avec plaisir.

— Vous êtes tellement belles ce soir. Cela ne me surprendrait absolument pas que vous soyez toutes mariées d'ici demain.

Harriet ricana et remonta ses lunettes sur son nez.

— Oh, voyons, Harry, la réprimanda Matilda. Cette robe est tout simplement magnifique, ainsi que la façon dont vous avez attaché vos cheveux : je crois que je ne vous ai jamais vue aussi ravissante.

— C'est vrai, déclara Bonnie en regardant Harriet de haut en bas d'un air critique. Cette teinte de rose vous va à ravir.

— Je ne pourrais jamais porter cette couleur, soupira Ruth. Je rougis assez facilement comme cela. Je n'ai pas besoin de quelque chose qui le fasse remarquer davantage.

Matilda sourit, consciente qu'elle disait vrai. Ruth était une solide jeune femme qui avait un teint naturellement éclatant de santé. On aurait dit qu'elle venait de la campagne, qu'elle était peut-être à la tête de quelque vaste domaine. Matilda pensait qu'elle ferait un travail fantastique ; elle faisait partie des personnes qui ne tombent jamais malades et qui ne s'ennuyaient jamais : toujours occupée, travailleuse et déterminée.

Elle jeta un coup d'œil à Bonnie, partie se regarder dans le miroir. Elle aussi, était plus belle que jamais dans sa robe bleu nuit. N'importe quel homme possédant une paire d'yeux saliverait devant elle, mais elle ne recevrait jamais de demande tant qu'elle ne se comporterait pas avec un peu plus d'élégance. La robe était plus osée que ce qu'elle portait habituellement ; sa garde-robe avait un style plus conservateur. Ce soir, cette robe n'avait pas *du tout* un style conservateur. Les attributs généreux de Bonnie risquaient dangereusement de passer par-dessus l'encolure basse, et la robe moulait ses hanches généreuses. Matilda ressentit une vague d'appréhension. Mais elle avait déjà suffisamment réprimandé Bonnie, et se sentait coupable de gâcher ses dernières occasions de s'amuser. Elle priait simplement pour que Bonnie n'aille pas trop loin et ne s'attire pas d'ennuis.

De plus, elle avait elle-même suffisamment d'ennuis. Mr Burton l'attendrait.

Elles levèrent la tête lorsque l'on frappa à la porte. Matilda rit lorsque Kitty se précipita à l'intérieur, Prue à sa suite, en portant un chapeau haut de forme.

Harriet poussa un gémissement audible et couvrit son visage de ses mains.

— Oh, non, Kitty, pas ce soir.

— Si ce n'est pas ce soir, alors quand ? rétorqua Kitty en secouant la tête avec un « t-t-t » désapprobateur. Ne soyez pas si rabat-joie.

— Venez, Harry, dit Prue en s'asseyant à côté d'elle sur le lit et en passant un bras autour de son amie. Prenez une profonde inspiration et finissez-en avec cela.

Elle rit en voyant Harriet souffler et lever les yeux au ciel.

— Oh, très bien. Mais je tiens à préciser que j'ai déjà apporté ma contribution au défi de Kitty.

Matilda, Bonnie et Ruth se rapprochèrent, et Harriet mit sa main dans le chapeau. Le bruissement sec des morceaux de papier se fit entendre tandis que la jeune femme faisait son choix. Matilda la vit prendre une grande inspiration et sortir un petit bout de papier plié.

Tout le monde retint son souffle alors qu'Harriet le dépliait avec des mains un peu tremblantes.

— Alors ? demanda Kitty en sautant sur place. *Alors* ?

Harriet se renfrogna.

— Qu'est-ce que c'est ? demanda Bonnie qui avait l'air à deux doigts de secouer Harriet si elle ne parlait pas très vite.

Elles regardèrent Harriet froisser le bout de papier dans sa main, le regard énervé.

— Faire un pari que vous ne souhaitez pas perdre.

— Ooooh, fit Kitty. Voilà un défi intéressant.

Harriet semblait réfléchir au fait d'assassiner celle qui avait concocté cette perle, donc Matilda fit avancer les choses.

— Bonnie, pourquoi ne pas être la suivante ?

Bonnie poussa un petit cri ravi. Elle n'eut pas besoin d'autre encouragement. Une fois de plus, les bruissements de papiers retentirent lorsqu'elle enfonça sa main dans le chapeau en fermant les yeux avec une expression d'intense concentration sur le visage.

— Oh, allez, protesta Kitty. Contentez-vous d'en choisir un.

Bonnie retira sa main d'un geste théâtral, un bout de papier entre les doigts.

— Et voilà !

— Eh bien, lisez-le ! l'enjoignit Harriet qui était à présent aussi impatiente que les autres.

Bonnie déplia fébrilement le papier et faillit le faire tomber par terre tant elle était excitée. Elle afficha un large sourire en lisant les mots.

— Porter un déguisement en public, dit-elle en ayant l'air enchantée par cette idée.

— Oh, Seigneur, murmura Matilda. Quel genre de déguisement ?

— Je ne sais pas, répondit Bonnie, ravie. Mais je vais trouver quelque chose de fantastique, vous allez voir !

— Puis-je piocher à mon tour ?

Toutes se tournèrent vers Ruth avec surprise.

— Nous n'en piochons que deux à la fois d'habitude, déclara Kitty avant de hausser les épaules. Mais les règles sont faites pour être enfreintes. Allez-y, déclara-t-elle en souriant à la jeune femme.

Elle lui tendit le chapeau.

Les joues de Ruth prirent une teinte écarlate et prouvèrent qu'elles atteignaient bel et bien une nuance remarquable lorsque cela arrivait. Mais il n'y eut pas de fioritures ou ni de théâtralité avec elle, elle se contenta de mettre la main dans le chapeau, prendre un bout de papier et le lire à voix haute.

— Dire une chose profondément scandaleuse à un homme séduisant, dit-elle tandis que ses sourcils s'élevaient. Oh, dit-elle en rougissant davantage. *Oh.*

— C'est un défi… délicat, déclara Prue en fronçant légèrement les sourcils.

— Eh bien, nous y voilà alors, déclara Matilda avec un ton jovial qu'elle ne ressentait pas en tapant des mains.

Elle avait peur que Kitty ne décide qu'une quatrième participante serait une bonne idée. Elle avait déjà assez de soucis comme cela.

— Ne vous sentez pas obligées d'accomplir tout cela ce soir, dit-elle en regardant Bonnie et en faisant tout son possible pour étouffer ses propres craintes. Vous avez plusieurs semaines pour y parvenir. Venez à présent, nous ferions mieux de descendre.

En tapant des mains comme une gouvernante sévère, elle conduit les jeunes femmes hors de la pièce.

Saint-Clair parcourut la salle de bal des yeux et soupira. Elle était remplie de monde, le bruit de la musique, les rires et les conversations animées remplissaient l'air chaud. Il prit une gorgée de champagne en essayant de résister à l'envie de tirer sur sa cravate. Il n'avait pas envie d'être ici.

D'habitude, il appréciait ce genre d'événement. Il n'avait plus autant besoin de se divertir comme cela avait pu être le cas dans sa jeunesse, mais on ne disait pas non à une douce soirée d'été à danser et se divertir en agréable compagnie. Il était moins difficile à contenter avant, songea-t-il en soupirant.

Il sentit son regard être attiré malgré lui à travers la salle en direction d'Harriet, qui dansait avec son frère. Elle était en train de rire, heureuse et d'une insouciance dont elle ne faisait jamais preuve avec lui. Bien qu'il sût que la relation entre Harriet et Jérôme fût purement amicale, il dut lutter contre un élan de jalousie irrationnel. *Ce n'est pas juste*, dit en lui une voix enfantine qui lui donna envie de jeter des choses et de piquer une colère digne d'un enfant de deux ans. Il regarda résolument ailleurs, et sourit en voyant Kitty et Luke venir vers lui.

— Mrs Baxter, dit-il en prenant sa main et en la portant à ses lèvres. Puis-je souligner le fait que vous êtes ravissante ce soir ?

C'était la vérité. Elle rayonnait de bonheur, et regardait son mari avec une telle adoration qu'il ne put s'empêcher de jalouser Luke.

— Vous pouvez, répondit-elle en riant. Vous pouvez aussi danser avec moi, si vous en avez envie.

— Kitty ! s'exclama Luke, légèrement mortifié. Vous ne venez tout de même pas d'inviter le comte de Saint-Clair à danser ?

— Quoi ? répondit-elle avec un air innocent en dépit de la lueur espiègle qui brillait dans ses yeux noirs. Vous savez que je dois lui parler en privé. Une valse me semble être la meilleure solution.

— Hmph, répondit Luke qui ne semblait pas tout à fait enchanté par cette idée.

Il haussa un sourcil en direction de Jasper. Ce dernier était en alerte. Avait-elle parlé à Harriet, avait-elle des nouvelles ?

— Tout le plaisir serait pour moi, Mrs Baxter, dit-il en tendant la main vers elle. Si votre mari le permet ?

Luke leur fit signe de partir en soupirant, et Kitty saisit la main de Jasper en jetant un regard espiègle à son mari avant de partir.

— Mrs Baxter ! s'exclama-t-elle. Je n'arrive pas à m'habituer à ce son merveilleux.

— Vous n'aurez pas beaucoup de temps pour vous y faire, répondit Jasper en la conduisant sur la piste. D'après ce que Luke m'a raconté, vous n'allez pas tarder à devenir comtesse.

Kitty haussa les épaules.

— Devenir Mrs Baxter était tout ce que je voulais, mais peu importe : ce qui vient avec Luke, vient avec Luke. Nous allons faire en sorte que cela fonctionne.

— Je vous crois, répondit Jasper en souriant tandis que l'orchestre jouait les premières mesures.

Il l'entraîna dans la valse et dut se mordre la langue pour s'empêcher de demander ce qu'Harriet lui avait dit. Finalement, elle leva vers lui ses yeux sombres, remplis de sympathie.

— Je n'ai pas grand-chose à vous dire…

Les espoirs de Jasper s'écrasèrent sur le sol.

— … à part que vous ne la laissez pas aussi indifférente que vous pourriez le croire.

Jasper ricana.

— Je n'ai jamais dit qu'elle était indifférente. Elle me déteste.

Kitty secoua la tête.

— Je ne pense pas. Vous l'avez blessée, très profondément.

La douleur le frappa à l'idée de lui avoir fait du mal. Il ne pouvait pas le supporter. Il préférerait arracher son cœur plutôt que de blesser Harriet, mais il savait qu'elle disait vrai. C'était sûrement le cas.

— Comment ? demanda-t-il en bataillant pour conserver une voix normale.

— Je l'ignore. Elle refuse de me le dire. Elle ne m'a même pas dit cela clairement. J'ai dû rassembler les pièces du puzzle, mais je ne me trompe pas.

Jasper n'arrivait plus à respirer, l'air était coincé dans ses poumons, comme s'il ne pouvait plus en inspirer ni en expirer. Cela faisait mal. Sa poitrine faisait mal, son cœur était à vif et il méritait cette douleur et plus encore, pour avoir été la cause d'un seul instant de tristesse chez Harriet.

— Je lui ai dit que ce n'était pas juste de continuer à vous punir alors que vous ne connaissiez même pas les raisons de ce châtiment. Je lui ai dit qu'il fallait qu'elle s'explique, qu'elle vous laisse aussi une chance de vous expliquer, et qu'alors, elle pourra décider si oui ou non elle vous pardonne.

Son cœur tambourinait dans sa poitrine, trop fort, trop vite.

— Le fera-t-elle ? demanda-t-il en osant à peine espérer.

Au moins, il saurait. S'il avait fait quelque chose d'impardonnable, au moins, il saurait ce qu'il avait fait. Peut-être n'était-ce pas impardonnable… peut-être pourrait-il se faire pardonner.

— Je ne peux pas en être sûre, répondit Kitty d'une voix douce. Mais elle m'a promis d'y réfléchir, donc… peut-être.

Au bout d'un long moment, Jasper expira. Il se sentait étourdi, pour la première fois depuis très longtemps, il pouvait voir une lueur d'espoir à l'horizon.

— Mrs Baxter, lui dit-il en souriant. Votre mari est un homme très chanceux, et je vous suis très reconnaissant.

Elle s'esclaffa, les yeux noirs étincelants.

— Oui, il l'est, dit-elle avec un large sourire. Mais, en toute honnêteté, je n'ai pas fait grand-chose. Rien de très utile, du moins, mais je n'abandonnerai pas, et vous devriez également garder espoir. Vous avez du temps devant vous. Peut-être pourriez-vous danser avec elle ce soir. C'est une soirée si magique, ajouta-t-elle dans un murmure théâtral. *Tout* peut arriver !

Jasper s'esclaffa. Il n'osait pas en espérer tant.

— Elle pourrait ne pas me jeter son verre dans le visage, *si* j'ai de la chance.

Kitty rit, et il sourit en la faisant tournoyer sur la piste.

Matilda prit une gorgée de son verre. La soirée était humide, et il faisait chaud dans la salle de bal avec tous ces corps confinés dans une pièce.

Un filet de sueur roula entre ses seins et elle combattit l'envie de grimacer. Pour l'instant, elle avait dansé avec le frère d'Harriet, Henry, Mr Baxter, et Lord Saint-Clair. Cette dernière danse avait été suivie par le regard aux sourcils froncés de Mr Burton. Elle n'aimait pas ce froncement de sourcils : il avait un air possessif qui la rendait mal à l'aise. Elle avait dansé avec Mr Burton aussi, naturellement, et savait qu'il était probable qu'il l'invite à nouveau. Mais danser à deux reprises avec le même homme, c'était avouer qu'il y avait quelque chose entre vous, et Matilda sentit la panique monter dans sa poitrine.

Il avait promis de lui laisser du temps, de ne pas se montrer impatient et pourtant ce froncement de sourcils suggérait que l'impatience dont il avait fait preuve auparavant n'était pas simplement due à l'enthousiasme, mais avait un côté jaloux et agressif dont elle n'avait pas eu conscience jusque-là.

Elle but une autre gorgée et pressa subrepticement le verre contre son cou pour se rafraîchir. Mais le récipient n'était plus frais, la boisson était devenue tiède, et cela ne lui apporta aucun soulagement. Elle ferma les yeux devant les tourbillons colorés des robes de soie et des costumes sombres des danseurs qui virevoltaient devant elle et fut projetée dans un jardin, dans une allée ombragée qui offrait de la fraîcheur et de l'intimité.

Elle se souvenait d'un homme qui lui tendait un verre, une boisson rafraîchissante remplie à ras bord avec des glaçons qu'elle avait pressée contre sa peau bouillante. Le choc de ce froid avait été aussi frappant que le poids du regard qu'il posait sur elle, l'ardeur de son désir pour elle plus brûlant que le soleil qui l'avait poussée à chercher de l'ombre.

Même s'il ne s'agissait que d'un souvenir, Matilda en eut de nouveau le souffle coupé en ressentant à nouveau le poids de ce regard comme s'il eût été présent dans la pièce. Elle ouvrit résolument les yeux, colla un sourire sur son visage et partit retrouver ses amis.

Luke contempla sa magnifique femme, qu'il faisait virevolter dans une nouvelle danse. Il était probablement scandaleux de sa part de lui avoir dédié presque toutes les danses, mais il s'en moquait éperdument. Elle était sienne, et il voulait que le monde soit au courant.

Un soupçon de culpabilité s'insinua dans son cœur à la pensée de Mr Derby, sans défense et malade, incapable de simplement comprendre qu'il était le nouveau comte. Il chassa cette image. Il ferait de son mieux pour cet homme. Il ferait venir les meilleurs médecins, lui offrirait les meilleurs soins, mais il ne le laisserait pas lui gâcher cette glorieuse soirée. Luke n'avait jamais demandé ni voulu le comté, tout ce qu'il avait toujours voulu, c'était Kitty, et Trevick et Derby la lui avaient enlevée. À présent, elle était avec lui, et il ne laisserait personne ternir l'éclat de son bonheur.

Il aurait peut-être dû également s'émouvoir de la mort du vieux comte, mais il n'éprouvait aucun regret, seulement de la pitié pour un homme qui n'avait jamais appris à être heureux, qui ne se souciait de presque rien d'autre que le pouvoir et la pérennité de sa lignée. Quelle chance que Luke ne soit pas né héritier. Quelle main du destin s'était montrée assez magnanime pour placer Kitty sur son chemin, Kitty, qui lui avait appris à vivre, à faire de la vie une grande aventure, et à trouver le bonheur dans tout ce qu'ils faisaient ?

— Juste ciel, s'exclama Kitty en riant, essoufflée, à la fin de la danse. Je suis épuisée.

Luke lui lança un regard de regret et soupira.

— Oh, c'est vraiment dommage.

— Pourquoi ? demanda-t-elle, ses yeux noirs remplis de curiosité.

— Eh bien, si vous êtes épuisée, je vais devoir vous mettre au lit.

Kitty lui lança un regard si ravi qu'il dut se mordre la lèvre pour s'empêcher de rire.

— Cela ne semble pas si terrible, dit-elle avec un grand sourire.

— *Pour dormir*, diablesse, ajouta-t-il.

Le rire qu'il retenait bouillonnait en lui et s'échappa quelque peu devant sa moue.

— Quel cruel mari vous êtes devenu.

Kitty le regarda avec de grands yeux si chagrinés que Luke fut obligé de se pencher pour l'embrasser.

— Cruel et sans cœur, c'est bien moi.

Il sourit et tira la main de Kitty, l'entraînant avec hâte à travers la foule, pris de l'envie désespérée de se retrouver seul avec elle.

— Où allons-nous ? protesta-t-elle sans grande conviction et en riant.

Elle avait ri toute la soirée. Même quand elle n'était pas en train de rire, le rire brillait dans ses yeux. Elle rayonnait, le bonheur resplendissait autour d'elle, comme s'il flamboyait de l'intérieur.

Pour moi, se dit-il, la poitrine prête à éclater de joie devant ce fait.

— Cela a-t-il la moindre importance ? demanda-t-il à voix basse. Cela vous importe-t-il de savoir où nous allons ?

Il la conduisit jusque sur la terrasse, l'air chaud et humide de la soirée ne leur apportant qu'un confort relatif en comparaison de la chaleur qui régnait dans la salle de bal. Il l'emmena dans un coin sombre.

— Non, admit-elle en s'installant dans ses bras avec aisance. Pas le moins du monde. Je vous suivrai où que vous alliez.

— Ha ! fit-il, amusé. Comme si. C'est moi, qui vous suis, comme vous le savez, petite diablesse.

— Ah, non, Luke, c'n'est pas vrai du tout, dit-elle avec un accent un peu plus prononcé à présent, dans l'intimité. Chacun son tour, voilà tout. Parfois je mène, parfois vous suivez.

Elle lui lança un sourire insolent et il éclata de rire en la tirant vers lui. Il mit son front contre le sien, et sourit en l'entendant soupirer.

— Heureuse ? demanda-t-il, même s'il connaissait déjà la réponse.

— Je crois que je vais exploser si je deviens plus heureuse, répondit-elle.

Il fit une grimace.

— Je ferais peut-être mieux de vous laisser seule, cela me paraît plus sûr.

Kitty ricana et le serra plus fort.

— Je vous interdis de faire cela.

Elle leva les yeux vers lui, et le cœur de Luke bondit dans sa poitrine. Ne s'habituerait-il donc jamais à cela, à elle ? Il espérait bien que non.

— J'ai un cadeau pour vous, dit-elle avec les yeux brillants de plaisir.

— Oh ?

Elle rit, car elle avait perçu la joie dans sa voix, et il eut l'impression d'être à nouveau un petit garçon.

— Vous ne pourrez pas l'avoir tant que nous ne serons pas de retour en Irlande, dit-elle d'une voix sévère, mais ses yeux pétillaient.

— Dites-moi, demanda-t-il. Qu'est-ce ?

— Vous rappelez-vous de Khan, mon chien, le gros mastiff ?

Luke leva les yeux au ciel.

— Eh bien, bien sûr que je m'en souviens. Il avait la taille d'un petit cheval et vous suivait partout. J'étais terriblement jaloux que vous ayez un chien et pas moi.

Kitty le serra contre lui.

— Je sais, dit-elle avec gentillesse.

Elle connaissait tout ce dont il avait été privé pendant son enfance, toutes les injustices qu'elle avait essayé de corriger.

— Eh bien, cela fait longtemps que Khan nous a quittés, mais sa lignée perdure ; père m'a écrit pour me dire qu'il y avait une nouvelle portée. Elle comprend un gros mâle en pleine forme. Il est à moi, Luke.

Elle leva les yeux vers lui et pressa sa bouche contre la sienne, un doux baiser qui accéléra néanmoins la respiration du jeune homme.

— Et je vous le donne, termina-t-elle.

Luke la contempla. Il était embarrassé de sentir ses yeux picoter, et sa gorge se serrer.

Kitty leva la main vers son visage et lui caressa la joue.

— Merci, réussit-il à dire en déglutissant avec difficulté. C'est le plus beau cadeau que j'ai jamais eu.

Il embrassa son front et soupira en souriant contre sa peau.

— Enfin, en dehors de vous, Kitty Baxter. Vous êtes un présent dont je ne serai jamais digne. Dès l'instant où je vous ai vue, j'ai su que vous alliez tout rendre meilleur.

— Je promets que je ferai toujours de mon mieux pour améliorer les choses, Luke, parce que je vous aime, dit-elle. Depuis ce premier jour, jusqu'au dernier, lorsque je fermerai mes yeux sur ce monde.

— Oh, non, dit-il, car cette pensée lui était insupportable. Vous n'irez nulle part sans moi, pas même dans l'au-delà.

— Ah, très bien, dit-elle en haussant les épaules. Nous avons des années et des années et dix mille aventures à vivre avant d'avoir à y penser.

— Dix mille aventures, répéta-t-il d'un air émerveillé. J'aime entendre cela. Cela ressemble à une recette pour une vie merveilleuse.

Il déposa un baiser sur son front, et ajouta :

— Parce que je vous ai trouvée, et vous m'avez trouvé, et nous sommes ensemble, et ne serons plus jamais seuls.

— Plus jamais, acquiesça-t-elle, avant d'attirer le visage de Luke vers le sien pour l'embrasser.

Les Audacieuses— La suite de cette nouvelle série excitante d'Emma V Leech, plusieurs fois récompensée pour ses œuvres, figurant dans le top 10 Amazon des écrivains de romance, auteure de la série Rogue & Gentlemen.

En chaque jeune fille timide et isolée bat le cœur d'une lionne, d'une femme passionnée prête a tout pour atteindre ses rêves, a condition de trouver en elle le courage de se lancer, Lorsque ces filles auxquelles personne ne prête attention décident de conclure un pacte qui changera leur vie, tout devient possible...

Dix filles —Dix défis a accomplir. Qui aura l'audace de tout risquer ?

Un Pari sur l'Amour
Les Audacieuses, Livre 5

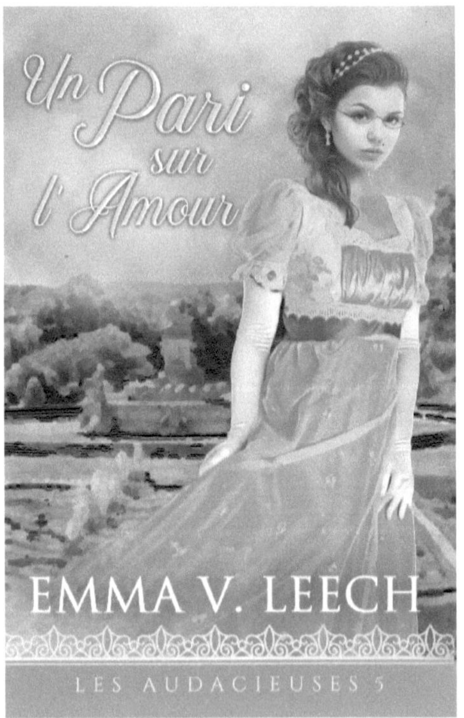

Chat échaudé craint l'eau froide

Harriet Stanhope est sérieuse et intelligente, c'est le genre de fille qui lit Platon et aime les longues balades sous la pluie. Mal à l'aise lors des bals, danser et séduire n'étant pas ses points forts, la saison représente pour elle une perte de temps effroyable. Mais il y a bien longtemps, elle a aimé, elle a confié son cœur à un homme qui l'avait embrassée et lui avait murmuré des mots doux… avant de rire de l'exploit avec un ami.

Humiliée, le cœur brisé, Harriet s'est alors juré d'utiliser son cerveau et de ne plus jamais faire confiance à son idiot de cœur.

Un amour à sens unique

Jasper Cadogan, le comte de Saint-Clair, est désespérément amoureux d'une femme qui le déteste.

Adorable vaurien, Jasper est beau, charmeur et d'un caractère jovial. Il est très apprécié de l'aristocratie et, de l'avis de tous, représente le meilleur parti sur le marché, pourtant il accumule les faux pas avec sa camarade de jeu d'enfance Harriet Stanhope. Jadis, ils étaient proches, mais le cœur d'Harriet est désormais hermétique à ses avances et Jasper sait qu'il est responsable de cela, mais il n'a pas la moindre idée de ce qu'il a fait.

Il comprend qu'au mieux, Harriet pense qu'il est un écervelé superficiel. En admiration devant les capacités intellectuelles de la jeune femme, le beau Jasper peine à lui prouver le contraire. Bien déterminé à lever le voile sur l'événement qui a provoqué le rejet d'Harriet, il est prêt à tout pour découvrir la vérité.

Un pari qui risque de leur briser le cœur

Les Demoiselles Surprenantes lancent un défi à Harriet : *faire un pari qu'elle ne souhaite pas perdre*, et quand Kitty, incapable de tenir sa langue, en informe Jasper, elle sait qu'elle est dans le pétrin.

Trop têtue pour renoncer, Harriet accepte le pari choquant que lui lance Jasper, ce qui les précipitera tous deux dans un scandale qui mettra en péril absolument tout… y compris leur cœur.

Tournez la page pour un aperçu excitant !

Prologue

Cher Jemima,

J'espère vraiment que vous allez bien. Cela fait si longtemps que nous n'avons eu aucune nouvelle de vous. J'avais espéré que vous seriez présente au bal de Saint-Clair, mais Kitty m'a dit que vous ne vous y rendriez pas. Cela fait une éternité que nous ne vous avons pas vue. Est-ce que tout va bien ? Je vous préviens que j'ai l'intention de vous rendre visite à la seconde où je serai de retour en ville, et j'attends de votre part que vous me présentiez une excellente excuse pour ne pas nous avoir écrit. Si quelque chose vous préoccupe, vous pouvez vous confier à moi. Vous le savez, n'est-ce pas ? Je vous aiderais, si vous me laissiez le faire. Je vous en prie, Jem, répondez, très chère. Nous nous faisons du souci pour vous.

—Extrait d'une lettre de miss Matilda Hunt à Miss Jemima Fernside.

Le matin du 31 août 1814. Demeure de Holbrooke. Sussex.

Les paupières d'Harriet papillonnèrent lorsque la lumière du petit matin lui foudroya le cerveau. Dieu du ciel, il lui martelait le crâne. Elle leva la main, pressa des doigts hésitants contre ses tempes douloureuses. Elle se dit qu'elle devait être souffrante quand elle réalisa que son estomac aussi la faisait souffrir : ce tourbillon acide dans les entrailles ne présageait probablement rien de bon. Avec un petit soupir, elle protégea ses yeux du soleil dans l'intention de dormir un peu plus longtemps. Le lit était délicieusement chaud, et elle s'y recroquevilla, se délectant de son étreinte douillette. Même son odeur était plaisante : une odeur d'eau de Cologne, de savon, et de quelque chose de musqué et… masculin.

Attendez.

Quoi ?

Harriet se figea en percevant un murmure de satisfaction venant de derrière elle — juste derrière elle.

La surprise la réveilla tout à fait, et elle baissa la tête, découvrant avec horreur qu'elle était presque nue — elle ne portait que sa chemise longue — et que le bras musclé d'un homme lui entourait la taille, juste sous la poitrine. Elle le regardait lorsqu'il resserra son étreinte, la rapprochant de lui, et avec une panique croissante, son cerveau affolé enregistra la chaleur d'un torse musclé pressé contre son dos, sans parler de… sans parler de…

Harriet poussa un cri en sentant l'organe masculin chaud et dur se presser fermement contre ses fesses. Paniquée, elle se retourna avec agitation entre les bras qui la retenaient captive, et se retrouva face à une paire d'yeux aigue-marine d'une beauté saisissante.

Une paire d'yeux aigue-marine très familière.

Oh, Seigneur.

Harriet le regarda, bouche bée, trop stupéfaite pour prononcer un mot. Jasper Saint-Clair lui lança son célèbre sourire en coin — célèbre, car il avait la réputation de faire perdre leur bon sens et leur vertu aux femmes de l'aristocratie.

— *Non*, souffla-t-elle.

Elle était trop horrifiée pour trouver quoi que ce soit d'autre à dire pour l'instant, même si elle était persuadée qu'une avalanche de mots jailliraient dès l'instant où elle aurait récupéré ses esprits… et ses sous-vêtements, qui étaient apparemment éparpillés dans tout le pavillon d'été.

Juste ciel ! Ils étaient seuls tous les deux, dans le pavillon d'été, et au vu de la situation, ils avaient passé toute la nuit là. Qu'avaient-ils fait ? Qu'avait-*elle* fait ? Harriet fouilla son cerveau douloureux, mais cette maudite chose refusa de coopérer. Tout ce dont elle se souvenait, c'était la sensation de se trouver dans les bras de Jasper, le contact de ses lèvres contre les siennes…

Oh non.

Oh, non, non, non, non…

— Bonjour, dit-il.

Son sourire s'effaça légèrement lorsqu'il constata le désarroi d'Harriet.

— Q-Qu'est-ce que — ? commença-t-elle, lorsqu'ils sursautèrent tous les deux : la porte du pavillon venait de s'ouvrir, avec le bruit reconnaissable du bois vieilli raclant le sol en pierre.

Des conversations et des rires se firent entendre. Il était trop tard pour qu'ils puissent bouger, se cacher ou rassembler leurs affaires, et soudainement, ils eurent des spectateurs.

Jasper fut le premier à réagir : il attrapa vivement son manteau qui traînait par terre, à côté de leur lit de fortune qui semblait fait d'un assemblage de couvertures diverses, couvrit Harriet de son mieux et la tint contre lui en accueillant les regards ébahis du groupe, qui les dévisageait avec des émotions allant de la joie et l'amusement, à la fascination consternée.

Le rouge qui tintait les joues d'Harriet était si vif qu'elle craignit de faire une combustion spontanée ; une perspective bien plus réjouissante que de faire face à lady Saint-Clair, Matilda et Mr Burton, Jérôme, le petit frère de Jasper et deux de ses camarades d'école, dont les noms lui échappaient. Mais elle se souvenait en revanche que l'un d'eux était le plus grand colporteur de ragots qu'elle ait jamais vu.

Seigneur. C'en était fini d'elle.

— Ah, fit Jasper.

Son ton était moins enjoué que d'habitude. Il s'éclaircit la gorge, et lorsqu'il parla à nouveau, les mots étaient fermes et très, très clairs.

— Il semblerait que vous soyez les premiers à nous féliciter. Harriet a accepté de m'épouser.

La tête d'Harriet fusa dans sa direction. Elle le regarda, bouche bée devant ce mensonge éhonté. Jasper se contenta de lui sourire, avant de déposer un baiser sur son nez.

— *Je vous ai eue*, murmura-t-il.

Chapitre 1

Cher papa,

Je suis si impatiente d'assister au bal de ce soir. Tout le gratin sera là. Avez-vous entendu la nouvelle ? Notre bonne amie Kitty a épousé Luke Baxter — l'héritier du comté de Trevick. Le vieux comte vient de mourir, et l'actuel tenant du titre est également mourant, et ne finira pas l'année. J'ai bien peur d'avouer ne pas ressentir beaucoup de compassion pour l'homme. Il n'était pas aimable et n'avait pas l'âme d'un bon chrétien. Je suis si heureuse pour Kitty, et de songer qu'elle va devenir comtesse ! Leur histoire est si romantique. Cela donne l'espoir que de telles choses n'arrivent pas que dans les contes de fées, et oui, papa, avant que vous ne le demandiez, bien sûr, je garde l'œil ouvert sur un éventuel bon parti prêt à me séduire.

— Extrait d'une lettre de miss Ruth Stone à son père, Mr George Stone.

La nuit précédente. Au bal d'été de la famille Saint-Clair. 30 août 1814, Demeure de Holbrooke, Sussex.

Harriet regarda Jasper accompagner Kitty dans la salle de bal somptueusement décorée. Ils formaient un couple étonnant, l'élégance dorée de Saint-Clair associée à la beauté sombre et envoûtante de Kitty. Harriet soupira intérieurement. Cela devait être agréable d'être belle. Non pas qu'elle s'inquiétât de choses aussi frivoles. La beauté n'était rien d'autre qu'un joli emballage : déchirez-le et tout le monde verrait ce qu'il y a dessous. Parfois, l'emballage était à la hauteur du cadeau qui se trouvait à l'intérieur, mais le plus souvent, c'était décevant.

Pas en ce qui concernait Kitty, elle devait l'admettre. La jeune femme était devenue une amie chère, et était aussi belle à l'intérieur qu'à l'extérieur. Vivace, d'un naturel aimable et drôle, c'était le genre de fille toujours en train de rire, toujours à voir le bon côté des choses, parfois épuisante. Harriet sourit en voyant que le mari de Kitty, Luke, la regardait avec une douce lueur d'adoration dans les yeux. Elle l'emporterait dans une danse endiablée, c'était certain, et il en aimerait chaque seconde.

Bien qu'elle essayât de résister à cette pulsion, Harriet regarda de nouveau Jasper et sentit son cœur se tordre dans sa poitrine. Pourquoi fallait-il qu'il soit aussi beau ? Elle s'était dit mainte et mainte fois que c'en était fini de cette idiotie et qu'elle n'en avait plus rien à faire de lui, mais elle savait que c'était un mensonge. Malheureusement, Kitty aussi l'avait compris, et la façon dont elle parlait à Jasper — sans parler de son expression déterminée — provoqua un frisson de malaise qui parcourut l'échine d'Harriet.

Allons, Kitty n'était pas en train de parler d'elle, elle ne trahirait pas son secret ? Sauf qu'elle n'avait révélé aucun secret. Elle n'avait rien admis, rien nié. Kitty avait simplement deviné que l'animosité qu'éprouvait Harriet envers Jasper ne venait pas d'une simple aversion.

— J'ai l'impression qu'il vous a fait du mal, avait dit Kitty, ce à quoi Harriet n'avait pas su répondre.

Elle avait été tentée de tout lui dire, de s'épancher et de lui raconter que Jasper Cadogan avait volé son cœur, avant de le réduire en miettes et de le jeter par terre. Elle s'était abstenue de le faire, bien sûr. Harriet ne partageait jamais ses émotions avec qui que ce soit. Elle ne l'avait jamais fait, jusqu'au jour où elle s'était efforcée d'être brave, et de faire confiance à Jasper. Elle ne le ferait plus jamais. Lorsque vous en laissiez l'occasion aux gens, ils vous faisaient du mal. Il valait mieux ne faire confiance qu'à la science et à la raison, ne croire que ce qui était quantifiable, les choses qui pouvaient être mesurées et pesées, dont les qualités pouvaient être disséquées et discutées, étalées devant vous sans rien qui reste dissimulé. Ces choses étaient concrètes, solides, prouvées… contrairement à l'amour, qu'Harriet voyait comme une créature mythique en laquelle elle n'arrivait pas à croire. Plus maintenant, en tout cas. Pas pour elle.

Et pourtant, même après toutes ces années, son regard était attiré vers lui, et une douleur sourde remplissait sa poitrine tandis qu'un sentiment de nostalgie, de solitude et de tristesse la fragilisait, provoquait un vide en elle et la mettait sacrément en colère. C'était à cause de lui, tout cela, se rappela-t-elle, avant de se souvenir de ce que Kitty avait dit.

Je pense qu'il vous a fait beaucoup de mal, mais je crois qu'il n'a pas la moindre idée de ce qu'il a fait pour causer cela. Vous lui devez une explication, Harriet. Ce n'est pas juste de punir quelqu'un éternellement sans même lui laisser la chance de réparer ses erreurs.

Il était vrai qu'elle avait vu la douleur et la confusion dans les yeux de Jasper suffisamment souvent lorsqu'elle l'avait insulté ou s'était montrée sèche avec lui, mais en même temps, il excellait dans l'art de prendre une expression de chien battu. Elle l'avait vu utiliser ce talent pour obtenir ce qu'il voulait. Ce n'était pas parce que cette expression adoucissait son cœur et la faisait trembler de l'intérieur que cela voulait dire qu'elle était sincère. Il pouvait mener n'importe quelle femme par le bout du nez, et il ne s'en privait pas. Tout le monde connaissait sa réputation, et savait qu'il avait couché avec les femmes les plus séduisantes de la haute société. Il ne ratait jamais une occasion de se moquer d'elle parce qu'elle était un bas-bleu, et la faisait se sentir pleinement comme la créature étrange qu'ils savaient tous les deux qu'elle était. Donc que pouvait-il bien vouloir de l'ennuyeuse et studieuse Harriet Stanhope ?

Sa dernière amante avait été Mrs Tate. Elle était ici ce soir, et avait lancé des regards d'envie à Jasper à travers la salle. Vêtue d'une robe de satin rouge, ses boucles brillantes couleur acajou arrangées dans un style nonchalant qui avait sans nul doute pris des heures à réussir, elle était belle à couper le souffle. Mrs Tate était magnifique, sophistiquée, elle avait de l'esprit et rayonnait de confiance en elle. Elle irradiait de cette certitude, celle de connaître sa propre valeur, une ou deux choses sur le monde, et comment faire saliver un homme sans avoir à lever le petit doigt. En comparaison, Harriet se sentait exactement comme elle était : quelqu'un qui fait tapisserie, un bas-bleu à lunettes ne sachant jamais ce qu'il faut dire, et qui préfère s'asseoir dans un coin avec un bon livre, plutôt que de participer à un bal. Pourquoi un homme comme Jasper voudrait-il Harriet, lorsqu'il pouvait obtenir les faveurs de Mrs Tate ? Le calcul était simple, et pourtant c'en était un qu'Harriet avait oublié pendant un bref instant, de nombreuses années auparavant, aveuglée par l'espoir d'obtenir tout ce dont elle avait rêvé.

Comme elle avait été idiote.

Mais c'était du passé. Elle *avait* été idiote, et cela ne se reproduirait pas. À partir de maintenant, elle utiliserait sa tête, et non son cœur, pour la guider… mais peut-être Kitty avait-elle raison. Peut-être que l'amertume s'était transformée en cruauté. Jasper n'était pas responsable de ce qu'il était, pas plus qu'elle. Elle savait et comprenait que les animaux naissaient avec l'instinct d'agir d'une certaine façon. Il semblait que certains hommes avaient moins évolué que d'autres, leurs pulsions demeurant trop proches de la surface, leurs désirs et leurs envies outrepassant la moralité ou la décence. Il ne pouvait pas savoir que ses actions la blesseraient si profondément. C'était impossible, sinon, son désarroi devant le traitement qu'elle lui infligeait n'aurait pas été si complet.

Il était temps de se débarrasser de cette douleur et de cette colère. Il était temps de pardonner et d'avancer, pour son propre bien autant que pour le sien. Une nouvelle vie l'attendait, dans laquelle Jasper n'aurait pas sa place. Elle n'avait même pas encore parlé de cela à son frère, Henry — elle avait attendu le bon moment — mais elle le ferait.

Bientôt.

Jasper lança un regard de gratitude à Kitty.

— Mrs Baxter, lui dit-il en souriant. Votre mari est un homme très chanceux, et je vous suis très reconnaissant.

Même si elle n'avait aucun moyen de savoir si ses mots avaient donné une raison à Harriet de changer d'avis, Kitty avait pris sa défense, et Harry avait promis d'y réfléchir. Ce n'était peut-être pas beaucoup, mais c'était quelque chose, Jasper se raccrocherait à cela. Si seulement Harry voulait bien abattre la muraille qu'elle avait dressée entre eux, peut-être aurait-il une chance. Mince et fragile, mais c'était mieux que rien.

Peut-être pourriez-vous danser avec elle ce soir. C'est une soirée si magique, ajouta-t-elle dans un murmure théâtral. *Tout* peut arriver !

Jasper s'esclaffa. Il n'osait pas en espérer tant.

— Elle pourrait ne pas me jeter son verre dans le visage, *si* j'ai de la chance.

— Oh ! s'exclama Kitty, les yeux débordant d'espièglerie. J'ai failli oublier le défi !

— Le quoi ? demanda Jasper, intrigué.

— Le défi, répéta Kitty en poussant un petit cri d'excitation.

Le morceau touchait à sa fin. Elle saisit le bras de Jasper et lui fit signe de se pencher pour lui parler en privé.

— Celui des Demoiselles Surprenantes, dit-elle en trépignant d'agitation.

Jasper lui lança un regard vide.

— Pardonnez-moi, mais je suis perdu. Les Demoiselles quoi ?

— Oh, notre groupe de lecture. Nous sommes les Demoiselles Surprenantes, déclara Kitty à la hâte en ignorant son expression confuse. Nous devons toutes piocher un défi dans le chapeau. Le mien consistait à vêtir votre ours d'habits de soirée.

— Eh bien, cela explique des choses, déclara Jasper en éclatant de rire. Mais je croyais qu'Harriet était responsable de cela.

— Elle m'a aidée, admit Kitty. En vérité, elle s'est montrée formidable. Je n'aurais pas pu y parvenir sans elle.

Jasper sourit, content de cette preuve de l'humour d'Harriet. Il avait souvent été témoin de ce trait de caractère lorsqu'ils étaient enfants, mais ce côté joueur avait semblé disparaître, et il avait la désagréable impression que c'était peut-être de sa faute.

— Harriet a pioché son défi ce soir.

— Oh ?

Jasper se figea, le cœur battant. Est-ce que c'était maintenant ? L'opportunité qu'il avait attendue ?

— Qu'est-ce ?

Les yeux de Kitty pétillèrent.

— De faire un pari qu'elle ne souhaite pas perdre.

Elle saisit son bras et le serra.

— Elle me tuera quand elle saura que je vous l'ai dit, dit-elle d'un ton urgent. Pour l'amour du ciel, tirez-en le meilleur parti. Ne gâchez pas tout.

Il baissa les yeux vers elle, vit son propre espoir se refléter dans les yeux de Kitty. Elle souhaitait que son amie soit aussi heureuse qu'elle l'était, il pouvait voir cela, et bon sang, lui aussi le voulait. Il voulait qu'Harriet le regarde de la même façon que Kitty regardait Luke. Il désirait tellement cela.

— Non, vous avez ma parole, dit-il en priant pour que cela soit vrai.

Il lui sourit en espérant qu'elle comprenne à quel point il lui était reconnaissant.

— Je ferai tout mon possible pour réussir, ou je mourrai en essayant.

Matilda sourit lorsque Prue la salua d'un signe de la main.

— Vous voilà enfin ! s'exclama Prue. Je vous ai cherchée.

— Oui, et vous me devez la prochaine danse, miss Hunt, déclara son fringant mari, le duc de Lorny, en souriant à la jeune femme. J'espère que vous n'avez pas oublié.

— Comme si c'était possible, répondit Matilda en étreignant Prue.

Elle salua ensuite la cousine de Prue, miss Minerva Butler, ainsi que la sœur de Lorny, lady Héléna.

— C'est un plaisir de vous voir, miss Hunt, déclara miss Butler avec un sourire chaleureux.

— Oui, cela fait une éternité, acquiesça lady Helena. Il faut que vous veniez nous rendre visite.

Avant que Matilda n'ait eu le temps de répondre, un éclat de rire retentit, et tous se tournèrent pour voir Bonnie traîner un Jérôme Cadogan hilare sur la piste de danse. Il y eut des claquements de langue désapprobateurs et des murmures de la part de l'ancienne génération, et Matilda fronça les sourcils, mal à l'aise.

— Oh, Seigneur, murmura Prue.

— Je sais, répondit Matilda. Je lui ai parlé, et je sais que Saint-Clair a parlé à Jérôme, mais —

— Mais ils s'amusent, termina lady Héléna avec un soupir triste.

— Ce genre d'amusement pourrait mener à la destruction de la réputation d'une jeune femme, rétorqua Lorny d'un air sombre.

— Oh, Robert, très cher, ne pourriez-vous pas lui parler ? demanda Prue en lui saisissant la main.

Lorny regarda sa femme avec horreur.

— Plutôt mourir. Cela ne me regarde pas. De plus, il semblerait que ce soit votre miss Campbell, l'instigatrice de ces jeux. C'est à vous de lui parler.

Prue se renfrogna.

— Oh, très bien, mais vous devriez au moins parler à Saint-Clair. Vous êtes amis.

— Miss Hunt vient de vous dire que Saint-Clair lui en a déjà touché un mot. Que pensez-vous que je puisse faire ?

— Je ne sais pas, soupira Prue. Je sais juste que la pauvre fille s'est entichée de son frère, et je détesterais la voir souffrir.

— Elle pense que c'est sa dernière chance de s'amuser, dit Matilda qui avait le cœur serré pour son amie.

Elle se retourna, et vit Minerva, Prue, et lady Helena la regarder.

— Gordon Anderson, dirent-elles à l'unisson.

Matilda fit la grimace en hochant la tête.

— La pauvre.

Elles restèrent silencieuses pendant un moment, en réfléchissant au destin de Bonnie et à l'affreux Écossais dont elle leur avait souvent parlé. Il paraissait plus terrible à chaque nouvelle description.

— J'ai besoin de plus de cocktail de fruits, annonça lady Helena en brisant le silence et en lançant à son frère un regard suppliant.

— Je vous en prie, Robert.

Elle tendit son verre vide au duc, qui soupira.

— Vous les finissez à une vitesse incroyable ce soir, Helena, dit-il avec un regard soupçonneux.

— Parce qu'il est délicieux, répondit Helena avec un grand sourire. Bien meilleur que le breuvage fade qui est habituellement servi. J'ai l'habitude de passer toute la soirée à regretter de ne pas avoir de champagne, mais pas ce soir.

Elle lui lança un sourire assez flottant.

Matilda vit la suspicion s'accroître sur le visage du duc. Il leva le verre vide, le renifla, marmonna un juron, et bascula le verre pour faire tomber les dernières gouttes sur sa langue.

— Bon sang ! s'écria-t-il, outré. Pas étonnant que vous l'appréciiez, c'est le cocktail de fruits le plus fort que j'aie jamais goûté.

— Robert ? demanda sa femme en lui lançant un regard anxieux. Qu'y a-t-il dedans ?

— Que n'y a-t-il pas ? répondit-il en secouant la tête. Mais à la manière dont toutes les jeunes filles l'ont bu, la soirée promet d'être divertissante.

Harriet sirotait son cocktail de fruits en se demandant vaguement pourquoi il était bien meilleur que d'habitude, tout en regardant les tourbillons de couleur que formaient les danseurs sur la piste.

— Cela vous dirait-il de danser, Harry ?

Elle se raidit instantanément, la voix familière provoquant une vague d'émotion qui la traversa comme un groupe de poules s'égaillant devant un renard. Comment diable l'avait-il trouvée ? Elle avait cru que ce coin sombre était la cachette idéale. Harriet se retourna à contrecœur pour regarder Jasper.

Quelque chose ressemblant à de la panique s'éveilla en elle lorsqu'elle remarqua la lueur d'espoir dans ses yeux. *Ce n'est pas réel*, se rappela-t-elle, *il regarde toutes les femmes ainsi. Vous n'avez rien de spécial.*

— Non, merci, lord Saint-Clair, répondit-elle.

Elle se souvint de sa promesse de se comporter de manière moins affreuse avec lui, et s'efforça de garder un ton léger et agréable.

— M-mais je vous remercie pour cette proposition.

Et voilà, parfaitement courtoise.

— Oh, allons, Harry, dit-il d'un ton charmeur. Vous n'avez pas dansé de toute la soirée. Je vous en prie… ne voudriez-vous pas danser avec moi ?

Vous voyez ? murmura la petite voix dans sa tête. C'était le problème avec Jasper Cadogan. Il ne pouvait pas comprendre que toutes les femmes ne pouvaient pas tomber dans ses bras en un claquement de doigts.

— Je n'aime pas danser, lord Saint-Clair. Je crois vous l'avoir déjà rappelé auparavant, dit-elle, avant de réaliser que sa voix était de plus en plus acide.

Elle prit une inspiration et afficha un sourire crispé sur son visage avant d'ajouter :

— Mais je vous remercie une nouvelle fois pour cette aimable proposition.

— Ce n'est pas vrai, dit-il d'une voix bien trop basse, bien trop intime. Du moins, avant, vous adoriez danser. Vous aviez l'habitude de me supplier de danser avec vous.

Elle ressentit une grande frustration en sentant le rouge lui monter aux joues. C'était comme si cette bouffée de chaleur avait démarré au niveau de ses orteils avant de remonter en une vague rapide jusqu'à ce que toutes les parties visibles d'elle deviennent rose vif, d'une teinte semblable à celle de sa robe.

— Nous étions des enfants.

Elle avait fait de son mieux pour garder un ton calme et mesuré : elle ne voulait pas perdre son sang-froid avec lui. Pas ce soir. Elle se remit à observer les danseurs en ajoutant :

— Les choses changent.

— Je sais, répondit-il.

Malgré elle, elle leva la tête dans sa direction, surprise par la tristesse dans sa voix.

— Vous avez changé, Harry.

Et à qui la faute ? Elle avait envie de s'énerver contre lui, mais elle ne le fit pas, elle ne pouvait pas. Elle ne le laisserait jamais s'apercevoir de l'ampleur de la blessure qu'il avait causée en elle. Elle avait déjà été suffisamment prise pour une idiote, et ne comptait pas revivre cela.

— C'est miss Stanhope, *monsieur*, répondit-elle.

Elle leva son verre pour prendre une gorgée et se rendit compte qu'il était vide. Sans ajouter un mot, elle prit congé pour aller en chercher un autre.

— Non.

Elle regarda par-dessus son épaule et découvrit avec agacement que Jasper la suivait.

— Quoi ? demanda-t-elle en se frayant un chemin dans la foule.

Jasper se rapprocha d'elle et attrapa son bras pour l'arrêter. Il se pencha pour lui parler à l'oreille.

— Ce n'est pas « monsieur », et ce n'est pas « miss Stanhope ». Pour l'amour du ciel, Harry, nous nous sommes connus lorsque nous étions bébés.

Harriet libéra son bras et ouvrit la bouche pour le remettre à sa place, avant de se souvenir de sa bonne résolution. Bon sang, c'était bien plus dur qu'elle ne l'avait cru.

— Veuillez m'excuser, monsieur. Je suis terriblement assoiffée.

Elle fit une révérence et se dépêcha de s'éclipser à nouveau. Elle ne fut pas surprise, en arrivant dans la pièce où l'on servait les rafraîchissements, de découvrir qu'il était encore en train de la suivre. Voyez-vous, c'était *pour cela* qu'elle devait se montrer grossière avec lui, rien d'autre ne semblait percer son crâne épais. Il y avait la foule habituelle devant la table, mais Harriet parvint à se frayer un chemin jusqu'à l'énorme bol de cocktail de fruits. Les gens pressés les uns contre les autres et l'air humide de la soirée lui avaient donné une soif épouvantable, et — en dépit du fait que cela aille totalement à l'encontre d'un comportement acceptable pour une lady — elle but un verre entier de cocktail avec un soupir de soulagement, avant de remplir à nouveau son verre.

Elle but ce dernier un peu plus lentement, mais resta au même endroit. L'attention de Jasper avait été accaparée par Matilda, et il était piégé sur le seuil de la porte. Mais ce répit n'était que temporaire, car Harriet ne pouvait pas quitter la pièce sans passer devant lui. Elle ne savait pas ce que lui racontait Matilda, mais il n'avait pas l'air ravi.

Tant mieux, pensa-t-elle. Peut-être son frère manigançait-il l'un de ses tours habituels, et Jasper serait obligé de s'occuper de lui.

Ciel, il faisait chaud ce soir. Harriet soupira. Elle regrettait de ne pas avoir apporté d'éventail. À la place, elle vida son verre et le remplit à nouveau. Peut-être qu'en se faufilant le long des murs, elle parviendrait à se glisser derrière Jasper sans qu'il ne la remarque.

Sa progression fut lente et quelque peu incertaine, et Harriet s'adossa contre le mur quelques instants pour reprendre sa respiration. Elle se sentait un peu étourdie. C'était sans doute à cause de la chaleur. De l'air frais, voilà ce qu'il lui fallait…

Malheureusement, elle atteignit l'encadrement de la porte au moment où Matilda quittait Jasper. Il se tourna aussitôt vers elle, comme s'il avait eu parfaitement conscience de sa tentative d'évasion depuis le début.

— Oh, partez, Jasper, soupira-t-elle. J'ai trop chaud, et je n'ai pas l'énergie de me battre avec vous.

— Bien, dit-il avec une expression plus féroce qu'avant. Il était temps. Suivez-moi…

Jasper saisit son bras et l'entraîna à sa suite. Harriet tenait son verre en l'air en essayant de ne pas le renverser. Elle sentit une vague d'irritation crépiter sous sa peau.

— Jasper ! protesta-t-elle, trop énervée pour ne pas utiliser son prénom. Laissez-moi tranquille, espèce de misérable obstiné.

— Jamais de la vie, rétorqua-t-il. Pas ce soir. Ce soir, nous allons parler.

— Quoi ?

Oh non.

Cela lui paraissait être une très mauvaise idée.

— Lâchez-moi, espèce d'avorton marqué par le diable ! Pourceau dévorant !

Cela attira son attention.

Il se figea, se retourna pour la regarder, amusé.

— Comment m'avez-vous appelé ?

— Pourceau dévorant, répondit-elle avec dignité. Entre autres.

— Oui, c'est bien ce qu'il me semblait.

Ses lèvres tressaillirent.

—Hmmm… *Richard III,* si je me souviens bien. De combien d'autres insultes shakespeariennes vous souvenez-vous ?

Harriet soupira. Elle était impressionnée par sa réponse correcte, et regrettait de ne pas avoir gardé sa maudite bouche fermée. C'était un jeu auquel ils jouaient ensemble lorsqu'ils étaient enfants, Jasper, Jérôme, Henry et elle ; ils s'accablaient des pires injures qu'ils pouvaient trouver. Harriet les avait tous étonnés avec ses jurons inventifs, jusqu'à ce qu'ils découvrent ce qu'elle savait déjà : Shakespeare était une merveilleuse source d'inspiration.

— Chacune d'entre elles, dit-elle sombrement.

Jasper gloussa et poursuivit sa route en conservant une poigne ferme et inflexible sur sa main.

— Laissez-moi partir, dit-elle durement à mi-voix. Les gens *regardent.*

— Ils ne seraient pas en train de regarder si vous n'étiez pas en train de faire une scène, répondit-il d'un ton parfaitement enjoué.

Harriet baissa les bras et le suivi jusque dehors. Peut-être pourrait-elle lui échapper une fois à l'extérieur.

Elle fut très ennuyée de constater qu'il ne s'arrêtait pas sur la terrasse. Il poursuivit en la traînant dans les jardins.

— Jasper Cadogan, si vous ne me lâchez pas, je vais —

— Qu'allez-vous faire ? demanda-t-il en s'arrêtant enfin dans un recoin sombre. Me détester pour toujours ? Ne plus jamais me parler ?

Il émit un petit rire.

— … Je ne sais pas ce que vous pouvez faire de plus pour me punir, Harry.

Il y avait quelque chose de fragile et de blessé dans sa voix, et Harriet sentit les remords la poignarder. Peut-être Kitty avait-elle eu raison. Peut-être que tout ceci avait duré assez longtemps.

Il y eut un silence chargé de tension. Harriet ne savait quoi répondre. Elle avait trop peur de lui céder d'un pouce, d'encourager une quelconque amitié entre eux. Il était sa faiblesse, son talon d'Achille, et le seul moyen qu'elle avait trouvé pour le garder à distance, c'était de rester en colère contre lui, de construire une forteresse de glace impénétrable autour d'elle qu'il ne pourrait pas franchir. Si elle abandonnait cela, elle serait en danger, vulnérable, et elle ne pouvait pas autoriser cela. Pourtant, elle serait partie bien assez tôt et n'aurait plus à le voir. Elle pourrait le sortir de sa tête et de son cœur, car ils ne fréquenteraient alors plus les mêmes cercles. Elle serait en sécurité.

Harriet soupira. Elle allait s'excuser, lui assurer qu'elle ne le détestait pas, puis elle monterait dans sa chambre pour écrire une lettre. Plus tôt elle serait partie d'ici, mieux cela vaudrait. Elle devrait simplement suivre le plan qu'elle avait élaboré avec soin un peu plus tôt que prévu.

Mais avant qu'elle ne parle, Jasper la devança.

— Qu'allez-vous parier, Harry ?

Une étrange sensation, semblable à une cascade d'eau glacée dégoulinant le long de son dos, ramena brusquement l'attention d'Harriet sur Jasper. Ses yeux aigue-marine la fixaient avec attention, et quelque chose dans son expression fit battre son cœur plus vite.

— Q-Quoi ?

— Vous avez un défi à relever. Faire un pari que vous ne souhaitez pas perdre.

Kitty Connolly, je vais tordre votre joli cou !

— Et alors ? demanda Harriet.

Elle avait à nouveau la tête qui tournait, son cœur battait trop vite. Elle était envahie du désir de faire quelque chose de téméraire, de s'enfuir dans l'obscurité et de ne jamais réapparaître.

Elle poussa une exclamation de surprise, profondément choquée, lorsque Jasper l'attrapa par la taille et la pressa contre lui. Tout à coup, elle avait de nouveau seize ans et regardait le garçon qu'elle avait aimé toute sa vie.

Non.

Non, elle ne serait pas une nouvelle fois cette fille-là. Cette fille stupide, tellement stupide.

— Je vous mets au défi, Harriet, dit-il d'une voix si grave et si envoûtante qu'elle en eut la chair de poule.

Elle ne pouvait plus respirer.

— Je vous mets au défi d'arrêter de vous cacher, de moi, de la vie, reprit-il. Je vous mets au défi de retourner dans cette salle de bal, de danser, de rire et de vous amuser. Je vous mets au défi de danser avec moi, à cœur ouvert et sans faux-semblants entre nous. Je vous mets au défi de danser avec moi, de me regarder dans les yeux, et de me dire que vous n'éprouvez rien pour moi.

Harriet leva les yeux vers lui. Son cœur n'aurait probablement pas dû battre à cette vitesse ridicule. Il ne pouvait pas survivre à un tel traitement et risquait d'éclater à tout moment… mais il ne le fit pas. Il continua simplement de tambouriner, battant follement contre sa cage thoracique comme un oiseau paniqué essayant d'échapper à un piège, car *c'était* un piège.

— Et qu'est-ce que je gagne, si je réussis ? demanda-t-elle en ayant bien trop conscience de sa voix étouffée par l'émotion.

— Je vous laisserai tranquille, répondit-il en affermissant sa prise autour de sa taille. Je ne vous dérangerai plus jamais. Je ne vous chercherai plus, je n'essaierai plus de vous parler. Vous serez débarrassée de moi pour de bon.

— Est-ce v-vrai ? demanda-t-elle en se raccrochant à ses paroles.

C'était ce qu'elle voulait, ce qu'elle avait planifié : un moyen de lui échapper, de le laisser derrière lui, et voilà qu'il le lui offrait. Tout ce qu'elle avait à faire, c'était de prétendre s'amuser pendant quelques heures. C'était sûrement dans ses cordes, n'est-ce pas ?

— Oui, répondit-il d'une voix dure. Mais je n'ai pas dit ce qui arriverait si vous perdez, Harry.

Il y avait dans sa voix une nuance menaçante qui aurait dû lui intimer la prudence, mais la perspective d'être libérée de cette relation qui la rendait folle et la rattachait à son passé était bien trop alléchante.

— Dites-moi.

— Si vous échouez —

— Oui ?

Elle le dévisageait en essayant de lire l'expression de son visage. Était-ce de la détermination qu'elle voyait là, ou… était-ce du *désespoir* ?

— Vous vous donnerez à moi.

Harriet cligna des yeux sans comprendre.

— Je… ? commença-t-elle en fronçant les sourcils.

Jasper rit, mais ce n'était pas son rire habituel. Il était plus sombre et faisait ressortir une fois de plus ce côté désespéré.

— Vous allez montrer à tout le monde la vraie Harriet, celle avec laquelle j'ai grandi, celle qui est audacieuse, courageuse et drôle, puis, à minuit, vous danserez avec moi. Vous danserez avec moi et vous me regarderez dans les yeux et vous me direz ce que vous ressentez pour moi. Si vous me dîtes qu'il n'y a rien, si vous pouvez mettre la main sur le cœur et jurer qu'il n'y a rien entre nous, que vous ne tenez pas à moi… vous ne me verrez plus jamais. Mais si vous ne pouvez pas… si vous ne pouvez pas, je vous emmènerai dans le pavillon d'été et je vous ferai l'amour. Vous serez mienne, Harry, comme vous auriez toujours dû l'être.

Harriet le contempla. Elle voulait lui dire qu'il était fou, elle voulait le gifler, lui donner un coup de pied dans les tibias, taper du pied et s'emporter, mais elle ne pouvait pas. L'image de Jasper l'emmenant dans le pavillon d'été pour lui faire l'amour était trop bouleversante, elle n'arrivait plus à respirer et encore moins à bouger.

— Vous ai-je blessée, Harry ?

Il mit son visage entre ses mains et la regarda en déclarant d'une voix tendre :

— Je vous jure que cela n'a jamais été mon intention.

C'était probablement la seule chose qui pouvait la faire sortir de la transe dans laquelle elle était plongée. Elle le poussa pour s'éloigner de lui, s'échapper de ses bras.

— Bien sûr que non, rétorqua-t-elle.

Elle tenta de se calmer et de retrouver cette colère qui la protégeait. Si elle parvenait à rester furieuse contre lui, elle serait en sécurité. Tout ce qu'elle avait à faire, c'était lui prouver qu'il avait tort, et elle serait alors enfin débarrassée de lui pour de bon.

— Et je ne me cache de rien ni personne.

— Prouvez-le, dit-il avec une lueur qui ne présageait rien de bon dans ses yeux.

— Très bien !

Elle pouvait accomplir son défi, et se débarrasser de cet individu misérable une bonne fois pour toutes. Ensuite, elle pourrait vivre sa vie en paix, libérée de cet homme.

— Acceptez-vous ?

— Pourquoi pas ? rétorqua-t-elle.

Elle finit ce qui restait de son verre, et jeta ce dernier sur lui. Jasper le rattrapa, aussi agile que jamais, maudit soit-il.

— Ce sera facile, et vous avez intérêt à tenir votre promesse, ajouta-t-elle.

— Oh, je la tiendrai, dit-il, tandis qu'un sourire exaspérant retroussait ses lèvres.

Que ce misérable arrogant aille au diable, elle lui ferait payer cela.

— Je voudrais que vous fussiez assez propre pour vous cracher au visage.

Il fronça les sourcils en réfléchissant.

— *Le Roi Lear* ?

— Ha ! s'écria-t-elle, triomphante. *Timon d'Athènes*.

Jasper leva les yeux au ciel.

— Le temps presse, très chère, la prévint-il.

— Argh ! s'exclama Harriet, avant de repartir d'un pas lourd en direction de la salle de bal.

Restez aux aguets pour la sortie du tome 5, Un Pari sur l'Amour, qui paraîtra fin janvier !

Plus d'Emma ?

Si vous avez aimé ce livre, n'hésitez pas à soutenir son auteure indépendante en écrivant un commentaire. *Merci !*

Pour rester informé des promotions, et des cadeaux (que je fais régulièrement), suivez-moi sur :
https://www.bookbub.com/authors/emma-v-leech

Pour en savoir plus, avoir des informations et des aperçus de mes prochains livres, rendez-vous sur mon site internet et inscrivez-vous à la newsletter.

http://www.emmavleech.com/

Venez rejoindre les fans sur ma page Facebook pour des nouvelles, des infos et des discussions passionnantes…

Emmas Book Club

Ou suivez-moi ici…

http://viewauthor.at/EmmaVLeechAmazon

Emma's Twitter page

Quelques mots sur moi !

J'ai commencé cette aventure incroyable en 2010 avec "The Key to Erebus", mais il m'a fallu deux ans pour rassembler le courage nécessaire pour le publier. Pour ceux qui l'ont déjà fait, vous savez que publier votre premier livre est une expérience affreusement effrayante ! J'ai toujours des papillons dans le ventre le matin de la sortie d'un nouveau titre, mais la terreur s'est finalement atténuée. Maintenant, je vis juste dans la crainte du jour où mes filles seront assez grandes pour lire mes livres.

L'horreur ! (pour elles comme pour moi je pense)

2017 est l'année de mes débuts dans le domaine de la romance historique et le monde de la Régence, et waouh, quelle année ! J'ai été ravie de constater l'engouement qu'ont eu ces livres, et j'ai hâte d'y ajouter de nouveaux titres. Que les lecteurs de romance paranormale se rassurent, il y a encore beaucoup de choses prévues de ce côté-là également. L'écriture est devenue une addiction pour moi, et dès que je termine un livre, je commence le suivant avec beaucoup d'enthousiasme, donc vous pouvez vous attendre à beaucoup de nouveaux romans !

Comme on peut le voir dans bon nombre de mes œuvres, je suis très influencée par la campagne française dans laquelle je vis. Je suis installée dans le sud-ouest de ce pays depuis 1998. Je suis née et j'ai grandi en Angleterre. Mes trois superbes filles sont bilingues et mon mari Pat, moi-même ainsi que nos quatre chats sommes très heureux et conscients de la chance que nous avons de vivre dans un endroit si charmant.

CONTINUEZ LA LECTURE POUR DÉCOUVRIR MES AUTRES LIVRES DISPONIBLES EN FRANÇAIS !

Œuvres d'Emma V. Leech disponibles en français

Envie de lire une histoire d'amour surprenante qui se déroule pendant la Régence ?

Mourir pour un Duc
Les Polars de la Régence Anglaise, Tome 1

Impérieux, guindé et moralement rigide, Bénédict Rutland – le beau et ténébreux comte de Rothay – a hérité de son titre trop jeune. Responsable d'une famille nombreuse que la frivolité de ses parents avait conduite à la ruine, il a passé sa jeunesse à rétablir la fortune familiale.

C'est aujourd'hui un homme dans la fleur de l'âge et aux finances solides, fiancé à une femme sévère, raisonnable et imperturbable qui jamais ne perturbera l'équilibre de sa vie, ou ne troublera ses émotions…

315

Mais c'est alors qu'arrive miss Skeffington-Fox.

Élevée uniquement par son libertin de beau-père, la demoiselle pimpante scandalise Bénédict en tous points.

Mais quand les membres de la famille devant hériter du duché commencent à mourir un à un à une vitesse alarmante, tous les doigts pointent vers Bénédict, et miss Skeffington-Fox pourrait bien être la seule en mesure de le sauver.

Comme si être accusé de meurtre n'était pas suffisant, miss Skeffington-Fox va complètement faire basculer le petit monde soigneusement ordonné de Lord Rothay. Bénédict doit à présent laver son nom, et résister à la tentation d'une demoiselle scandaleuse.

Remerciements

Je remercie, bien sûr, ma formidable éditrice Kezia Cole, qui me fait toujours réfléchir et ne laisse rien passer !

À Victoria Cooper pour ton dur labeur, tes œuvres magnifiques, et, par-dessus tout, ta patience infinie !!! Merci beaucoup. Tu es incroyable !

À ma BFF, mon assistante personnelle, qui m'encourage et m'apporte du chocolat, Varsi Appel : pour ton soutien moral, pour m'avoir aidée à avoir confiance en moi, et pour avoir lu mes œuvres plus de fois que moi-même. Je t'aime fort !

Un grand merci à tous les membres du groupe « Emma's Book Club » ! Vous êtes les meilleurs !

Cela me fait toujours très plaisir de vous parler, donc n'hésitez pas à me contacter par mail ou par message :)

emmavleech@orange.fr

À mon mari Pat, et à ma famille… Pour s'être toujours montrés fiers de moi.